醫統江山

卷14

峰迴路轉

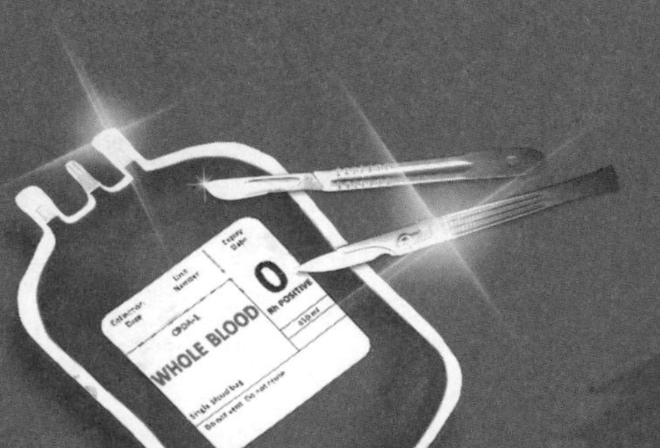

石章魚 著

天下有才能者甚重
可是真正稱得上大才的卻少之又少
何謂大才？
經天緯地，定國安邦！

目錄

第一章 不利局面……5
第二章 峰迴路轉……31
第三章 冒充不來的風姿……69
第四章 人盡皆知的不祥之人……97
第五章 內行看門道……133
第六章 少見的場景……161
第七章 假公濟私……195
第八章 少根筋的熊孩子……241
第九章 寶駿奇錄……269
第十章 不容半分閃失……299

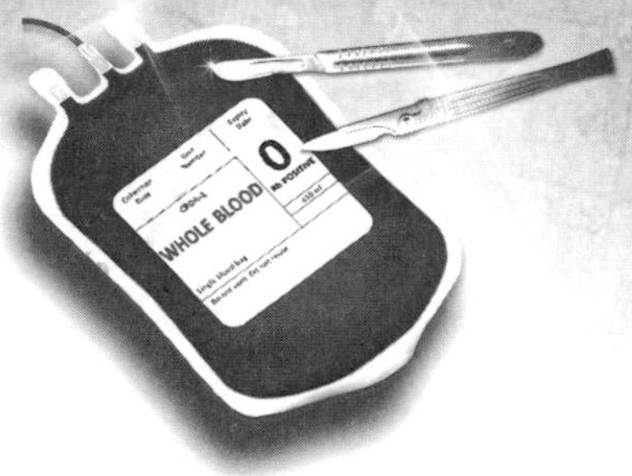

第一章

不利局面

胡小天環視周圍黑壓壓一片的雍軍，
整個南風客棧已經陷入對方的包圍圈之中，
在眼前的局面下，口舌之利起不到太多的作用，
董天將無疑是對方陣營中最為強大的一個，
假如周默可以將之擊敗，那麼等於打擊了對方所有人的信心……

夕顏氣得直跺腳。

外面傳來吳敬善的聲音：「胡大人，公主殿下情況怎樣？」

胡小天大聲道：「公主殿下只是受了點風寒，現在已經康復了，兄弟們咱們回去了！」

眾人都以為自己聽錯，一個個錯愕萬分地望著胡小天，剛才他還擺出親自捍衛公主安全的架勢，可轉眼之間態度卻又來了個一百八十度大拐彎。周默皺了皺眉頭，低聲道：「胡大人，您不是讓我們留在此地駐守嗎？」

胡小天道：「其實有曹大人他們保護已經是萬無一失，咱們還是別在這裡增添麻煩了，走！咱們全都回去。」

曹昔和他手下的那幫武士也被弄得一頭霧水，胡小天到底在搞什麼？不過他肯走當然最好不過。

胡小天此時的心情可謂是紛亂如麻，一直以來他都在懷疑紫鵑的身分，可是當這個謎底揭開之時，卻讓他感到如此震驚，紫鵑竟然是夕顏所扮。在天波城之時，胡小天曾經以為她的出現只是偶然，甚至還因為那晚在高塔之上的那番對話而感動，產生了夕顏對自己或許動了真情的錯覺，現在看來一切都是假像罷了。

也許從那時起，夕顏就已經開始策劃這個陰謀。她決定頂替龍曦月嫁給薛道銘絕不是因為跟自己賭氣，更不是為了成全自己和龍曦月，真正的目的是要破壞大雍和大康之間的聯姻，她想要讓兩國反目為仇。風雨欲來，烏雲密佈，胡小天的臉上也失去了昔日的輕鬆笑意，他感覺內心中有一隻手狠狠握持著，抓得他就快透不過氣來。

眼前的局面讓他不得不重新考慮自己的計畫，吳敬善從胡小天凝重的表情已經預料到有大事發生，回到南風客棧，胡小天將吳敬善請到了小樓內。

吳敬善忐忑不安道：「胡大人，公主究竟發生了什麼事情？」

胡小天長歎一口氣道：「不瞞吳大人，公主乃是食物中被人下了慢性毒藥。」吳敬善聞言不由得大驚失色，駭然道：「怎會如此？難道淑妃母子想要將公主置於死地？壞了！既然如此，我等應該重新負起保護公主的責任，為何又要離開？現在公主孤身一人留在起宸宮，豈不是步步驚心，如履薄冰？」

胡小天靜靜望著吳敬善，並沒有說話。

吳敬善發了句牢騷，馬上就冷靜了下來，他從胡小天的目光中明白了什麼，他們心知肚明，身在起宸宮的這位安平公主根本就是宮女所扮，是個冒牌貨。吳敬善道：「胡大人，你看這件事應該怎麼辦？」

胡小天道：「我們必須做好撤離雍都的準備。」

吳敬善顫聲道：「現在走？公主殿下尚未完婚，沒有完成陛下交給我們的使命，又有何顏面返回大康？」

胡小天道：「不是我走，而是吳大人先走。在眼前的局面下，留下太多人也沒有任何的意義，我留下，吳大人可先行返回大康。」

吳敬善道：「胡大人，吳某雖然老邁無用，可並非貪生怕死之人，咱們從康都一路走來，歷盡千辛萬苦，早已結下患難與共風雨同舟的情義，就算是大禍將至，老夫也和胡大人共同面對。」這番話說得慷慨激昂，無論是真是假，也讓胡小天對他的印象加分不少。

胡小天道：「吳大人，我讓你走不僅僅是為了最大限度地保全咱們的實力，而是為了防止萬一情況有變，沒有人可將真相告訴陛下，就算我等為國捐軀，也無人為咱們洗刷清白。」

吳敬善頜下的山羊鬚撅呀撅呀的，顯得非常激動：「我不走！老夫雖然手無縛雞之力，一樣可以為國捐軀！」

胡小天道：「淑妃母子既然已經決定加害安平公主，我看他們絕不會輕易罷手，一計不成必然再生一計。我想吳大人率領咱們的這幫兄弟，先行離開大雍，距離公主大婚還有半月左右，這段時間，你們應該趕得及回到大康境內，吳大人可以在兩國邊境等我們的消息，若是公主婚事順利進行，你大可多等我幾天，我率領其他人前往約定地點和你會合，如果婚事有變，吳大人就即刻返回康都，將咱們在雍都發生的事原原本本稟告陛下，讓他及早做出準備警惕大雍的野心之師，同時也可為我等洗刷清白，到時候，我等留在雍都之人，就算是死也可含笑九泉了。」

吳敬善此時也不禁為胡小天的這番話而感動，上前一步抓住胡小天的雙臂，激動道：「胡大人，你對大康一腔熱血，忠心耿耿真是讓老夫感動。」

胡小天心想你感動也不說讓我走，你留在雍都處理這個爛攤子？

吳敬善歎了口氣道：「只怪老夫不懂武功，手無縛雞之力，遇到麻煩甚至連自保都難，又談什麼保護別人，老夫真是悔不當初，若然能夠從頭來過，老夫寧願當個舞刀弄槍的武夫。」這番話等於告訴胡小天他同意走了，反正留在這裡也沒什麼用處。說完之後話鋒一轉道：「老夫死不足惜，只是胡大人說得也很有道理，我留在這裡非但幫不上什麼忙，還恐怕會連累到你。可是……我就這麼走了，大雍方面會不會產生疑心？」

胡小天道：「裝病就是，就說你病情嚴重，無藥可救，想趁著在世不多的時間返回故國，葉落歸根乃是人之常情，料想大雍方面也不會為難你。」

「呃……」吳敬善的臉上有些不好看，大吉大利，不就是先走一步，何必那麼惡毒地咒我？

兩人正準備商量具體離開路線的時候，卻聽到外面傳來展鵬的通報聲：「胡大人，向大人到了。」

原來是大康常駐雍都的使節向濟民到了。

向濟民神情慌張地走了進來，顫聲道：「不好了，大事不好了！」

吳敬善道：「向大人何故如此慌張，你冷靜些，到底發生了什麼事情？」

向濟民一邊擦去額頭上的汗水，一邊道：「剛剛京兆府的楊方正去找我，說兩位大人率眾前往起宸宮滋事，無故毆打昆玉宮的方公公，此事已然激起了眾怒，還說這件事董家不會善罷甘休，讓兩位大人早作準備……」

他的話尚未說完，趙崇武的聲音從外面傳來：「胡大人，外面來了數百名盔甲鮮明的武士，將南風客棧團團圍住，口口聲聲要您出去見他呢……」

此時南風客棧外面傳來一聲炸雷般的大吼：「胡小天！你給我出來，我董天軍倒是要看看你是不是生了三頭六臂，膽敢毆打我家方公公！」

胡小天皺了皺眉頭，這個董天軍又是什麼人物，自己可是全無印象啊！

向濟民叫苦不迭道：「壞了，壞了！董天軍乃是淑妃的親侄子，吏部尚書董炳泰的大兒子，此人乃是大雍十大猛將之一，力大無窮，勇猛無匹。」

吳敬善原本已經做好了提前離開雍都的準備，卻想不到還沒有來得及實施就橫生枝節，他的確是個文官，遇到這種事嚇得六神無主，臉都白了。

胡小天淡然笑道：「兩位大人不用害怕，我出去看看！」

胡小天站起身來，在展鵬和趙崇武兩人的陪同下來到大堂。手下的武士大都已經聚集在了大堂內，如果不是周默和閆飛在約束著他們，這幫武士早已衝了出去。

外面響起董天軍哇啦哇啦的叫罵聲，此人的嘴巴骯髒之極，聽得眾人一個個義憤填膺，恨不能現在就出去跟他拚命。最為激動的要數熊天霸，他原本就脾氣火爆，而且一向將胡小天視為自己的叔叔輩，聽聞外面在辱罵胡小天，氣得眼睛都紅了，哇呀呀叫道：「娘的，老子這就出去割了這孫子的舌頭！」

胡小天微笑道：「好啊！那就出去！」事情如他所希望那般逐步鬧大了，先是昆玉宮的方連海，現在是董淑妃的親侄子董天軍，下一步會不會是董淑妃本人前來呢？

南風客棧的大門從中分開，胡小天大步走了出去，在他身後的是周默、展鵬、趙崇武、熊天霸，其餘人仍然聽令留在客棧內。

客棧外面一名鐵塔般的大漢騎在烏騅馬上來回踱步，手中拿著兩把碩大的鐵錘，正在破口大罵，此人正是董淑妃的侄子董天軍。他聽聞方連海被打之後馬上率領三百名親兵前往起宸宮討還公道，可是等他趕到起宸宮的時候，胡小天一行已經離去，董天軍豈肯就此甘休，又帶著人馬殺向南風客棧，讓手下人將南風客棧團團圍困了起來。

董天軍看到客棧裡面出來了五個人，定睛望去，大吼道：「誰是胡小天？」

熊天霸大聲道：「你認識他？」

董天軍看著這乾瘦如猴子一般的少年道：「誰是胡小天？」

胡小天正準備說話，卻聽熊天霸道：「他是你爹嗎？你這麼想他？」幾人差點沒被熊天霸的話惹得笑破肚皮，這熊孩子說起話來還真是陰損。

董天軍氣得哇呀呀大叫。

熊天霸道：「你叫什麼？我問你話呢？他是你爹嗎？」

董天軍手中兩個大錘揮舞了一下，怒吼道：「不是！」

「不是你找他作甚？」

董天軍顯然也是個莽貨，熊天霸是個少根筋的愣貨，莽貨和愣貨遭遇，註定會上演一場烽火流星的對撞，火花四濺那是必然的。

董天軍又叫起來了：「哇呀呀……氣死我也……小南蠻，我董天軍錘下不殺無名之輩，快快報上名來！」

熊天霸望著董天軍手裡的那對大鐵錘雙目生光道：「錘不錯，我要是贏了你，錘歸我！」這小子的腦子跟多數人都想不到一塊去，別人都想著如何應付眼前的場面，他卻惦記上董天軍的那對大錘了。

周默低聲道：「熊孩子，你未必是他的對手。」

熊天霸道：「師父，你怎麼可以長他人志氣滅自己威風呢？我看他就是個草包。」這番話是低聲對周默說的，可說完就揚聲對董天軍道：「草包！你騎在馬上對我不公平啊！」

董天軍已經被熊天霸氣得七竅生煙，他也忘了自己今次前來的目的了，指著熊天霸道：「熊孩子！今兒爺爺就算不騎馬，也一樣滅了你！」

熊天霸好奇道：「你怎麼知道我叫熊孩子？可你不是我爺爺，我爹比你大多了，你不可能有我爹那麼老的兒子，你是我爹的兒子還差不多。不對，我爹沒跟我說我在大雍還有兄弟，要不你回家問問你娘，到底認不認識我爹？難道你娘跟我爹是相好？」

周圍眾人已經被熊孩子的這番奇思妙想絕倒。

董天軍咬牙切齒道：「好！好！好！老子不占你便宜！」他竟然翻身從馬上跳了下來。

熊天霸臉上綻放出一個得意的笑容，他雖然少根筋可不是真傻，馬上對步下，真要打起來，自己絕對是落盡下風，就算自己有馬，也比不上董天軍的烏騅馬神駿。所以他才一而再再而三地激怒董天軍，看到董天軍下馬，熊天霸的目的達成。

董天軍手握兩個大鐵錘，那鐵錘每個都如同大南瓜一樣，配上董天軍人高馬大的身軀，威風凜凜，氣勢不凡，當真如同天神降臨一般。

熊天霸轉身從牆角拎起了兩根東西，卻是石臼內的大石錘，熊天霸的武器自從被文博遠毀去，就沒有襯手的傢伙，來到康都之後臨時找了兩個大石錘以備不時之需，平時就扔在客棧門外的石臼裡，現在派上了用場。他手中的這兩個石錘全都是大號的，錘頭比成人腦袋還要大，錘柄也有手臂般粗細，平常人就算雙手抱起一個也嫌費力，可熊天霸拿著這兩個大石錘，舉重若輕，全然看不出絲毫費力的樣子。

胡小天以傳音入密向周默道：「熊孩子成不成？」

周默的表情古井不波，並沒有流露出任何擔憂的神情，低聲道：「從董天軍下馬的身法來看，此人武功也就是一般，和熊孩子一樣都是天生神力，如果僅僅是硬碰硬比拚力量，熊孩子不會在任何人之下。」

董天軍無論身高還是體重都要比熊天霸高出一個級數，兵器上也明顯占優，兩人之間的距離還剩下五丈左右的時候，停下步伐，然後同時向前方衝去，熊天霸大吼一聲：「呔！娘的！吃我一錘！」揚起兩隻大石錘宛如猛虎出閘向董天軍。

董天軍也在同時啟動，手中兩隻大鐵錘挾帶著虎虎風聲迎了出去。

果然被周默說中，這兩位全都是擁有一身蠻力的主兒，在武功技巧上並不出色，一上來就是硬碰硬的交手。轉眼之間你來我往已經連續過了十招。

「噹……嘩啦……」聲音變了，熊天霸手中的兩個大石錘經過這十多次撞擊，竟然開裂，碎石紛紛而落，粉塵四起，手中只剩下兩根光禿禿的錘把兒。

董天軍開始的時候根本沒把這又黑又瘦的小子看在眼裡，可是幾下交手之後馬上就意識到對方的膂力竟然不在自己之下，這連續十多下硬碰硬的撞擊，震得董天軍虎口發麻，氣息也變得急促，反觀熊天霸沒事人一樣，臉不紅，氣不喘，似乎根本沒有費力，只可惜他在兵器上居於弱勢，這連續十來下重擊已經讓他的那對大石錘盡毀，只剩下兩根光禿禿的錘把子。

熊天霸看到雙錘被毀，大聲道：「且慢！」

董天軍原本揚起了雙錘，此時卻果真凝住不發，他大聲道：「怕了吧？」

熊天霸冷哼一聲道：「怕就是你生的，你武器比我厲害，這樣對我不公平！」

董天軍道：「那又如何？」

熊天霸道：「你有兩柄大錘，有種給我一個，咱們重新公平比過！」

董天軍雖然性情暴烈，可是這廝也是個注重臉面的人，換成別人必然不會理會熊天霸的要求，卻想不到他居然點了點頭，將左手中的大鐵錘扔了出去，落在熊天霸雙腳前方，大鐵錘落地整個地面似乎都震動了起來。董天軍道：「我不占你的便宜，一人一把，咱們重新來過。」

周默和胡小天等人也看出董天軍是個莽漢，不過此人也算得上守規矩，周默低聲道：「單憑膂力他拚不過熊孩子，看來今天有好戲看了。」

就在此時四面八方傳來奔雷般的馬蹄聲，胡小天眉頭微微皺起，看來對方又有援軍到來，這董家在大雍的勢力還真是非同小可。雙方人數懸殊，真打起來，自己這邊必敗無疑。胡小天向展鵬道：「展鵬，暫且退下！」

展鵬聞言將角弓收起。

董天兵仍然有些不甘心地望著展鵬，他生性好鬥，遇到展鵬這樣的對手，鬥志已經被完全激發起來，已經決心要和展鵬一較箭法高低，看到展鵬抽身離去，撤回陣營，董天兵譏諷道：「怕了嗎？」

展鵬一言不發，靜靜走回胡小天的身邊。

周默朝熊天霸使了個眼色，熊天霸也拎著大鐵錘走了回來，又伸手將董天軍手中的另外一隻大鐵錘要了過來，在手中來回舞弄了幾下，撇了撇嘴道：「輕了些！空膛的吧？」

董天軍氣得七竅生煙，只是右手剛才在鐵錘上很砸了一下，到現在還骨痛欲裂，一時間不敢追上去討要。

這次前來的是董家老三董天將，他雖然是三兄弟中最小的一個，可是武功卻最為高強，現在是雍都虎標營統領，在尉遲冲手下做事，這三兄弟的脾氣一個比一個暴躁，董天將生得又黑又壯，也騎著一匹大黑馬，比起老大董天軍還要壯上一號，手中握著一桿方天畫戟，威風凜凜，霸氣側露，宛如天將下凡般出現在眾人的面前，揚起手中方天畫戟大吼道：「兄弟們，給我上，踏平南風客棧，血洗這幫小南蠻！」

胡小天本指望這次能夠來個講道理的，卻想不到一個比一個霸道，一個比一個不通情理。熊天霸看到董天將不由得樂了，哈哈笑道：「想不到這世上有人比我還黑，跟炭團似的。」

董天將聽到熊天霸的笑聲，再看他手中握著的分明是自己大哥的武器，不由得怒從心生，暴吼道：「小南蠻，竟敢奪我大哥的武器，納命來！」雙腿一夾馬腹，胯下黑馬一聲長嘶帶著董天將向熊天霸衝去，宛如一道黑色旋風，以萬夫莫當之勢狂奔而去。

熊天霸不聽周默號令，竟然揮舞著雙錘向董天將衝了上去，周默怒道：「回來！」單從董天將出場的氣勢，周默已經知道此人應該是董家三兄弟之中最厲害的一個，事實也正是如此，董天將乃是大雍猛將之首，非但神力驚人而且武功出眾，深得大帥尉遲冲的器重。

董天將如果是一頭暴怒的雄獅，熊天霸就是一頭凶狠敏捷的獵豹，他接連跨出三個箭步，右腳在地上一頓，身軀利用反彈之力已經飛起在空中，在虛空中身軀呈魚躍之勢，揚起雙錘照著董天將呼的砸了下去。

董天將手中方天畫戟旋轉揮出，在他的前方幻化出萬千虛影，虛影之中寒芒閃爍。

雙錘遭遇方天畫戟，只聽到叮噹踢踏……接連撞擊的聲音不絕於耳。

周默的臉上前所未有地流露出擔憂之色，熊天霸雖然天生神力，可是他並沒有什麼高深的武功，無法應對真正的高手，當初他敗在文博遠的手下，絕非是因為力不如人，而是技不如人。

董天將也是神力驚人，他的膂力甚至不在熊天霸之下，而他又自小修習武功，是大雍年輕一輩中屈指可數的高手。接連擋住熊天霸的雙錘，然後方天畫戟幻化出一道長長弧光，直奔熊天霸的小腹而去。

熊天霸的攻擊方法實在是冒險之極，等於完全捨棄了防守，如果攻擊不能奏效，就等於將自己的要害完全暴露於對手的面前。

熊天霸招數用老，身在空中，已經避無可避。

周默雖然起身去救，但是終究還是距離太遠，危急關頭，展鵬彎弓搭箭，羽箭射向董天將的坐騎，射人先射馬，唯有如此方才能夠逼迫董天將放棄必殺一招，將熊天霸從他的畫戟下救出。

展鵬射出羽箭的同時，董天兵也開始啟動，事實上他的目光始終沒有離開展鵬左右，同樣一箭射了出去，他要用展鵬之前對付自己的方法，破去展鵬的這一箭。

羽箭在空中全速行進，鏃尖撞擊在一起，彼此的強勁衝力都讓箭桿戰慄起來，董天兵射出的箭鏃竟然將展鵬的羽箭從中破開，董天兵幾乎不能相信自己的眼睛，他從未見到過這樣的狀況，展鵬射出的那支羽箭竟然在撞擊之後一分為二，去勢不歇分從不同的角度射向董天將的坐騎。而董天兵的這一箭也繼續向展鵬的方向飛去。

董天兵馬上就明白發生了什麼，展鵬射出的那支羽箭暗藏玄機，原本就不是一體，而是兩部分疊合而成，一旦遭遇強勁外力就會一分為二，展鵬應該已經算準了自己會出箭阻攔，所以才會做出如此安排。

董天兵驚歎展鵬箭法高超的同時又暗暗嘆服他的頭腦。

展鵬射出的這一箭中途遭遇董天兵羽箭的撞擊，雖然可以繼續射向目標，但是力量已經減弱了大半。

董天將望著那突然分開的羽箭，終於還是收回畫戟，反手向兩支羽箭拍去，輕鬆將羽箭拍落在地上，他是擔心自己的坐騎受傷，在擊殺熊天霸和保護愛駒之間選擇了後者。而熊天霸卻因為展鵬射出的這支羽箭僥倖躲過一劫，他雖然膽大，此時臉色也不禁變了，如果展鵬出手再晚一步，恐怕他就要被董天將手中的方天畫戟戳個透心涼。

熊天霸的雙腳剛一落地，後領就被人抓住，聽到周默冷哼道：「熊孩子，竟然不聽我的命令。」一把將熊天霸從地上抓起，隨手一揚，熊天霸騰雲駕霧般向南風客棧的大門處飛去，噗通一聲摔在地面上，屁股著地，不過不甚疼痛。周默表面當眾斥責他，可實際上卻是為他解圍，趁機將他救出危險之地。

董天將抓住馬韁，俯視著對面的這位不速之客。

周默平靜望著董天將，董天將凜冽的殺氣如同狂濤駭浪般將周默包圍，可是周默卻如同屹立於大海中的礁石，任憑風高浪急依然沉穩如故。

董天將揚起方天畫戟，一雙虎目死死盯住周默，單從周默一把抓起熊天霸將他扔回陣營的手法，就知道眼前之人絕對是頂尖高手。

董天將的殺氣越發濃重，可是在此時他胯下的坐騎卻向後緩緩退了幾步，拉開和周默之間的距離。

周默心中暗暗讚許，董天將雖然年輕可是頭腦卻非常的冷靜，也許他的暴躁只是表面，真正對敵之時，他懂得審時度勢，知道如何能夠佔據先機，他是以進為退，拉開和周默的距離卻是為了要更好地展開攻擊。

胡小天環視周圍黑壓壓一片的雍軍，整個南風客棧已經陷入對方的包圍圈之中，在眼前的局面下，口舌之利起不到太多的作用，董天將無疑是對方陣營中最為強大的一個，假如周默可以將之擊敗，那麼等於打擊了對方所有人的信心，或許可以扭轉眼前被動不利的局面。

周默也和胡小天一般想法，擒賊先擒王，只要制住董天將，就能夠暫時控制眼前局勢。他緩緩向前走了一步，雙拳緊握，地上的塵土因為他周身澎湃的氣流湧動而無風自起，在他的雙足之下形成漩渦一樣的揚塵。

董天將胯下的黑馬似乎感受到了這股不同尋常的氣息，頸部鬃毛根根豎起，董天將的表情變得前所未有的慎重，右手端起方天畫戟，用右臂將之夾住，左手提拉韁繩，魁梧的身體向前方傾斜，蓄勢待發，一場大戰即將來臨。

圍成的包圍圈突然閃出了一個缺口，一輛四乘馬車緩緩向南風客棧的方向而來，車窗內一張顛倒眾生的美麗面孔探了出來，格格笑道：「知道本公主過來，也不必擺出這麼大的陣仗？咦？董家的三個小子也在呢。」卻是長公主薛靈君到了。

董天將把方天畫戟重新掛在馬鞍子上翻身下馬，抱拳相迎道：「末將董天將恭迎長公主殿下。」

薛明君臉上笑意盈盈：「剛剛聽說這邊有熱鬧可看，於是就過來看看，想不到原來是你們吶。」

董天軍和董天兵兩人也慌忙過來見禮，他們雖然也是皇親國戚，可是身分畢竟無法和長公主相提並論。

薛明君道：「都散了吧，搞這麼大的動靜給誰看呢？」

董天軍道：「啟稟長公主殿下，大康使團囂張無禮，強闖起宸宮，還打傷昆玉宮的方公公。」

薛明君道：「即便是如此好像也輪不到你們過問，大雍帝都，天子腳下竟然隨意調遣兵馬圍攻友國使臣，你們幾個到底是奉了誰的命令？」她剛才還是滿臉笑容萬種風情，頃刻之間就變得冷若冰霜，疾言厲色。

董家三兄弟雖然心中不服，但也不敢當面頂撞。薛明君放下車簾道：「馬上把人全都給我撤走，否則本公主這就去尚書府找董大人問個清楚！」

三兄弟彼此對望了一眼，董天兵點了點頭，董天將揚聲道：「長公主的話你們聽沒聽到，撤了！」

董天軍此時仍然在惦記自己的那對大錘，舉目望過去，卻見熊天霸仍然拎著自己的那對大鐵錘，他指著熊天霸大吼道：「把錘還給我！」

熊天霸好不容易搶來的大鐵錘哪裡肯還，抱著那對鐵錘道：「說好了的，我搶來就是我的。」

胡小天心中暗笑，向熊天霸道：「你不是說這對大錘是空膛的嗎？既然不趁手還給他就是，改天我找人給你打一對好的。」

熊天霸道：「胡叔叔，這可是你說的，千萬不能騙我。」

胡小天笑道：「我何時騙過你？」

熊天霸點了點頭道：「好！」一揚手將那對大鐵錘朝董天軍扔了過去：「樣子貨，我還不稀罕呢。」大鐵錘落在董天軍雙腳前方的地上，將地面砸出兩個深坑。

董天軍上前拎起這對大鐵錘，心中餘怒未消，揚起大錘指著熊天霸道：「小子，山水有相逢，你給我等著。」

熊天霸道：「等著就等著，爺就在這裡等你，你不來找我就是孬種！」

周默沉聲道：「熊孩子，給我進去！」

董天軍氣得哇呀呀大叫，恨不能這就衝上去跟熊天霸拚命，可是因為長公主在場，今天這種情況應該是沒辦法達成心願了，只能恨恨點了點頭，收兵走人。

胡小天笑瞇瞇迎向長公主的坐車，拱手深深一揖道：「胡小天參見長公主殿下！」

長公主薛靈君並沒有露面，她的聲音從車廂內傳出：「胡小天，你還真是個不省心的傢伙。」

胡小天笑道：「小天初到雍都，人生地不熟，當然明白強龍不壓地頭蛇的道理，所以處處低調做人，可就這樣仍然被人殺上門來，如果不是長公主仗義相救，恐怕小天就要稀裡糊塗地死在這裡了。」

薛靈君聽他這樣說不由得呵呵笑了起來：「像你這般低調的人的確不多。」

胡小天焉能聽不出她話裡的弦外之意，微笑道：「長公主大駕光臨，還請屈尊移駕去喝杯清茶。」

薛靈君在車廂內沉默了一會兒，開口道：「聽起來好像有些誠意，那我就進去聊聊。」

馬上有人過來開了車門躬身跪在車前，長公主薛靈君從車內出來，纖足踏在那人的背脊之上，緩步來到地面之上。一雙美眸環視了一下周圍，然後目光落在南風客棧的招牌之上，輕聲道：「南風客棧！這幾個字寫得倒是不錯。」

胡小天暗讚薛靈君識貨，這幾個字是他二哥蕭天穆親筆所題。

陪著薛靈君走入南風客棧，早有人進去通知眾人，長公主要來客棧做客之事，一干人等全都回到自己房間內暫時躲避，即便是禮部尚書吳敬善和向濟民兩人也沒有出來相見，眾人都明白，這位長公主是衝著胡小天來的。

胡小天將薛靈君請到了後院內，高遠為他們送來一壺好茶。胡小天在薛靈君面前擺上茶杯，親自為她倒了杯茶。

薛靈君卻搖了搖頭道：「我不渴！」

胡小天這才想起薛靈君上次因為手術器械被他人使用而憤然離去的事情，薛靈君應該是有潔癖，她並非不渴而是不想用外人的東西，聯想起剛剛薛靈君坐下時候，她的侍婢先在凳子上放了一個軟墊，胡小天本以為是她的屁屁怕涼，現在看來也是因為潔癖的緣故，既然薛靈君嫌棄自己的東西不乾淨，也懶得管她。

胡小天自己倒了杯茶，端起來聞了聞，茶葉是寶豐堂剛剛從江南進來的雨前茶，單聞茶香就已經沁人肺腑，他品了一口茶，故意道：「好茶！」

薛靈君端起面前的茶杯聞了聞茶香，卻並沒有飲用，輕聲道：「你答應我的事情何時兌現？」

胡小天道：「什麼事情？」

薛靈君也非常沉得住氣，將茶杯慢慢落下，剪水雙眸眨了眨：「真糊塗還是裝糊塗？」

胡小天笑了起來：「長公主殿下雙目生得已經夠美，又何須錦上添花呢？」他實在是想不通這個時代的許多人為什麼一定要追求雙眼皮，春蘭秋菊各擅其長，為什麼非要將審美強行統一，在胡小天看來各有各的好處，薛靈君即便是單眼皮也已經夠美，這一點胡小天並沒有任何奉承的成分。

薛靈君道：「君子一言快馬一鞭，答應過的事情總不能反悔吧。」

胡小天笑道：「我沒反悔，只是覺得長公主殿下並沒有做重瞼術的必要，可既然您心意已決，小天自當盡力而為，只是鐵匠鋪遭遇了襲擊，窯爐多半被毀，第二套器械未必能夠及時完成，所以還請長公主多些耐心。」

薛靈君道：「其實你做那個重瞼術本用不到那麼多的器械。」

胡小天愣了一下，心想你又有什麼發言權。

薛靈君道：「我問過母后，你為她做重瞼術的時候用的器械只不過是寥寥幾樣，怎麼到了我這裡卻如此紛繁複雜，同樣一個手術，為何相差如此之大？胡大人能否為我解釋一下呢？」

胡小天微笑道：「人不一樣，需要的器械自然不同，為太后手術，目的是為她解除倒睫的病痛，而長公主的要求和太后完全不同，長公主是為了變得更美。」

薛靈君道：「我比母后更加年輕，體質更好，相對來說本應該更容易才對。」

胡小天哈哈笑道：「說句不中聽的話，長公主在這方面實在是外行。」

薛靈君皺了皺眉頭，心頭雖然不悅但是並沒有動怒。

胡小天道：「我打個比方，又如一幅本來就已經很完美的圖畫，非要讓我在上面再增添一筆，越是如此難度才越大，如何做到天衣無縫毫無瑕疵是個難題啊，稍有不慎就會弄得畫蛇添足，到時候豈不是麻煩？」

薛靈君道：「聽起來好像很有道理。」

胡小天道：「長公主殿下理解就好。」

薛靈君道：「理解，我當然理解，你到底想要什麼，不妨將條件開出來。」

胡小天啞然失笑，看來薛靈君認為自己是想趁機狠撈一票了，胡小天道：「長公主殿下不要誤會，小天並非想從您這裡得到什麼，而是心中的確有些忐忑，正如小天剛才所說，長公主的美貌其實已經讓小天驚為天人，我覺得是沒必要再多加修飾的。」

薛靈君道：「此事你不用勸我，我心意已決，你只需幫我做重瞼術就是，你需要什麼，只管提出來，不必遮遮掩掩，本公主能夠做到的，一定幫你解決。」

話說到這種地步，胡小天也不好意思說別的了，他點了點頭道：「既然長公主已經下定決心，小天自當盡力而為。」

薛靈君道：「那就儘快安排吧，鐵匠鋪那邊我已經讓他們抓緊製作器械，想來明日就能完工了，只要完成就讓他們給我送過去。」她眼波一轉道：「我聽說，我二皇兄找過你？」燕王薛勝景在皇族兄弟之中排行並非老二，可是在他們同胞兄弟之中卻是第二，所以薛靈君一直稱呼他為二皇兄。

胡小天笑道：「是！」

薛靈君道：「他找你做什麼？」

胡小天道：「小天答應為燕王千歲保守秘密，所以……」

薛靈君懶洋洋歎了一口氣道：「不說就算了，你雖然有些本事，又是大康特使，可是在雍都也不能任性而為，這裡畢竟不是你們的地盤。」她等於是對胡小天的提醒。

胡小天道：「多謝長公主教誨，只是很多事都是小天被迫而為。」

薛靈君道：「明晚我府上有個宴會，你過來吧！」

胡小天受寵若驚道：「多謝長公主盛情！」

「來或不來？」

胡小天道：「一定準時前往！」

薛靈君嫣然一笑，百媚頓生，起身道：「好了，你準備準備，明天晚上見面的時候，咱們再細聊，順便確定做重瞼術的時間。」

胡小天恭恭敬敬將薛靈君送出門外，薛靈君的車馬還沒有消失在視野中，又有一隊人馬向這邊而來，胡小天皺了皺眉頭，該不會是董家三兄弟去而復返吧。等到那隊人馬走近，方才認出為首一人乃是女將軍霍勝男，身後還有二十名娘子軍，所有人全都是盔甲鮮明刀槍明亮，英姿颯爽。

霍勝男經過胡小天面前勒住馬韁。

胡小天笑道：「霍將軍，您這是路過呢，還是過來找我？」

霍勝男翻身下馬，一雙美眸向周圍看了看，輕聲道：「董家三兄弟呢？」

胡小天道：「走了？」

霍勝男點了點頭，將手中的馬韁扔給身後的女兵，向胡小天道：「我有些話跟你說。」

胡小天笑道：「霍將軍請裡面坐。」

霍勝男和胡小天一起走入南風客棧，胡小天雖然不知霍勝男此來為何，可是看她的裝扮心中就已經猜到，霍勝男此來絕不是為了私事。

來到後面的庭院，胡小天讓高遠重新沏上一壺好茶，邀請霍勝男坐下，給霍勝男倒了杯茶，笑瞇瞇道：「霍將軍這次找我為了什麼事情？」

霍勝男剪水雙眸盯住胡小天道：「方公公乃是昆玉宮的總管，又是淑妃眼前的紅人，你是不知道他的身分呢？還是明知故犯？」

胡小天微笑道：「霍將軍什麼時候對起宸宮的事情也有興趣了？」

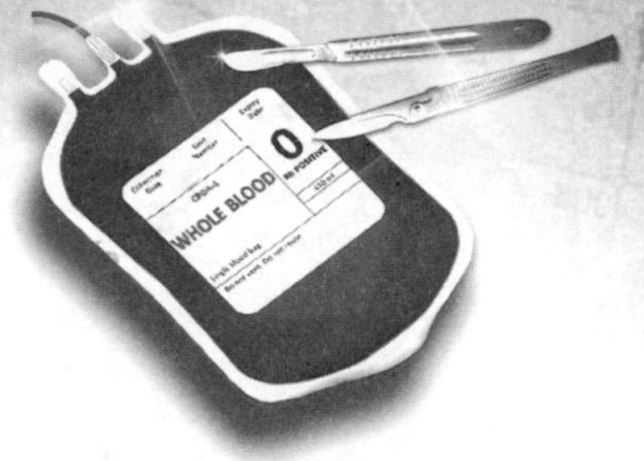

第二章

峰迴路轉

胡小天表面上春風拂面，可內心中卻苦不堪言，
麻煩了，麻煩大了，
蔣太后既然出面，以後應該不會有人再敢為難他們，
可真要是將夕顏這個魔女送去給七皇子薛道銘成親，
等於是將大雍和大康推向決裂和戰爭。

霍勝男道：「其實胡大人想要做什麼，可以通過其他的手段，沒必要利用這種方式來引起他人的注意。」

胡小天聽出霍勝男的弦外之意，端起茶杯品了幾口茶，可以延緩對話的節奏，心中暗忖，看來霍勝男已經看穿了自己在起宸宮鬧事的目的。

霍勝男道：「之前你去慈恩園的時候完全可以向太后坦陳來到雍都之後的際遇，為何你要隻字不提？」

胡小天道：「我去慈恩園乃是為太后治病，而且當時我的身分是神農社的一名弟子，如果照實說，太后豈不是要懷疑我有其他的目的？」

霍勝男道：「可是以後你也有機會。」

胡小天歎了口氣道：「霍將軍，不瞞您說，自從我方使團來到雍都之後，處處遭到冷遇，時刻面臨屈辱，小天曾想，大雍乃是禮儀之邦泱泱大國，怎會如此作派，興許一些事只是小人作祟，也許等到大雍皇室知道這件事之後，一切就能夠好轉，本著儘量不要傷害兩國邦交的想法，以和為貴，以忍為先，卻想不到，來到雍都已有多日，別說貴國皇上召見，甚至連一個像樣的大臣過來接待都沒有，請問這樣的行為叫不叫失禮？又讓人怎能不生氣？」

霍勝男劍眉緊鎖，俏臉之上露出慚愧之色，雖然這些事並非是她所做，可是站在大雍的立場上來看，所有這一切的確稱得上失禮之極。

胡小天道：「雖然距離成婚之日尚早，可是我方也能夠看出這些事情非同尋常，我找來常駐大雍的使節，試圖通過他向貴國皇帝坦誠此事，可惜投訴無門，我也想過向太后說明這件事，可是後來我又聽說，這一系列的事情很可能是淑妃娘娘母子所為，於是我又猶豫了。」

霍勝男道：「猶豫什麼？」

胡小天道：「這世上太少幫理不幫親的事情，我擔心講出來也是沒用。」

霍勝男道：「太后才不是你想的那種人，胡小天，太后已經知道了你們的事情，我此次前來是要告訴你，從今日起，我會全面接管起宸宮的警戒任務。」

胡小天聞言大喜過望，霍勝男這樣說就意味著太后已經決定過問大婚的事情，可喜悅在他的心中也只是稍縱即逝，安平公主根本就是個冒牌貨，這件事還不可怕，真正可怕的卻是她並非紫鵑而是夕顏。想起夕顏冒名頂替的目的，胡小天打心底發寒，她十有八九是要對七皇子薛道銘不利，假如被她得逞，大雍和大康之間必然反目為仇，因此而興起戰火也極有可能，原本胡小天一心想讓大雍皇族過問這件事，現在終於引起了太后的注意，可此時他的心境卻又有了天翻地覆的改變。

胡小天道：「當真？」

霍勝男道：「我為何要騙你？太后因為慢待貴國使團的事情非常生氣，已經派人去調查，只要查清這件事的始作俑者，必然嚴懲不貸。」

胡小天道：「霍將軍替我多多謝過太后。」

霍勝男道：「太后那邊我自會去說，只是剛才的事情還望胡大人做出解釋。」

胡小天揣著明白裝糊塗道：「不知霍將軍指的是什麼事情？」

霍勝男道：「糾集人馬和董家三兄弟當街爭鬥，難道你以為大雍就沒有王法嗎？」

胡小天道：「霍將軍這麼說就是欺負我這個外來人了，剛才並非是我糾集人馬和董家兄弟爭鬥，而是他們三兄弟糾集人馬將南風客棧團團圍困起來，口口聲聲要為方連海報仇，如果不是霍將軍及時到來，只怕我們使團的近百條人命都要葬送在他們手裡了。」

霍勝男道：「如果不是你率眾前往起宸宮滋事，又怎會給董家兄弟報復的藉口。」

胡小天歎了口氣道：「到底是自己人向著自己人，霍將軍既然這樣說，小天也無話可說了。」

霍勝男道：「我多少瞭解了你們的事情，使團剛剛抵達大雍之時，算上安平公主也不過三十六人，而現在你們已經有了近百人，胡大人可否告訴我，你糾集那麼多人馬究竟想做什麼？」

胡小天道：「霍將軍，我們使團在庸江遭遇沉船，其間死傷不少，也失蹤了不少人，後來這些失蹤的兄弟陸陸續續找了回來，護送公主前來雍都完婚乃是我們的職責所在，我這樣說，霍將軍可以理解嗎？」

霍勝男道：「我理解與否並不重要，別說是百餘名手下，就算胡大人帶來一支萬人使團，在雍都也翻不起什麼風浪。」她這番話說得斬釘截鐵，擲地有聲。

胡小天呵呵笑道：「我此次率使團前來乃是為了兩國聯姻，帶著友好而來，難道霍將軍懷疑我的誠意？」

霍勝男道：「胡大人來到雍都之後發生了不少的事情，不是我不相信胡大人，而是很多事情發生得實在太過湊巧。」

胡小天心中暗忖，難道他們將飛翼武士襲擊鐵匠鋪的事情也算在了自己的頭上，真要是這樣，自己豈不是冤枉？

霍勝男道：「太后會出面主持七皇子和安平公主的婚禮，胡大人大可放心。」

胡小天表面上春風拂面，可內心中卻苦不堪言，麻煩了，麻煩大了，蔣太后既然出面，以後應該不會有人再敢為難他們，可真要是將夕顏這個魔女送去給七皇子薛道銘成親，等於是將大雍和大康推向決裂和戰爭，胡小天雖然並不關心所謂的國家大事，可是當國家大事和自己的切身利益緊密結合在一起的時候，他不得不考慮，不得不去關心，夕顏如果將薛道銘給害了，那就是把自己也坑了，無論如何都要阻止這件事的發生。

霍勝男看到胡小天一直都沒說話，以為他還有別的想法，輕聲道：「胡大人有什麼要求只管對我直說，只要是勝男力所能及，一定會為胡大人做好，能力之外的我會稟告太后。」

胡小天道：「霍將軍，如果我沒理解錯您的意思，從今天起你和你手下的那些女兵就負責起宸宮的安全了？」

「一直到三月十六大婚。」霍勝男端起茶盞，抿了口清茶道：「所以胡大人不用擔心公主的安全，也不用擔心你自身的安全，太后讓我告訴胡大人，還是搬回起宸宮居住，省得不明真相者還以為我們大雍慢待了貴國的使團。」

胡小天心中冷笑，現在叫亡羊補牢嗎？之前將我們趕了出來，現在又要叫我們回去，當我們是什麼？召之即來揮之即去嗎？胡小天道：「多謝太后美意，只是我們這幫兄弟向來自由不羈，在南風客棧住得已經習慣了，還是繼續住下去的好。」

霍勝男道：「胡大人真想拒絕太后的一番心意？」她的這番話軟中帶硬，分明是在暗示胡小天，這起宸宮你去也得去，不去也得去。

胡小天道：「既然是太后的意思，那也卻之不恭，回頭我和兄弟們收拾收拾……」

霍勝男打斷他道：「起宸宮容不下那麼多人，安平公主的安全我會全權負責，胡大人也不必擔心。」

胡小天道：「霍將軍什麼意思？難道讓我手下的這群人就此離去嗎？」其實他巴不得將手下的大部分武士遣散回程，這樣說只是故意試探霍勝男的意思。

霍勝男道：「胡大人又何必讓別人妄加揣測呢。」

胡小天將手中茶杯緩緩放下，緊皺雙眉做出一副為難的表情，過了好一會兒方才道：「就依霍將軍所言，除了必留之人，其餘人讓他們先行回去。」

霍勝男微笑道：「多謝胡大人體諒我的難處。」她卻不知道胡小天本來就做好了讓手下大部分人先行回程的準備，現在這麼說只是順水推舟，等於霍勝男給了他一個絕佳的理由，你不是擔心我帶領手下在雍都鬧事嗎？現在我拿出誠意，讓大部分人先走，你這下應該無話可說了。

胡小天道：「只是我的這幫手下離去之後，再有人欺負我們，到時候我豈不是叫天不應，叫地無門？」

霍勝男道：「胡大人儘管放心，從今日起，誰敢無辜招惹胡大人，就是跟我霍勝男過不去！」

胡小天點了點頭道：「好，霍將軍既然將話說到這個份上，小天也不多說什麼了，等會兒我就安排一下，儘快前往起宸宮。」

霍勝男微笑起身道：「我也該去起宸宮接管那邊的事情了，胡大人還是抓緊過去。」

胡小天將霍勝男送出門外，剛剛返回南風客棧，吳敬善就慌慌張張地來到了胡小天的面前，自從董家三兄弟率兵圍困客棧，吳敬善就被嚇得七魂不見了六魄，心中已然下定決心，什麼面子也不管了，這次無論如何都要先走，雖然考慮到冒牌公主的事情一旦敗露，很可能會遭到滅頂之災，可是能多活一日就多活一日，他可不想不明不白地死在異國他鄉，既然胡小天願意承擔，他當然求之不得。

吳敬善充滿擔心道：「怎樣？霍將軍怎麼說？」

胡小天將霍勝男剛才說的那番話簡單告訴了吳敬善，吳敬善聽到蔣太后終於出面過問這件事心中可謂是喜憂參半，喜的是大雍皇室看來是認同了這樁婚事，有蔣太后主持公道，那淑妃母子就算是再不情願也不敢再公然為難他們，憂得是，安平公主根本就是個冒牌貨，萬一事情敗露，他們非但成了大雍公敵，同時也成了大康的罪人，天下雖大哪裡都不會有他們容身的地方。

胡小天道：「咱們今天在起宸宮的事情驚動了大雍方面的不少人，有人故意散佈謠言，說咱們新近增加了那麼多的武士想要圖謀不軌。」

吳敬善叫苦不迭道：「咱們使團原本七百多人，現如今只剩下不到一百人，怎麼可能圖謀不軌？」

胡小天道：「嘴長在別人身上，他們想怎麼說就怎麼說，咱們又能有什麼辦法？」

吳敬善道：「可是公主大婚之期未到，咱們總不能全都離開。」他心底已經打好譜了，胡小天留下，他得先走。

胡小天道：「吳大人，我看咱們還是不要留下太多人，蔣太后已經讓霍勝男率領她的娘子軍接替起宸宮的警戒任務，霍勝男的為人還算不錯，武功也非同一般，公主的安全自然不必擔心，他們的意思是讓我們返回起宸宮。」

吳敬善道：「所有人嗎？」

胡小天道：「當然不可能是所有人，吳大人，我看還是按照咱們之前的計畫，您先離開，我從這一百人中挑選十人留下，其餘人全都跟隨你先行返回大康，不知吳大人意下如何？」

吳敬善歎了口氣道：「胡大人，老夫真不想走，可是又擔心留下妨礙大人做事。」

胡小天知道吳敬善是在惺惺作態，微笑道：「吳大人只管放心，我一定將公主的事情做得妥妥當當，大人先我一步返回大康，就在邊境等我的好消息。」

吳敬善顯得頗為激動，伸出手去，抓住胡小天的右手用力握了握道：「胡大人，若是你我能夠圓滿完成這件事，順利返回大康，以後胡大人的事情就是老夫的事情。」吳敬善這番話說得的確是肺腑之言，生死與共的患難感情是其他事情比不了的。

胡小天道：「一定可以圓滿完成陛下交給咱們的任務。」

胡小天從使團成員中精選了十餘人留下，周默、展鵬、熊天霸、梁英豪是一定要留下的，唐輕璇不肯走，她大哥唐鐵漢自然也要一起留下，除此以外，胡小天又挑選了八名精英好手，其他人護送吳敬善即刻返回大康。這些人由陸路返回，說好了在邊境武興郡附近等候消息。

吳敬善這群人只是胡小天計畫中撤出雍都的第一撥人馬，他還要儘快將龍曦月送出大雍。

龍曦月聽聞胡小天舊事重提，又要讓她先行離去，一雙美眸頓時紅了起來，咬了咬櫻唇道：「你不是說過，任何時候都不會和我分開嗎？」

胡小天點了點頭，輕輕攬住她的肩頭道：「我的確說過，可是此一時彼一時，事情並不如我們預想中順利，淑妃母子對此次聯姻不滿，處心積慮想要對使團不利，你留在雍都多一日，風險就多上一分，而且你在這裡，我會分心。」

龍曦月美眸含淚，點了點頭道：「小天，總之我答應你，我老老實實待在寶豐堂哪裡都不去，大婚之前，你只管去做你的事情，就算不來見我也沒有關係，好不好？」

胡小天歎了口氣，唯有將實情坦然相告：「曦月，你記不記得上次我曾經問你，紫鵑的身上有何特徵？」

龍曦月嗯了一聲，俏臉不由得有些紅了，她小聲道：「你當真去驗證了？」這胡小天真是膽大包天，什麼事情都敢去做，難道他真去驗證這個秘密了？

胡小天道：「沒用你教我的方法，不過我一樣查出了她的身分。」

龍曦月驚聲道：「她不是紫鵑？」

胡小天點了點頭道：「所以這件事才變得麻煩，我擔心她會利用這次的聯姻，冒充你的身分對七皇子薛道銘不利，如果那樣，事情就會變得非常棘手。」

龍曦月道：「她是要謀害薛道銘，從而挑起大康和大雍之間的紛爭嗎？」

「不錯！」

龍曦月聽聞這個消息不由得焦急起來：「怎麼會變成這樣，如果真要被她得逞，兩國之間豈不是要掀起一場戰爭？」

胡小天道：「她應該是代表西川李氏而來。」

龍曦月道：「李氏果然是狼子野心，竟然想出這樣的卑鄙手段來危害大康。」

胡小天道：「更麻煩的是，她已經知悉了你的身分，所以我才想你先行離開，由展大哥護送你前往大雍海陵郡，你就在那裡等我，我在這邊將事情安排妥當之後，即刻前往海陵郡與你會合。」

龍曦月雖然心中不願和胡小天分離，可是聽說眼前局勢如此惡劣，她如果堅持留在雍都只會讓胡小天分心，黯然垂淚道：「小天，你準備如何應付這件事，若是她當真和薛道銘成親，豈不是等於我們幫她成就了這場陰謀？兩國之間若是因此而反目成仇，掀起戰事，我今生良心也過意不去。」

胡小天道：「曦月，我既然能夠將你從他們的眼皮底下換出來，我一樣可以帶你平平安安地離開大雍。至於聯姻之事，我自有打算，絕不會讓她得償所願。」

龍曦月道：「她既然能夠騙過這麼多人的耳目，想必也不是普通人物，小天，我是擔心你。」

胡小天握住龍曦月的纖手道：「你不用擔心，我自有應對之法。」

蕭天穆和周默聽聞冒牌公主竟然是五仙教的魔女夕顏，全都是大吃一驚，原本他們以為胡小天的計畫已經足夠周密，卻想不到螳螂捕蟬黃雀在後，這件事終究還是被人鑽了空子，在紫鵑這個環節上出現了差錯。

周默道：「此女易容術竟然如此高明，我觀察過她多次，都沒有看出任何的破綻，難道她和紫鵑的相貌天生相似？到了無從分辨真假的地步。」

蕭天穆道：「又不是孿生姊妹，怎麼可能完全一樣。」

周默道：「我聽說五仙教有一種易容術，可以利用某種秘術改變面部的形容輪廓，想來這魔女用的就是這種方法了。」

蕭天穆道：「這件事的確麻煩了，她是要利用這次機會挑起大雍大康兩國之間的戰事。」

展鵬道：「不錯，若是薛道銘死了，大雍必傾舉國之力發動對大康的戰爭。」

周默道：「一定要阻止她，如有必要可以將之剷除！」

胡小天聞言心頭一顫，忽然間想起夕顏過去對自己的諸般好處，雖然現在看來夕顏曾經的真情流露只不過是偽裝罷了，可真是要除掉夕顏，他還是於心不忍。胡小天提醒道：「她現在的身分是安平公主。」

蕭天穆歎了一口氣道：「此女真是狡詐，竟然想出這樣的計策，將我等陷入進退兩難的境地。她算準了我們不敢揭穿她的本來面目，真正麻煩的是，如果阻止她嫁給薛道銘，我們上哪兒去找安平公主來和薛道銘完婚，如果任由她嫁給薛道銘，後果更是不堪設想。」

周默道：「無論如何都不能讓她挑起兩國的戰事，真要是打起來，不知有多少無辜百姓要陷於水火之中。」

蕭天穆道：「三弟，你是如何認出她的本來面目？」

胡小天道：「此事說來話長，我與這妖女打交道已經不止一次，我在西川的時候就和她相識，她做事神秘莫測，喜怒無常，不過一直以來也未曾害過我。」

蕭天穆從胡小天的話中聽出他和夕顏的關係應該非同一般，心中忽然一動：「三弟，你能否勸她改變主意，只要她能夠放棄這次的刺殺，以她的本事，即便是在大婚之日逃走也並非難事。」

胡小天苦笑道：「她未必肯聽我的話。」心中暗忖，若是夕顏願意和自己站在統一立場上，所有的事情肯定迎刃而解，她繼續冒充安平公主，等到大婚之日，悄聲無息地走掉就是，到時候自己的使命也已經完成，安平公主嫁過去就是大雍的人，出了任何事當然是他們負責。可他也清楚，這樣的情景只存在於理想中罷了，夕顏這次的行為肯定是蓄謀已久，絕不會因為自己而改變。

蕭天穆道：「距離大婚還有半個月的時間，相信咱們一定能夠找出辦法解決，三弟，你就按照大雍方面的安排進入起宸宮，儘快查出那魔女的弱點所在，不到逼不得已的地步，咱們還是爭取讓她轉變念頭，不必採取極端的手段，至於其他人，應該安排儘早撤離了。」

胡小天點了點頭道：「曦月已經答應提前離開雍都，展大哥，你和天霸一起護送曦月前往海陵郡，務必要保證她的安全。」

展鵬拱了拱手道：「好！」

周默道：「天霸那小子就不必去了，他性情暴躁，我擔心他途中生事。」

胡小天的本意是讓熊天霸先走，省得這小子留在雍都招惹麻煩，可周默考慮得也不無道理，除了周默和自己以外，其他人還真鎮不住這小子，所以還是留在身邊更為放心一些。

胡小天道：「那就讓趙崇武和你一起過去。」

蕭天穆道：「此事倒是不用擔心，我讓高遠陪同他們一起前往海陵郡，這小子足夠機靈，必然可以將一切安排妥當。」

胡小天道：「其餘人和我一起返回起宸宮，看看事情的發展，再見機行事。」眾人離去之後，蕭天穆將胡小天單獨留下，胡小天知道他肯定有重要事情要說，低聲道：「二哥有什麼吩咐？」

蕭天穆道：「三弟，其實大雍和大康之間早晚都會有一戰，就算那魔女殺掉了薛道銘，也無非是提前引燃了戰火。」

胡小天內心一驚，他何嘗不是想透了這個道理，大康日漸衰微，已經從昔日的中原霸主，淪落為人人都想吞併的肥肉，此次聯姻或許可以延緩一時，但是絕對起不到永遠和平的作用。蕭天穆說得不錯，夕顏縱然殺掉了薛道銘，這筆帳也只會算在大康的頭上，而自己在這件事上並沒有太大的損失，只要讓此次的聯姻圓滿完成，那麼他就算完成了自己的任務，對大康就有了交代。

胡小天道：「雖說如此，可是她若得逞，皇上必然要找一個替罪羊出來。」

蕭天穆道：「我只是說最壞的一步，如能勸她改變主意當然最好不過。」

窗外忽然響起一聲沉悶的春雷，整個天地似乎為之震動了起來，兩人停下說話，外面頃刻間就已經落下瓢潑大雨，滂沱密集的春雨瞬間籠罩了整個世界，胡小天來到窗前，伸手關上了窗戶。

夜風夾雜著雨霧在這一瞬間已經潛入了房內，打濕了桌面，吹熄了燭火。

蕭天穆輕車熟路地走了過去，找到火石重新點燃了燭火，對他來說光明和黑暗原本沒有任何的分別。

胡小天道：「二哥，你也應該早些準備離開雍都了。」

蕭天穆道：「明日我就會離開雍都。」

胡小天沒想到他走得那麼快，不由得有些吃驚。

蕭天穆道：「我想先行返回康都，這邊的事情撲朔迷離，如果一旦事情有變，胡叔叔他們必須有人照應。」

胡小天有些感動地抿了抿嘴唇，蕭天穆考慮事情遠比自己要周到得多。

康都也在下雨，卻不如雍都那般氣勢滂沱，暢快淋漓，夜色中的康都沐浴在濛濛煙雨之中，淒風苦雨，纏綿悱惻。時近午夜，大康皇帝龍燁霖仍然沒有入睡，靜靜坐在書案前，臉上寫滿了憂慮，書案之上卷宗早已堆積如山，可是他卻無心翻閱，因為他心中明白，這堆積如山的奏摺和卷宗裡面沒有一丁點的好消息。

小太監尹筍敲門走了進來，簡皇后跟著他的腳步走了進來。

龍燁霖頗感差異，他已經很久未曾去過馨寧宮，皇后也很少過來打擾他，此次深夜造訪卻不知又有什麼事情？想起最近困擾自己的立嗣之事，龍燁霖心中暗歎，看來她此次又是為了這件事而來。

簡皇后從身後宮女手捧的托盤內端起一碗參湯，緩步來到龍燁霖面前，柔聲道：「皇上，臣妾剛剛為您煮了一碗參湯，給您補補身子。」

龍燁霖表情漠然道：「放在這裡吧。」

簡皇后歎了口氣道：「臣妾知道，皇上終日為了國事繁忙，可您也要顧惜自己的身子。」

龍燁霖有些不耐煩地皺了皺眉頭道：「朕的身體好得很，你回去休息吧，不要管朕的事情。」

簡皇后使了個眼色，幾名宮人全都退了出去。

龍燁霖抬起頭來，冷冷望著簡皇后道：「怎麼？朕的話你沒有聽到？」

簡皇后咬了咬朱唇，黯然道：「陛下，臣妾只是關心您的身體……」

龍燁霖的目光望向桌面的那一碗參湯，伸手端了起來，幾口就喝淨了參湯，將空碗重重放在書案之上：「這下你滿意了，可以走了？」

簡皇后內心如同被針芒刺入，她搖了搖頭道：「陛下，在你心中難道沒有臣妾的方寸之地嗎？」

龍燁霖望著簡皇后，忽然龍顏大怒，抓起那空碗狠狠擲到了地上，立時摔得粉碎，然後霍然起身怒吼道：「你是不是嫌朕還不夠煩？朕無時無刻不在為國事操勞，你非但不能為朕分憂，反而盡是惹朕心煩。」

簡皇后跪倒在地上，顫聲道：「皇上息怒，臣妾只是送參湯給皇上補養龍體，絕沒有其他的意思……」

「賤人！你心中想些什麼，以為朕當真不知道嗎？無非是想讓朕立你的兒子為太子！」

「皇上，廷盛也是您的兒子。」

龍燁霖呵呵冷笑道：「那又如何？他何德何能可以當得起太子之位？大康危機四伏，國勢衰微，他又有何能力拯救萬民於水火之中？」

簡皇后抬起頭：「皇上，長幼有序，自古以來都是這樣的規矩。」

龍燁霖怒視簡皇后一步步走向她道：「規矩？你不知道規矩是人所定，朕的話就是聖旨，朕的話才是規矩！」

簡皇后含淚道：「在你心中，始終都是偏愛著老三多一些，你從未正眼看過廷盛。」

龍燁霖道：「是！朕心意已決，決定立廷鎮為大康太子，怎樣？你有何不滿？」

簡皇后兩行淚水簌簌而落，顫聲道：「皇上，你對廷盛太不公平。」

「這世上本沒有公平二字。」

「皇上，這些年我如何對你的，沒有功勞也有苦勞，你當年又是如何答應過我？難道如今你全都忘了嗎？」

龍燁霖呵呵笑道：「說來說去，還不是你惦記著自己的位置。你如何對我？這麼多年來，你何嘗當我是你的夫君？你所在乎的還不是自己的利益？現在你完全明白了，可以走了！」

簡皇后點了點頭道：「臣妾這就走，皇上既然不把臣妾當成你的妻子，臣妾又怎能將你當成我的夫君？」

龍燁霖聞言不由得勃然大怒，揚起手來照著簡皇后的臉上就是狠狠一記耳光，打得簡皇后面頰高腫，怒吼道：「賤人！大膽！信不信朕廢了你？」

簡皇后緩緩站了起來，她呵呵笑道：「信！當然相信，這世上還有什麼事情是你做不出來的？連父皇你都敢廢，更何況我？」

龍燁霖徹底被她激怒，宛如一頭暴怒的雄獅般向她衝了過去：「大膽……」胸口忽然感覺到一悶，他下意識地捂住胸膛，腳下不由得踉蹌了一下。

簡皇后望著龍燁霖：「陛下，您這是怎麼了？」

一種熟悉的感覺湧入了龍燁霖的體內，他用力搖了搖頭，掙扎著回到書案前，想要回到椅子上坐下，手足卻突然顫抖個不停，雙手用力抓住書案的邊緣，顫聲道：「你……你……」

簡皇后從袖中取出了一個藥瓶，擰開瓶塞，一股淡淡的藥草香氣彌散在室內的空氣中。

龍燁霖用力閉上眼睛，屏住呼吸，竭力控制自己不去聞那股誘人的味道，可是他的鼻翼卻不受控制地翕動起來，終於他用力吸了口氣，彷彿要將空氣的那股味道全都吸入自己的肺腑中。隨即他感到胸口傳來一陣絞痛，痛得他幾乎無法站立，雙腿一軟噗通一聲跪倒在地上。龍燁霖捂住胸口，大聲慘叫道：「來人……救駕……」

外面卻無人應聲，簡皇后冷冷望著他，目光中沒有一絲一毫的感情，甚至找不到任何的憐憫，剩下的只有怨毒和仇恨。

龍燁霖慘叫道：「你……你在參湯中放了什麼？」

簡皇后傲然望著龍燁霖，在她記憶中還是第一次俯視龍燁霖，望著自己的夫君，這位大康天子匍匐在自己的腳下，她的內心深處生出一股莫名的快意，簡皇后緩步來到龍燁霖的面前，輕聲道：「你的性命還只剩下一個時辰。」

龍燁霖撲上去想要抓住簡皇后，可是剛到中途就因為胸口的劇痛倒在了地上，他慘叫道：「毒婦！你這個毒婦，朕要將你凌遲處死，還要滅你九族……」

簡皇后歎了口氣道：「我要得不多，我自從嫁給你之後，陪著你風風雨雨走過這麼多年，患難與共，生死相依，你失意之時，是誰在你的身邊不離不棄？我不求你對我不離不棄，只求你好好的扶植廷盛，兌現你昔日的承諾，可是連這麼簡單的要求你都不能答應我。」

龍燁霖咬牙切齒道：「賤人，朕要將你連同你的孽種全都凌遲……」話沒說完，簡皇后躬下身去，揚起右手狠狠抽了他一個耳光，打得龍燁霖眼冒金星，唇角沁出了鮮血。

簡皇后柳眉倒豎，鳳目圓睜道：「他不是孽種，是你的兒子，虎毒不食子，你是不是人？」說到這裡她搖了搖頭道：「你不是人，你可以篡奪親生父親的皇位，可以殺死你的同胞兄弟，在你心中又哪有絲毫的親情可言？」

龍燁霖顫聲道：「你這個賤人，知不知道自己在做什麼？」

簡皇后呵呵笑道：「知道，我當然清楚，這世上任何事都會有報應的，我給你一個機會，應該怎樣做，不用我教你吧？」

龍燁霖捂著胸口，忽然高聲道：「救駕！救駕……」

簡皇后冷冷道：「你叫破喉嚨都沒用，時間已經不多了，你是不是真想讓我以後以哀家自稱嗎？」言語之中哪還有半點的夫妻情分。

龍燁霖雙目中流露出一絲恐懼，他點了點頭道：「好！朕……朕就依著你的意思，冊立廷盛為太子。」

簡皇后微笑道：「都是你的親生骨肉，誰來當這個太子還不是一樣？」她揚聲道：「來人！」

房門打開，姬飛花從外面緩步走了進來，龍燁霖望著姬飛花，目光中幾欲噴出火來，他咬牙切齒道：「果然是你這個閹賊！」

姬飛花將一份擬好的聖旨展開在書案之上，輕聲道：「陛下請過目。」

龍燁霖怒視簡皇后：「你竟然串通這個閹賊害我！」

簡皇后道：「如果不是陛下要將我母子逼入絕境，臣妾也不會做出這樣的事情。」

「好！好！好！」龍燁霖一連說了三個好字，他強忍胸口的疼痛扶著書案站起身來，舉目望去，那份聖旨已經擬好，當他從頭到尾看了一遍，不由得大吃一驚：「你們……你們竟然要讓廷盛代朕主持朝政，這豈不是要讓朕退位？分明是大逆不道……」

簡皇后道：「皇上應該效法太上皇，何必貪戀皇位？再說廷盛也已經到了獨當一面的時候。」

龍燁霖死死盯住姬飛花，在他看來所有一切全都是姬飛花所策劃，這愚蠢的女人被姬飛花利用，竟然對付自己。龍燁霖緩緩點了點頭道：「姬飛花，你果然夠狠。」

姬飛花輕聲道：「皇后娘娘說得不錯，皇上的確應該效法太上皇，急流勇退才是正本，既然皇上重病纏身已經無法處理朝政，那麼及早讓賢退位也不失為一個英明的決斷。」

龍燁霖望著簡皇后道：「賤人，他今日對我如此，以後同樣可以這樣對付你們。」

望著丈夫悲痛欲絕的眼神，簡皇后內心中忽然生出一絲歉疚，不過稍閃即逝，很快她又硬下了心腸。

姬飛花道：「皇上若是冊立三皇子龍廷鎮為太子，以他的性情必然會對大皇子趕盡殺絕，大康再也禁不起這樣的風浪，大皇子宅心仁厚，他主持朝政方能讓大康百姓心服口服。」

龍燁霖呵呵笑道：「你只不過想找一個任由你擺佈的傀儡罷了。」

姬飛花道：「飛花忠心為國，蒼天可鑒，皇上若是這樣想，臣也沒有辦法。」

龍燁霖的目光重新回到聖旨之上：「偽造聖旨，你們以為這樣就能夠蒙蔽朝中大臣，堵住天下人的口舌嗎？」

姬飛花道：「偽造聖旨的是陛下，皇上曾經做了什麼事情，太上皇最清楚不過，要不要臣請太上皇出山，將皇上當初做過的事情向諸位大臣一一說明呢？」

龍燁霖望著那份聖旨，忽然抓起那份聖旨用力扯碎，怒吼道：「朕絕不會簽下自己的名字，朕絕不會交出傳國玉璽……」

姬飛花歎了口氣道：「陛下比任何人都要清楚，你手中的傳國玉璽根本就是假的！」

龍燁霖彷彿被人一拳擊中了要害，整個人頓時萎靡了下去，顫聲道：「你……你想要怎樣？」

姬飛花道：「那要看皇后娘娘的意思。」他將準備好的另外一份聖旨放在書案之上，然後悄然退了出去。

房門在姬飛花的身後關閉，何暮率領一眾太監恭敬向姬飛花行禮，姬飛花擺了擺手，淡然道：「沒有咱家的命令，任何人不得隨意出入宣微宮。」

「是！」

龍燁霖被宮外的這聲呼喝嚇得身軀一顫，望著書案上的那份聖旨，這次他沒有將之扯碎，整個人冷靜了下來，簡皇后來到書案旁為他磨墨。

龍燁霖充滿怨毒地望著皇后，低聲道：「大康江山就斷送在你這賤人的手中……」

簡皇后歎了口氣道：「事情沒有陛下想的那樣糟糕，你能做的事情，延盛一樣可以做到。」

「做什麼？做一個任人擺佈的傀儡嗎？」龍燁霖恨恨點了點頭，終於在那份聖旨之上寫下自己的名字，簡皇后大喜過望，等到墨蹟乾透，迅速將聖旨收起。

龍燁霖此時胸痛如絞，捂著胸口氣喘吁吁道：「給我解藥，朕將玉璽交給你……」

簡皇后點了點頭，向門前走了幾步，然後取出那個瓷瓶，高舉起來。

龍燁霖似乎意識到了什麼，驚慌失措道：「給我……朕將玉璽給你……」

「為何你自己不過來拿？」

龍燁霖咬了咬嘴唇，心中對這位結髮妻子已經恨到了極致，若然有機會脫困，必將這賤人千刀萬剮方解心頭之恨。他顫巍巍向前走了幾步，簡皇后卻在他到來之前將瓷瓶扔在了地上，瓷瓶摔得粉碎，從中滾落出三顆藥丸。

龍燁霖拚命奔了過去，可惜雙腿痠軟，摔倒在地上，他掙扎著向前爬行，不顧地上散落的碎瓷片割破他的肌膚，更顧不上什麼一國之君的威儀，顫抖的手撿起地上的藥丸就塞入口中，他吃完之後感覺舒坦了一些，拍了拍胸口，喘了幾口粗氣，大聲道：「來人……」眼前卻突然看到五彩繽紛的光暈，然後一個極其恐怖的幻象出現在他的面前，龍燁霖慘叫道：「走開……走開……不要殺我……不要殺我……」他的聲音從慘叫變成了大聲嚎哭，整個人變得瘋癲若狂。

簡皇后站在宣微宮外，聽著龍燁霖淒慘喊叫的情景，臉上流露出些許不忍之色，不過她很快就鎮定了下來。

何暮悄然來到她的身邊，恭敬道：「皇后娘娘，陛下發生了什麼事情？」

簡皇后道：「陛下瘋了……」她說完歎了口氣道：「這件事要嚴密封鎖消息。」

「小的明白！」

與此同時，承恩府已經被羽林軍層層包圍，李岩手托聖旨，昂首闊步走入承恩府內：「聖旨到！」

幾名小太監慌慌張張迎了出來，匍匐在地上。

李岩冷冷望著他們：「權德安何在？」

一名小太監顫聲道：「啟稟李公公，權公公一早就出去了，至今未回。」

李岩充滿狐疑地望著他們，冷哼了一聲道：「搜！將承恩府裡裡外外全都搜查一遍，不可放過任何一個角落。」

文承煥霍然從床上坐了起來，驚呼道：「博遠……」他又做噩夢了，驚出了一身的冷汗，外面傳來簌簌的落雨之聲，可風雨中隱約傳來駿馬嘶鳴的聲音。文承煥站起身來，點燃床頭燭火。

此時門外響起急促的敲門聲，聽到下人驚聲道：「老爺！老爺大事不好了，內官監提督姬飛花率領兵馬將咱們太師府給團團圍困起來了。」

「什麼？」文承煥顧不上穿好衣服，大步來到門前將房門拉開。

那下人的衣衫都被夜雨打濕，顫聲道：「老爺，前門、後門全都被人堵上了，姬飛花已經到了大門外。」

文承煥在短暫的慌亂之後迅速鎮定了下來，他點了點頭道：「去！打開大門，請姬公公往前廳就坐。」

「老爺……」

「去！」

文承煥轉身來到銅鏡前，整理了一下儀容，穿戴整齊之後，這才邁著不緊不慢的步伐來到前廳，他這一生輾轉浮沉，閱盡滄桑，為了故國大業，臥薪嚐膽忍辱偷生，早已將生死置之度外，在兒子不幸遇害之後，他的內心變得前所未有的堅定，不滅大康誓不甘休！

姬飛花靜靜坐在太師府的前廳，手中端著青花瓷的茶盞，一邊品茶一邊等候著文承煥的到來。

文承煥的聲音從東側響起，他呵呵笑道：「姬公公，這麼晚了，大駕光臨不知有何見教？」

姬飛花劍眉飛揚，雙眸閃爍著秋水般的寒光，微笑道：「這麼晚了，打擾太師實在是不好意思，可事關重大，飛花又不能不來，打擾太師休息，還望恕罪。」

文承煥來到姬飛花身邊坐下，目光投向前院，那裡站著二十名隨同姬飛花前來的武士，武士們盔甲鮮明，一個個手持武器宛如雕塑般傲立於風雨之中。這些就是姬飛花賴以稱霸京城的羽林衛。

文承煥唇角露出一絲不屑的笑容：「姬公公好大的陣仗！」

姬飛花擺了擺手，那群武士全都退了出去，表情淡然道：「咱家仍然記得，太上皇退位的時候，文太師是最早站出來支持新皇登基的。」

文承煥皺了皺眉頭：「姬公公有什麼話不妨明說。」

姬飛花向他湊近了一些，壓低聲音道：「皇上突發急病，神智錯亂，還殺了兩名宮人，剛剛險些連皇后娘娘也殺了……」

文承煥為之色變：「什麼？」他的內心被恐懼籠罩。

姬飛花道：「還好皇上之前已經擬好了聖旨，太子之位已經及時確定。」

文承煥顯然沒有想到這場變故來得如此突然，或許是他近日因為兒子的離世而心神恍惚，竟然忽略了朝中的變化，姬飛花抓住這個機會在宮廷之中翻雲覆雨，他既然這樣說，就證明宮內已然發生了翻天覆地的變故，文承煥低聲道：「皇上一直龍體康健，怎會突然……」

姬飛花冷冷打斷他的話道：「這世上的事情誰也說不清楚，月有陰晴圓缺，人有旦夕禍福，皇上也會生病，也會遇到麻煩事。」

文承煥背脊處冷汗滾滾而落，他強裝鎮定道：「皇上定下誰為太子？」

姬飛花微笑道：「其實文太師應該能夠想到，皇上不但定下了太子的人選，而且皇上還擬好了一份聖旨，這裡面恰恰是提到了太師您。」

文承煥內心忐忑不已，他當然明白這聖旨絕不可能是真的，姬飛花既然帶著聖旨而來，為何遲遲不宣，他此次前來是要逼自己表態，假如自己執迷不悔仍然站在三皇子的一邊，恐怕姬飛花就要對自己痛下殺手，他所謂的那張聖旨很可能就會要了自己的性命。

文承煥深深吸了一口氣，閉上雙目，沉吟片刻低聲道：「若是老夫沒有猜錯，皇上一定選了大皇子，長子繼位，自古以來都是這個道理，大皇子宅心仁厚，愛民如子，的確是最適合的人選。」

姬飛花唇角露出得意的笑容，文承煥雖然老了，但是還不糊塗，識時務者為俊傑，懂得見風使舵方才能苟延殘喘，此次宮變，姬飛花並不想掀起一場血雨腥風，文承煥畢竟是一國太師，雖然姬飛花很想將之除去，可現在還不是時候，必須要讓他多活一些時候，必須要讓他親手將龍廷盛扶上龍椅。

姬飛花道：「權德安蠱惑三皇子密謀篡位，證據確鑿，文太師以為這件事應該如何對待？」

文承煥道：「若是查有實據，權德安罪不可恕，應該斬首示眾以儆效尤！至於三皇子的事情應當啟奏陛下再做定奪。」

姬飛花微笑道：「文太師言之有理，太子畢竟年輕，倉促即位，在很多事情的處理上還缺乏經驗，飛花有個建議，不知文太師意下如何？」

文承煥道：「提督大人請講。」一會兒功夫他對姬飛花的稱呼從公公變成了提督大人，姬飛花有備而來，從眼前的形勢來看，應該已經掌控了大局，如果選擇對抗實屬不智，文承煥並不怕死，可是他絕不會壯志未酬身先死，假如這樣不明不白地死在姬飛花手中，他臥薪嚐膽忍辱負重的這幾十年，他所有的付出全都白費了，而他兒子的犧牲也變得毫無意義。

姬飛花道：「可以選出幾位顧命大臣輔政，皇后娘娘認為文太師是最合適的人選之一。」

文承煥道：「老夫愧不敢當，提督大人才是最合適的人選。」

姬飛花呵呵笑道：「大康自古以來就有律令，飛花可不敢干涉政事，文太師、周丞相乃是朝廷重臣，由你們兩位繼續輔佐太子殿下，大康絕不會出什麼亂子，皇后娘娘垂簾聽政，讓太子暫且主持政事，若是皇上的病情能夠康復，那麼自然是天從人願皆大歡喜，若是皇上的病情沉痾難返，有太子主政，大康也不會鬧出什麼亂子，這段時間剛好可以看看太子殿下有無經邦緯國的能力，文太師以為如何？」

文承煥點頭道：「好！提督大人果然想得周到。」

姬飛花道：「文太師還需做好準備，明日早朝，還要依靠文太師來主持大局，您在百官之中是最為德高望重的那一個。」

康都的街巷之中處處都是巡邏的軍隊，很多人都感到不安，大康丞相周睿淵聽聞丞相府幾個大門都被人封鎖，內心中不由得變得沉重了起來。他正準備親自出門問個究竟，就聽到有人稟報，說宮中有聖旨到，正在前廳等候。

周睿淵來到前廳，卻見到一個穿著黑色斗篷的女子背身站在那裡，正看著中堂的條幅，周睿淵心中暗暗奇怪，不知這女子是何人？

那女子聽到腳步聲，緩緩轉過身來，周睿淵雙目不由得瞪得滾圓，他萬萬想不到，這位深夜造訪的女子竟然是當今大康皇后，周睿淵慌忙跪了下去：「微臣不知皇后娘娘駕臨寒舍，有失遠迎還望恕罪。」

簡皇后擺了擺手，跟隨她前來的兩名太監出去，將大廳的房門從外面關上。昏黃的燈光映照著簡皇后蒼白的面孔，這一夜對她來說心情可謂是百轉千迴，她這一生都未承受過現在這種強大的壓力，壓迫得她就快透不過氣來。

「愛卿平身！」

周睿淵這才敢站起身來，恭敬道：「皇后娘娘有何吩咐。」內心中卻蒙上一層厚重的陰雲，他已經料到今夜康都的調兵遣將和簡皇后的出現有著必然的聯繫。

簡皇后忽然屈膝跪了下去，周睿淵此驚非同小可，慌忙跪倒在簡皇后面前：「皇后娘娘這是要折殺微臣嗎？」

簡皇后道：「周大人救救本宮，救救大康吧！」

「娘娘趕緊起來，您這個樣子，臣就算萬死也難辭其咎了。」

簡皇后這才含淚站起身來，周睿淵請她坐下，簡皇后抽噎了一下道：「周愛卿，皇上突然得了瘋病，殺死了宣微宮的兩名宮人，非但如此，他還要殺死本宮，殺死我那可憐的皇兒。」

周睿淵聽到這裡已經明白，宮廷之中今晚必然發生了驚天之變，簡皇后的這番開場白乃是為她已經做過的事情做鋪墊。皇上怎麼會突然發瘋？無論是真是假，有件事可以斷定，皇上應該已經被他們控制住了。周睿淵知道最近皇上正在準備冊立太子，而且他的內心深處傾向於冊立三皇子龍廷鎮，周睿淵並不贊同皇上的想法，也曾經婉轉地表明了自己的意思，可是這位大康天子並沒有聽進去他的意見，仍然一意孤行，這才造成了今日的變局。

簡皇后道：「皇上發瘋之前已經擬好聖旨，決定立廷盛為太子，可是做完這件事之後，不知怎的突然就瘋了。」

周睿淵歎了口氣道：「陛下龍體欠安，實在是大康之不幸。」

簡皇后道：「皇上神志不清，本宮亂了方寸，這該如何是好？」

周睿淵平靜道：「皇后娘娘是聽從誰的建議過來這裡？」他意識到深夜前來自己的府邸應該並不是簡皇后自己的主意。

簡皇后道：「無人建議，本宮能夠想起來的人就只有愛卿了。」

周睿淵道：「娘娘打算怎麼辦？」

簡皇后道：「皇上瘋瘋癲癲的，我又能怎麼辦？本宮若是有辦法也不會深夜前來向周愛卿問計。」

周睿淵低聲道：「皇上吉星高照，或許病情還會有轉機。」

簡皇后道：「本宮已經差人去玄天館請秦姑娘，興許她能夠治好皇上。」

周睿淵內心突然一緊，他明白簡皇后不是無故說這句話，這女人是在威脅自己，周睿淵心中暗歎，這就是自己一心效忠的大康，自己每日為大康國事殫精竭慮廢寢忘食，而皇族內部卻並非齊心協力想著重振大康聲威，而是為了皇權爾虞我詐，夫妻反目，父子相殘。周睿淵對大康王朝最後的希望已經徹底破滅了，一時間周睿淵心灰意冷，萬念俱滅，緩緩點了點頭道：「臣必竭盡所能，輔佐太子。為大康忠心耿耿，鞠躬盡瘁，死而後已！」

簡皇后道：「皇上指定了兩位顧命大臣，一位是你，一位是文太師。」

周睿淵心中已經明白，文承煥一直支持三皇子成為太子，而現在卻突然搖身一變捨棄三皇子而加入了大皇子的陣營，看來他肯定遭遇了無法抗拒的外力，只怕比起自己的處境更加難過。周睿淵道：「皇后娘娘，微臣有一句話不知當講，還是不當講。」

簡皇后道：「周愛卿，皇上和本宮最信任的那個人始終都是你，有什麼話你只當暢所欲言。」

周睿淵道：「臣曾經對皇上說過，如今的大康就像一個重病之人，已經禁不起太強的猛藥。」

簡皇后緩緩點了點頭道：「本宮明白，你放心吧，大康始終都是龍氏的江山，廷盛也是一個宅心仁厚之人，絕不會多造殺戮。」

儲秀宮內小公主七七靜靜坐在書房內，司禮監提督權德安神情黯然地站在她的對面，整個人如同霜打的茄子一般蔫了下去。

七七輕聲道：「此刻承恩府已經被姬飛花控制了，你若是仍在那裡，只怕現在已經死了。」

權德安深深歎了一口氣道：「多謝小主救命之恩。」

七七道：「你當初盡心盡力地救我，這皇宮中我不欠其他人的，卻唯獨欠你的，所以就算冒再大的風險，我也一樣會救你。」

權德安黯然道：「老奴死不足惜，只可惜壯志未酬，眼睜睜看著姬飛花那奸佞橫行，卻無能為力。」

七七道：「你並非無能為力，我父皇能夠登基，你也算功不可沒，只是你不該唆使他和姬飛花作對，在立嗣之上選擇我的三皇兄更是錯上加錯，十萬羽林軍全都在他的掌控之中，你們想要剷除他豈會那麼容易？」

權德安自責道：「是老奴害了陛下。」

七七淡淡然道：「他本來也沒那個本事，就算給他再大的權力，還不是一樣要被人所制！」

權德安心中一怔，開始以為自己聽錯，可馬上他就明白七七口中的他指的就是她的父皇，當今大康天子龍燁霖。無論怎樣，為人子女者說這種話還是有不敬之嫌。

七七雙眸之中掠過一絲寒光：「今晚過後，明日很可能會是我的大皇兄出來主持朝政，而他無非是一個新的傀儡罷了，照這樣下去，大康早晚都會落在姬飛花的手中。」

權德安道：「老奴罪該萬死，如果不是我操之過急，也不會造成今日之局面。」

七七呵呵冷笑道：「該發生的事情，始終都要發生。權公公，你還願不願意為大康效力？」

權德安聞言，雙膝噗通一聲跪倒在七七面前，顫聲道：「公主殿下，老奴為大康鞠躬盡瘁死而後已，即便是死，只要能夠為大康除此奸佞，老奴也甘心情願。」

七七微笑點頭道：「姬飛花並不是那麼容易對付，可是一個人在掌控所有局面的時候，就是他最為得意的時候，也是他疏於防範的時刻。」

權德安道：「公主的意思是……」

七七道：「剷除姬飛花並非難事，而是擔心這京城中的十萬羽林軍鬧事，羽林軍從上至下共有九名最重要的將領，只要將這九人控制住，就可保證羽林軍不會出亂子。」

權德安道：「姬飛花武功高強，就連老奴也不是他的對手，更何況此人足智多謀，想要剷除他絕非易事。」在這件事上他卻不如小公主這般樂觀。

七七道：「得道者多助，失道者寡助，姬飛花雖然勢力龐大，可是他倒行逆施，早已觸怒朝中重臣，大家只是迫於他的壓力，敢怒而不敢言，簡皇后這個賤人為了達到讓自己兒子登上皇位的目的，不惜與狼為伍，和姬飛花狼狽為奸。」

權德安道：「公主打算何時動手？」

七七淡淡笑了笑道：「不急於一時，這兩天正是他們最為謹慎的時候，反正有的是時間，咱們多些耐心就是。」

權德安道：「老奴不能始終留在這裡，若是被人發現，會對公主不利。」

七七道：「越是危險的地方，越是安全的地方，姬飛花應該想不到你會膽子這麼大，竟然敢藏匿在皇宮中，更何況這皇宮的地下錯綜複雜，只要一個人想躲，就算將皇宮翻個底兒朝天，也未必能夠發現他的下落，我既然敢救你，就一定能夠救得了你。」

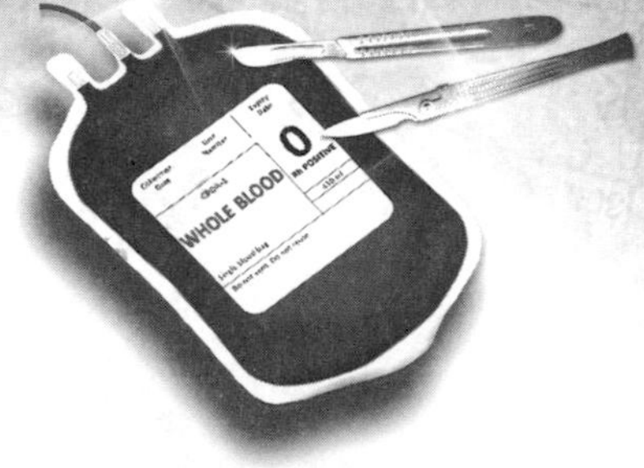

第三章

冒充不來的風姿

胡小天看到她的樣子，心中暗罵自己眼拙，
雖然容貌可以冒充，但是氣質和風姿絕對是冒充不來的，
夕顏這一笑，連滿園鮮花都變得毫無顏色，
自己陪著她從庸江一路走來竟然沒有將她認出，
糊塗啊！糊塗！

送走龍曦月，胡小天總算少了一樁心事，雖然在他的心底深處也不想和她分離，可是因為夕顏的出現，接下來所面臨的局面勢必更加的凶險複雜，也只有將她提前轉移到安全的地方，自己方才能集中精力去解決眼前的麻煩。

翌日清晨，胡小天走出自己所住的小樓，經過一夜風雨的洗刷，院子裡的花草樹木顯得色彩格外鮮明，抬起頭天空蔚藍一片，找不到一絲的雲彩，風很輕，帶著草木泥土濕潤的氣息。龍曦月走的時候，胡小天並未前去相送，因為她特地說過，不想胡小天送她，她不喜歡分離的場景，擔心自己會抑制不住當眾流淚。

胡小天靜靜望著面前那棵綻放的櫻花樹，花朵中彷彿浮現出龍曦月比鮮花更加嬌豔的容顏，正在想得入神的時候，聽到身後響起了一聲咳嗽，胡小天驚醒過來，轉過身去，卻看到唐輕璇就站在自己的身後。

胡小天微笑道：「神出鬼沒的，人嚇人嚇死人啊！」

唐輕璇噘起櫻唇啐道：「我長得有那麼可怕嗎？」

胡小天笑道：「很多時候人可怕與否和長相可沒有任何的關係，貌美如花蛇蠍心腸的大有人在。」

唐輕璇狠狠剜了他一眼道：「我聽說今天咱們都要去起宸宮。」

胡小天微笑道：「不是咱們，是我！」

唐輕璇道：「我也要去，我來雍都那麼久，還沒有見過公主。」

胡小天道：「見了還是要分別，分別就難免痛苦，既然如此，又何必多一次痛苦？」

唐輕璇道：「你少跟我文縐縐的拽詞兒，你說，為何始終不想讓我見公主，你到底鬼鬼祟祟地在搞什麼？」

胡小天豎起食指對她噓了一聲，然後道：「你跟我進來。」

唐輕璇跟他進了房間，美眸圓睜道：「你說！」

胡小天道：「我說唐輕璇，現在我們的處境很麻煩，很危險，拜託你能不能省點心。」

唐輕璇道：「我又沒給你們添亂，我只是想見見公主，這要求總不過分吧。可你始終不滿足我，證明這其中有鬼。」

胡小天真是有些哭笑不得了，就算不能送走唐輕璇，也不能帶她前往起宸宮，如果讓她見到了夕顏，豈不是一切全都明白了，這妮子雖然長得漂亮，可是頭腦絕對稱不上精明，再加上脾氣不好，保不齊她能鬧出什麼事情來。

唐輕璇看到胡小天不說話，更加認定他心中有鬼，向前走了一步道：「你心中一定有鬼，說！你把公主怎樣了？」

胡小天眉頭一皺計上心來，看來不跟她耍點小心眼還真不能讓她死心，他歎了口氣道：「唐姑娘，我不瞞你，可是你得先答應我，決不可將我告訴你的事情洩露出去。」

唐輕璇道：「我答應你。」

胡小天道：「空口無憑啊。」

唐輕璇道：「那我發誓，如果我要是違背誓言，讓我一輩子都嫁不出去。」

胡小天啐了一聲道：「這也叫發誓，豈不是跟我說一輩子討不到老婆一樣，不痛不癢。」

唐輕璇道：「那怎麼能一樣？你是太監……」說完之後又覺得自己失言了，俏臉頓時通紅，芳心中也有些歉意，小聲道：「對不起啊，我不是故意說你。」

胡小天心想你就是說我，你就是歧視大爺我是個太監，他翻了翻白眼道：「太監怎麼著？太監也是人啊。」

唐輕璇道：「都跟你道歉了，小心眼兒，太監當然是不能討老婆的。」

胡小天心中忽然生出一個壞念頭，嘿嘿笑道：「不如你這樣發誓，以後要是把這件事洩露出去，就罰你嫁給太監當老婆。」

「啊！」唐輕璇聞言驚得目瞪口呆，這俏臉紅得越發厲害。給太監當老婆，豈不是給他當老婆，這自己豈不是虧大了？可轉念一想，反正自己只要不說，這誓言就不能作數，於是點了點頭道：「發誓就發誓，蒼天在上，我唐輕璇若是將胡小天對我說的話講了出去，就罰我給他當老婆！」

這下輪到胡小天詫異了，嘴巴張開老大。哥沒這意思啊，難不成唐家小妞看上了我？哥是太監嗳，太監你都不嫌？我這魅力還真是無限啊！

唐輕璇發完誓也意識到自己又說錯話了，人家明明說的是給太監當老婆，沒說是給他當老婆，自己居然主動送上門去，真是羞死人了，不過唐輕璇又想，你胡小天可不就是個太監嗎？她感覺嗓子癢癢的，忍不住咳嗽了一聲道：「你說！」

胡小天歎了口氣道：「我不瞞你，這件事關係到咱們使團所有人的身家性命，事實上在庸江發生沉船之時，公主就失蹤了。」

唐輕璇不由得發出一聲驚呼，美眸中充滿了不可思議的目光。

胡小天道：「如果這件事傳出去，只怕我們全都要死，逼不得已我才想出了這個李代桃僵的辦法，讓公主身邊的宮女紫鵑冒充公主，以此來掩人耳目，希望能夠蒙混過關。」

唐輕璇雙眸含淚道：「你……你是說公主她……」

胡小天點了點頭。

唐輕璇忽然雙眸一翻，俏臉一仰直挺挺倒了下去，胡小天慌忙上前一步將她的嬌軀抱在懷中，唐輕璇竟然因為悲傷過度暈了過去，胡小天摁住她的人中，過了一會兒唐輕璇悠然醒轉，看到自己被胡小天抱在懷裡，俏臉又紅了起來，掙脫了一下道：「你放開我。」

胡小天將她放開，唐輕璇想起遭遇不幸的安平公主，頓時抽泣起來：「我可憐的姐姐……你死得好慘……」

胡小天嚇得慌忙將她的嘴巴給捂住，低聲道：「你答應過我什麼？此事千萬不能聲張，若是被外人知道，咱們所有人都要性命不保。」

唐輕璇用力吸了口氣，一雙眼睛飽含淚水怔怔望著他。

胡小天道：「公主活不見人死不見屍，連我也不知道她現在究竟身在何處，現在咱們還不能悲傷，想哭也要等到我們安全離開雍都之後。」他看到唐輕璇的情緒終於平復，這才移開了手掌。

唐輕璇雖然不再說話，可是眼淚卻止不住往下流，眼看眼睛都哭腫了，她和龍曦月認識的時間雖然不長，可是龍曦月待她情意深厚，唐輕璇心中已經將龍曦月看成了自己的親姐姐，聽聞噩耗自然是傷心欲絕。

胡小天暗歎，這妮子雖然刁蠻，可畢竟也算是重情重義之人，他低聲道：「你現在明白我為何要讓你們先行離開了吧？既然已經知道了真相，你還是早些離開，以免留在這裡夜長夢多。」

唐輕璇卻搖了搖頭道：「我不走！」

胡小天真是有些納悶了，她來雍都是衝著龍曦月過來的，都告訴她龍曦月已經遭遇了不測，她為何還不願意走？

唐輕璇道：「我們一起從康都來到這裡，大家本該同舟共濟患難與共，我雖然是個女子，可是我也知道義為何物，你也不止一次救過我的性命，現在遇到了危險，我豈能不顧你而去，天塌下來一起扛，要走大家一起走。」

我去！胡小天真是有些無語了，這妮子果然是唐家人，一根筋啊！不過這心中還多少有些感動，無論任何時代，講義氣的小妞畢竟都不多見，胡小天道：「你的好意我心領了，但是我還是希望你能夠先走，說句不怕傷著你的話，你留下來對我的幫助不大。」

唐輕璇道：「我留下來也不是為了你，如果我這麼走了，肯定這輩子良心難安，我唐輕璇雖然不是什麼大人物，可是我做事必須要對得起自己的良心，你不用勸我，要走大家一起走，要死大家一起死，我絕不會一個人先走。」

胡小天道：「我說唐輕璇，怎麼著這是？咱倆好像沒那麼深的交情吧？你至於為我這樣嗎？」

唐輕璇道：「我才不是為了你！」

此時門外傳來熊天霸的聲音，卻是霍勝男派人過來接他們去起宸宮了。

胡小天道：「我最後跟你說一遍，你必須得走。」

唐輕璇道：「我也最後跟你說一遍，如果你逼我走，我就把安平公主的秘密抖落出來，到時候看你怎麼辦？」

「呃……你……你不會做這種蠢事吧？」

唐輕璇望著胡小天點了點頭：「我認定的事情，才不管什麼對錯，你自己掂量著辦。」

胡小天有些後悔了，聰明人遇到一根筋也沒什麼辦法，算了，隨她去吧，反正我已經仁至義盡，你愛留不留。

胡小天想來想去，儘量精簡前往起宸宮的人員，反正夕顏也不用人保護，以她的魔性，不傷害別人就算好的了，誰能害得了她？胡小天讓周默等人繼續留在南風客棧，只帶了梁英豪前往，一來是必要的時候能有人為自己通風報訊，二來，梁英豪在挖洞方面極其擅長，胡小天帶他過去是想看看有沒有可能從起宸宮內挖出一條地道出來。

唐輕璇卻堅持要隨同一起前往，胡小天估計她是不死心，非要親眼看看安平公主的樣子才肯作罷，於是只能應承下來。

胡小天一行來到起宸宮外，正看到曹昔率領手下撤離，胡小天笑瞇瞇迎上前去拱手道：「曹千戶，這就走了？」

曹昔向胡小天抱拳笑道：「胡大人來了，在下接到調令，今日起就不負責起宸宮這邊的事情了。之前的事情，在下只是職責所在，如有冒犯之處，還望胡大人不要記在心上。」此一時彼一時，曹昔不但武功高超，這頭腦也是非常靈活，說話相當得體，令胡小天對他刮目相看。

胡小天微笑道：「曹千戶走好，山水有相逢，下次再見面咱們就是朋友了。」他說這番話可不是為了拉仇恨，他和曹昔之間也沒必要對立，就算不能多一個朋友，也沒必要多一個敵人。

曹昔示意手下人退到道路旁邊，讓胡小天先走。

起宸宮門前驛丞率領幾名驛卒站在那裡等候，看到胡小天一行到來，慌忙躬身行禮，恭敬道：「小官迎接尊使大人一行。」這廝的臉上淤青仍未消褪，可是對胡小天的態度和之前相比卻已經有了天壤之別，胡小天不由得一陣得意，翻身下馬，背著雙手昂首闊步來到那驛丞面前，朝他臉上看了看，然後哈哈大笑起來，邁著四方步走入宮門。

進入起宸宮卻沒有看到霍勝男，胡小天問負責值守的那名女將道：「霍將軍不在？」

那女將乃是霍勝男最得力的助手楊璇，她笑道：「霍將軍一早被公主找去聊天呢。」

胡小天點了點頭，想起夕顏神鬼莫測的本事，心中不由得一陣發虛，這妖女不知又在醞釀著怎樣一個天大的陰謀呢。事到如今，後悔也晚了，只能硬著頭皮陪她玩下去了。

楊璇道：「不如我先帶胡大人看看你們的住處？」

「也好！」胡小天帶著唐輕璇和梁英豪一起來到為他們安排的地方，其實也就是胡小天搬走之前的院子，仍然位於外苑，距離安平公主所住的內苑還有一段距離。

楊璇道：「本來為貴國使團安排了十個房間，可現在看來應該是用不了那麼多了。」胡小天此行只有三人，顯然出乎眾人的意料之外。

胡小天笑道：「多一個人就會多花一些銀兩招待，雖然大雍和大康是姻親之邦，可是讓我們白吃白住，我也於心不忍吶。」

霍勝男的聲音從遠處傳來：「胡大人還真是小覷了大雍的國力，就算你們在雍都吃上一輩子，我們也管得起。」她身穿一身墨綠色勁裝，大步走了進來，英姿颯爽，果然有巾幗不讓鬚眉的氣勢。

胡小天笑道：「霍將軍真是慷慨，可是你們就算管得起，我也得回去，月是故鄉明，在異國他鄉寄人籬下的滋味可不好受。」

霍勝男微微一笑，示意手下人去幫忙安頓，胡小天也使了個眼色，讓唐輕璇和梁英豪兩人迴避。

霍勝男美眸在梁英豪和唐輕璇兩人臉上一掃，發現其中並沒有當日和董家三兄弟發生爭鬥的那幾個在內，輕聲道：「胡大人使團的成員只剩下這兩個了？」

胡小天道：「貴國好不容易才對我等以禮相待，有道是投之以桃報之以李，我想來想去，距離大婚之日尚早，總不能白吃白住那麼久，再說我的那幫手下也不聽話，於是就讓他們中的大部分人陪著吳尚書先行返回大康，將我們安然抵達大雍的消息帶回去，也省得皇上擔心。」

霍勝男微笑道：「吳尚書沒來，倒是讓人吃驚呢。」

胡小天道：「吳尚書畢竟年紀大了，這一路顛簸，又受了不少的驚嚇，他甚至擔心自己要客死他鄉，讓他早些回去，也是應該。」

霍勝男道：「其實公主最看重的人是胡大人，你來了就好。」

胡小天聽得頭皮一麻，夕顏啊夕顏，你又打算怎麼坑我？老子是不是上輩子欠你的？你三番兩次地跟我做對？心中雖然嘀咕著，可臉上仍然是喜洋洋一片：「能得公主如此看重，實在是我的榮幸。」

霍勝男道：「你去內苑先見過公主吧，她讓你到了之後馬上去見她。」

胡小天來到內苑，看到夕顏正坐在花園之中賞花，其實胡小天剛一走進花園，夕顏就已經覺察到他的到來，唇角露出一抹醉人的笑意，一時間風姿無限，胡小天看到她的樣子，心中暗罵自己眼拙，雖然容貌可以冒充，但是氣質和風姿絕對是冒充不來的，夕顏這一笑，連滿園鮮花都變得毫無顏色，自己陪著她從庸江一路走來竟然沒有將她認出，糊塗啊！糊塗！

胡小天在夕顏身後一丈左右的地方站定，一揖到地，恭敬道：「小天參見公主千歲千歲千千歲！」

夕顏道：「千歲？豈不是要將我咒成一個老太婆？胡小天啊胡小天，你到底是何居心？」

胡小天道：「小天沒有居心只有忠心，對公主殿下滿腔熱血，赤膽忠心！」

夕顏格格笑了起來，她緩緩轉過身，一雙美眸盯住了胡小天的面孔，秋波流轉，醞釀著無數風情。胡小天心想乖乖哩格隆，這魔女真是了不得，幸虧老子定力超群，換成別人怕不要被你迷得七葷八素，被你賣了也甘心情願。

夕顏道：「你是害怕我還是討厭我？為何離我那麼遠？」

胡小天只得向前走了一步，以傳音入密提醒她道：「你不要忘了隔牆有耳，咱們現在的一舉一動都在別人的監視之下，若是露出破綻，小心性命不保。」

夕顏飄給他一個嫵媚的眼波兒，柔聲道：「怕什麼怕，她們全都被我趕走了。本公主還以為你已經不管我的死活了，卻想不到你居然還在關心我呢。」

胡小天道：「知道就好！」

夕顏站起身來，婷婷嫋嫋向房間中走去，胡小天緊隨其後，悄然看了看周圍，確信無人跟蹤，這才稍稍放下心來。

兩人回到宮室之中，夕顏在美人靠上側身坐下，一雙美眸望著窗外，輕聲道：

「小胡子，今兒來了幾個人呢？」

胡小天道：「啟稟公主殿下，除了我之外還有兩個。」

夕顏道：「看來你已經做好了最壞的打算，該送走的全都送走了。」

胡小天道：「聽說公主並不在乎其他人，心中最看重的只是小天。」

夕顏歎了口氣道：「過去的確是這樣，只可惜我心中顧惜著別人，可別人卻不領情。」

胡小天微笑道：「公主此話從何說起，將心比心，你對我的每一分好處我都深深埋在心裡。」

夕顏道：「當真如此？」她臉上的笑容倏然收斂：「那你為何不讓她來替我？眼睜睜看著我嫁給那個什麼區七皇子？」

「呃……」胡小天心想我可沒讓你嫁給七皇子，分明是你冒充紫鵑，意圖對七皇子薛道銘不利，以此挑起兩國爭端，現在卻還似乎占盡了道理，難怪都說跟女人沒有任何道理好講。

夕顏越說越氣，忽然一伸手將胡小天的耳朵給揪住，她下手極狠，痛得胡小天大聲慘叫：「放手……哎呀，疼死我了……放手……」

夕顏咬牙切齒道：「你是不是男人，竟然要將自己拜過天地的老婆嫁給別人，天下間還有你這等卑鄙下流無恥淫賤的傢伙嗎？」

胡小天苦苦討饒道：「放手……我……我是太監……我是太監……」

夕顏看到他這番模樣，又是生氣又是想笑，終於還是放開了他的耳朵。

胡小天揉著被她揪紅的耳朵叫苦不迭道：「太狠了你，我耳朵都快被你拽掉了。」

「活該！」夕顏說完又想起一件事：「你之所以留下，是不是因為我扎了你一針，擔心逃走也是性命不保？」

胡小天道：「你不說我險些都忘了這檔子事兒。」

夕顏眨了眨雙眸道：「膽子不小啊，自己的性命也不當回事兒？」

胡小天道：「不是這麼回事兒，其實我比誰都怕死，可我琢磨著，這石榴裙下死，做鬼也風流，死在你手中也不算辱沒，再說了，我覺得你對我好像沒那麼狠心，還不至於把我給害死，我要死了，你豈不是就成了寡婦？」

夕顏冷笑道：「這次你可說錯了，我寧願做個死了丈夫的寡婦，也不願做一個被人拋棄的棄婦。」她將窗戶掩上，向胡小天道：「把衣服脫了。」

胡小天下意識地把胸口捂上：「幹嘛？我不是那麼隨便的人！」

夕顏啐道：「厚顏無恥！我看看你的傷口。」

胡小天道：「你讓我脫的啊！」他將上身的衣服脫了，露出一身頗為健美的腱子肉，有些得意地在夕顏面前晃了晃，別的不說，他對自己的體型還是相當自信。

夕顏道：「把右臂抬起來！」

胡小天道：「要不要把褲子也脫了？」

夕顏道：「你脫就是了，我剛好看看太監是什麼樣子。」

「呃……」胡小天反而被她給將住了，老老實實舉起了雙臂，雖然夕顏此前用針扎了他一下，不過胡小天並沒有發現有她所說的黑點，估計她是故意在恐嚇自己。

夕顏取出一物，貼在他的右肋之下，胡小天感覺貼在肌膚上面的東西冰冷非常，低下頭望去，卻見夕顏手中拿著一塊透明如冰塊的東西，不過應該不是冰塊，貼在皮膚上並沒有融化，奇異的一幕出現了，看到那透明物體和他肌膚相貼的地方慢慢變成了黑色，不一會兒，全都變成了黑色。

胡小天不由得毛骨悚然，不用問這黑色的東西是從自己體內吸出來的。他低聲道：「那針果然有毒？」

夕顏漫不經心道：「我何時騙過你？你要是不顧我而去，死了也就死了，現在你知道回來，證明你多少還有些良心，就暫且讓你再多活幾天吧。」她說得好像什麼事情都沒發生一樣，胡小天卻聽得心驚肉跳，玩真的啊，我靠，得虧我沒走，走了豈不是死都不知怎麼死的？

夕顏將那冰塊一樣的東西扔在了水盆裡，一會兒功夫，水盆中的水已經變得漆黑如墨，那塊東西又重新恢復了透明澄澈。

胡小天望著水盆中的黑水，自然有些後怕，低聲道：「要不你再幫我吸一次？」

夕顏冷冷道：「你想吸就吸啊？把衣服穿上，將這盆水倒了，還有把聖靈軟玉撈出來還給我。」

胡小天這才知道這件東西還有個雅致的名字叫聖靈軟玉，他穿好衣服來到水盆前，將聖靈軟玉撈了出來，用力捏了捏，硬梆梆的，一點都不軟，還軟玉，不知這個名字到底是從何得來。他將聖靈軟玉放在桌上，端著那盆黑水出門。

來到外面找了個角落將一盆黑水全都倒了，正準備回去，卻見楊璇走了進來：「胡大人！你這是……」

胡小天道：「剛剛伺候公主殿下洗完腳。」

夕顏在裡面聽得真切，心中暗罵，臭小子，得多少年不洗腳才能夠洗出那一盆黑水，簡直是故意往我的身上抹黑。又聽楊璇道：「胡大人，燕王殿下來了。」

「哦？我這就去見他！」

再次見到燕王薛勝景，胡小天幾乎沒認出他來，幾日未見，昔日滿面紅光的燕王如今變得臉色蠟黃，嘴唇都青了。看到胡小天，燕王如同見到救星一樣，小眼睛頓時冒出光彩：「胡大人！胡大人！」這聲音親切的簡直比見到親人還要親。

胡小天笑瞇瞇道：「王爺，王爺好！」

燕王薛勝景將兩隻白胖胖的大手向胡小天伸了出來，胡小天作勢伸出去，可伸到中途卻又縮了回去。燕王薛勝景被他弄得有些尷尬，雙手伸也不是縮回也不是。不過他應變也是奇快，向前一步，然後一雙胖手落在胡小天的肩頭，啪啪拍了兩下，你不是擔心我傳染你嗎？越是不想我碰你，我偏得碰你兩下。

胡小天暗罵這廝夠陰險夠壞蛋，臉上的表情卻如沐春風：「王爺，今兒什麼風把您給吹來了？」

燕王薛勝景道：「本王要是不來，恐怕胡大人就把我給忘咯！」

胡小天道：「不可能，在下也不敢忘啊！」

薛勝景嘿嘿笑了起來，一雙小眼鏡瞇成了兩條細縫，沒忘就好，沒忘就好。胡小天道：「王爺咱們那邊坐！」邀請薛勝景來到涼亭內坐下。此時方才意識到薛勝景居然是一個人過來並沒帶任何的隨從，心中不禁有些好奇：「王爺一個人過來的？」

薛勝景苦笑道：「本王的隨從全都被攔在外面了，這霍勝男辦事向來不講情面。」言語之中對霍勝男頗多微詞。

胡小天道：「霍將軍做事一絲不苟，為了保護公主盡心盡力，實在是我等之福。」

薛勝景笑道：「說起這件事還忘了恭喜胡大人，我母后知道貴國使團來到雍都之後並沒有得到應有的禮遇，非常生氣，正在差人調查清楚，若是查清誰在故意刁難，肯定會嚴加懲戒。」

胡小天道：「能得到太后的眷顧，真是我等之福。」

薛勝景道：「其實本王只是在母后面前委婉提起，沒想到母后就放在心上了。」

胡小天聽得明白，這貨擺明是要讓自己承情，話說這件事你薛勝景可沒幫什麼忙，根本就是老子的功勞，在我面前這樣說等於是把功勞全都包攬了過去，告訴我一切都是得益於你的幫忙，胡小天心中對此人極其不屑，可是礙於面子，還是作出感激萬分狀：「多謝王爺幫忙，您的恩情小天銘記在心。」

薛勝景道：「胡大人，你跟我又何必客氣呢？自打我第一次和你見面，就有一見如故的感覺。」

「是嗎？真是很巧哎，我也有這種感覺，不但覺得一見如故，而且感覺到非常親近，發自肺腑的親近，從心底深處生出的那種親近，就像……就像是上輩子我和王爺曾經是兄弟一樣。」

薛勝景心中暗罵，跟本王做兄弟？你一個太監憑什麼？可畢竟現在他有求於人，雖然心中看不起胡小天，可表情卻顯得情真意切：「我也是！」

胡小天道：「恕罪恕罪，王爺千萬要恕罪，小天言行無狀，王爺何等身分，小天又怎麼能高攀得上呢？」

薛勝景道：「噯！胡大人又何必妄自菲薄呢？有道是英雄莫問出處，胡大人無論見識才學還是人品作派都讓本王深感佩服，在本王心中也早已將你當成我的兄弟一樣看待呢。」薛勝景這番話說得可謂是違心之極，沒辦法，必須要多說點好話，先哄這太監幫自己把病治好再說。

胡小天一臉感激道：「蒙王爺對我如此厚愛，小天真是感激涕零，小天有個想法，只是……」

燕王看到他虛情假意地兜了半天圈子，卻始終沒有繞到主題之上，他此次前來可不是為了跟胡小天胡謅八扯的，他是來治病的，什麼時候開刀才是重點，薛勝景道：「胡老弟不必吞吞吐吐，有什麼要求只管說。」

胡小天笑道：「也不是有什麼要求，嗨！不說也罷！」

這樣一來反倒把燕王的好奇心激起，燕王道：「說，一定得說！」

胡小天道：「既然如此，我也就厚顏說了，王爺權且聽聽，若是不喜歡，就當做是耳邊風，笑笑就罷，小天以後再也不會提起。」

燕王點了點頭，心中暗自警惕，這小子該不會獅子大開口，提出一個自己無法給出的價碼吧？真要是這樣，還得仔細掂量掂量。

胡小天道：「王爺，其實小天見你如此親切絕非偶然，因為王爺像極了小天死去的哥哥……」這貨說到這裡，眼圈居然紅了，眼睛裡淚光閃爍，看似真情流露。

燕王薛勝景眨了眨眼睛，心想你蒙我吧？你的出身來歷老子調查得清清楚楚，胡不為只有一個兒子，哪還有其他的兒子？他故作驚愕道：「胡老弟不是獨子嗎？」

胡小天道：「是獨子，不過我還有一位乾哥哥，你和他長得簡直是一模一樣，連笑起來都是同樣的寬厚慈和……」他似乎說不下去了，轉過身，揚起袖子擦了擦眼淚，轉過身又道：「王爺，小天斗膽，能夠叫你一聲大哥嗎？」

薛勝景愣了一下，沒聽錯，這小太監是要抱自己的大腿，要認自己當大哥，本王何等身分？怎麼可以跟你一個大康的小太監拜把子？真要是傳出去，豈不是讓天下人笑掉大牙？

胡小天道：「王爺，只當小天沒說過，小天也知道自己的身分當然高攀不起王爺，您放心，小天絕不會因此而心生怨恨，依然會盡心盡力地為王爺治病，全力以赴，盡力而為，當然王爺也要體恤小天，若是萬一治療效果不能盡如人意，還望王爺海涵。」

薛勝景聽出了一身的雞皮疙瘩，我靠，什麼意思？這不是威脅我嗎？什麼叫治療效果不能盡如人意，本王這命根子可是一點風險都擔不起，小子，你別玩我啊！

轉念一想，這小子無非是想抱大腿，既然人家想抱就讓他抱唄，反正本王的大腿夠粗，你未必有本事抱得過來，兄弟怎麼著？親兄弟我都不在乎，更何況這種口頭兄弟。想到這一層，薛勝景頓時眉開眼笑道：「胡老弟，你跟本王想到了一處去了，什麼叫高攀不起？你既然願意認我這個大哥，本王就收你這個兄弟。」

胡小天心中冷笑，你收我當小弟？若非形勢所迫，我才不跟你這種偽善貨色結拜，臉上裝得激動萬分，主動抓住薛勝景的手臂道：「大哥，不如咱們就在這裡結拜如何？」

薛勝景心中暗歎，他姥姥的，這小子是不抱住我的大腿誓不甘休啊！今天真是晦氣，居然要跟太監拜把子，拜！拜就拜！

胡小天這就叫人取來香爐，還特地將自己和燕王薛勝景拜把子的事情宣揚了出去，薛勝景這個鬱悶啊！這小子是唯恐別人不知道，這下好了，明天恐怕整個雍都都要知道他跟胡小天結拜了。

擺好香案，兩人在香爐前跪了下去，胡小天朗聲道：「蒼天在上，今日我和我大哥薛勝景結拜為異姓兄弟，從現在開始，有難同當，有福同享，不能同年同月同日生，但願同年同月同日死，大哥有事我為他解決，大哥有災我替他擋，大哥有苦我替他吃，大哥有病我給他治，如果違背今日誓言，讓小天下輩子再做不得男人。」

薛勝景聽他發誓心中暗暗想笑，什麼叫下輩子再做不得男人，你這輩子也不是男人，你是個太監！當下也發了一遍誓言，當然最後沒像胡小天這樣說，他的毒誓是，若是違背今日誓言，讓他窮苦一生，為萬人唾棄。以他的身分發出這樣的誓言已經夠毒了。

兩人斬雞頭喝血酒燒黃紙，弄得人盡皆知，整個起宸宮內都知道大康來的這位小太監和燕王爺結拜了。

頭也磕了，兄弟也認了，薛勝景總算可以提起治病的事情了，和胡小天重新回到涼亭之中，一臉鬱悶道：「兄弟，你打算何時為我治病？」

胡小天道：「大哥這些日子可曾按照我的吩咐去做？」

薛勝景點了點頭道：「全都按照兄弟說的去做，戒酒戒肉，不近女色，而且每日三次！」

胡小天道：「如何？」

薛勝景愣了一下，旋即明白他是問自己感覺怎樣，苦笑道：「皮都破了，只怕比起之前更加嚴重了，而且我這身體也受不了這般頻繁，現在走路都腳步虛浮，虛弱得很啊！」

胡小天心中這個樂啊，強忍住笑道：「大哥勿怪，我是為大哥著想，必須將體內的流毒全都排出來，這樣才可以確保開刀之後不會復發。」

薛勝景道：「兄弟打算何時為我開刀？實不相瞞，哥哥我現在是度日如年吶。」

胡小天道：「明日如何？」

薛勝景聞言不由得喜出望外：「那當然是最好不過，明日何時？我派人過來接你。」

胡小天道：「明日上午，不勞哥哥接我，我自己過去就是。」

薛勝景總算有了盼頭，和胡小天約定好時間，這才滿意離去。

等到薛勝景離去，方才看到霍勝男走了過來，胡小天笑道：「霍將軍剛才去了哪裡？我還想找你幫我做個見證呢。」

霍勝男道：「見證什麼？見證你和燕王結拜嗎？」

胡小天樂呵呵點了點頭道：「原來霍將軍知道啊！」

霍勝男道：「若要人不知，除非己莫為。」

胡小天從霍勝男的語氣和神態已經猜到她和燕王之間的關係不睦，由此推測，今天自己和燕王結拜十有八九讓霍勝男對自己的印象大打折扣了。胡小天也不解釋自己的動機，輕聲道：「有些時候是身不由己，燕王非得要跟我結拜兄弟，我反反覆覆說高攀不起，可他仍然堅持，在人屋簷下怎敢不低頭。」明明是他主動找燕王結拜，現在反倒變成周王賴著他似的。

霍勝男道：「大概燕王覺得和你趣味相投。」

胡小天笑道：「霍將軍真正想說的是臭味相投吧？」

霍勝男聽到這裡也不禁莞爾。

胡小天見到她臉上總算有了笑容，心中也頗感寬慰，輕聲道：「霍將軍，我今晚要去長公主府上參加晚宴，可能要晚些才能回來。」

霍勝男聞言一怔：「長公主府？」

胡小天點了點頭道：「還不是上次為太后治病的事情，長公主看到我為太后做的重瞼術非常成功，於是非要讓我給她也動上幾刀，把她的單眼皮變成雙眼皮。」

說話的時候目光盯著霍勝男的雙目。

霍勝男皺了皺眉頭道：「你看著我做甚？」聽到胡小天提起雙眼皮的事情，她自然有些敏感，畢竟她也是單眼皮。

胡小天笑道：「霍將軍若是想做重瞼術，小天願意免費幫忙。」

霍勝男淡然道：「身體髮膚受之父母，長成什麼樣子就是什麼樣子，為什麼要人為改變？我沒覺得自己現在的模樣有什麼不妥？人活一世最重要的是活出自己，什麼重瞼術只不過是為了取悅別人而改變自己罷了。」

胡小天讚道：「霍將軍的這番話簡直說到了我的心坎裡去，我也是這樣認為，其實人最美的是內在，而不是外表。如果天下間每個人都變成了雙眼皮，說不定大家就會覺得單眼皮才是最美的。」

霍勝男冷冷道：「你不用反反覆覆提醒我長了一對單眼皮，我雖然長得不夠美麗，可是也從未因此而自卑。」

胡小天心想你到底還是介意，其實他真心認為霍勝男的這對眼睛很好看，如果笑起來一定是更好看，這樣的眼形定然是嫵媚非常的。

霍勝男發現這廝仍然在盯著自己的眼睛，有些不悅地將臉轉到一旁。

胡小天道：「其實我也勸過長公主，她的那對眼睛也生得很好看了，非得要畫蛇添足，真是讓人頭疼呢。」

霍勝男道：「不得不承認，你在這方面很有些本事，不僅僅是長公主，最近京城的不少人都在打聽呢，若是你留在雍都開間醫館，說不定會賺得盆滿缽滿。」

胡小天笑道：「我若是想指著行醫賺錢，現在早已腰纏萬貫了。」

霍勝男道：「醫者的本分應該是治病救人，而不是去取悅別人，投機取巧。」

胡小天道：「霍將軍好像對我有些偏見呢！」

霍勝男道：「沒什麼偏見，只是將我自己的看法說出來罷了，其實胡大人做事深思熟慮，為人世故圓滑，讓我也佩服得很呢。」

胡小天張大了嘴巴：「霍將軍究竟是誇我還是罵我呢？」

霍勝男道：「同樣的一句話在不同的人聽來會有不同的含義，其實人不妨活得簡單一些，少動一些腦筋，活得也就多一分輕鬆。」

胡小天微笑道：「聽君一席話，勝讀十年書，霍將軍的這番話讓我茅塞頓開，對了，霍將軍晚上有沒有空，不如一起去長公主府轉轉？」

霍勝男淡然道：「保護公主重任在身，實在是抽不出時間。」

胡小天笑道：「那我只好自己去了。」

胡小天回到房間，換了一身衣服，準備出門，梁英豪來到胡小天的面前道：「胡大人，我有些發現。」

胡小天點了點頭：「出去再說！」

兩人來到外面，正遇到唐輕璇，雖然已經來到了起宸宮，可是唐輕璇並沒有機會見到安平公主，看到兩人又要出門，不禁問道：「胡大人這是要出去嗎？」

胡小天點了點頭道：「出門辦一些事情，你也跟我來吧。」

唐輕璇道：「我還是留在這裡伺候安平公主。」

胡小天道：「安平公主不用你來伺候，你若是真心想見她，明兒我再帶你過去。」胡小天擔心唐輕璇露出破綻。

唐輕璇點了點頭，這次表現得倒是頗為聽話，可這時候又見趙璿走了過來，傳令說公主要見唐輕璇，胡小天不禁一頭霧水，卻不知夕顏找她做什麼？在他的印象中，兩人之間好像沒有任何的交集。依著他的意思是不想唐輕璇和夕顏有太多接觸，可是唐輕璇聞言頓時就打消了出門的打算，跟著趙璿一起去內苑了。

胡小天本來還是有些擔心，可是又想唐輕璇雖然欠缺靈活變通，可是夕顏卻是一個精明至極的女人，她應該可以將這件事完全掌控，自己又何須操心。更何況夕顏的目的是要對七皇子薛道銘不利，在達成目的之前，她不會輕易犯險，更不會在他人面前暴露真實身分。

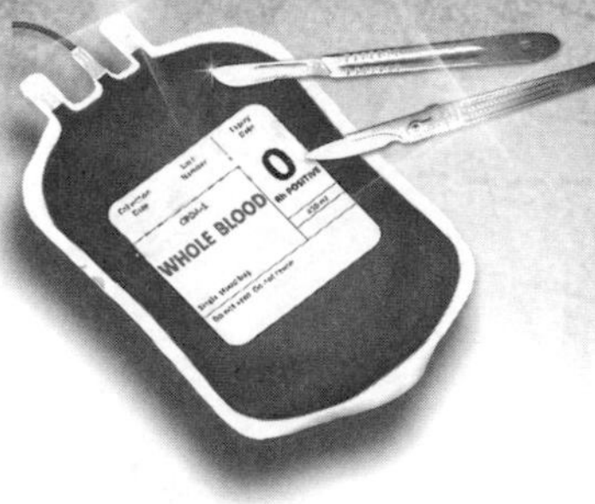

第四章

人盡皆知的不祥之人

長公主府就是過去的駙馬府，
長公主嫁給大雍才子洪興廉婚後並沒有住在這裡，而是住在洪家，
可是這位可憐的駙馬婚後三月就已經撒手人寰，
洪興廉死後，洪家也是厄運不斷，
長公主也就成了人盡皆知的不祥之人。

胡小天和梁英豪兩人離開了起宸宮，並沒有遇到任何的阻礙，看來太后插手這件事之後，他們的待遇果然發生了天翻地覆的變化。前往神農社的路上，梁英豪向胡小天道：「大人，我仔細觀察了一下起宸宮，這裡應該是南國工匠的手筆。」

胡小天道：「如何？」

梁英豪道：「南國降雨較多，所以對地下水道要求頗為嚴格，而北國建築大都水道狹窄，這和北方落雨較少有著一定的關係。」

胡小天道：「起宸宮的水道是不是非常的寬敞？」

梁英豪道：「宮內水道雖然比起尋常的建築要寬闊不少，但是仍然不能和南國的建築相提並論，可能是那些南國工匠來來到北方之後也做出改進適應當地的改進，水道分為明渠和暗道，明渠和北國建築分別不大，但是暗道要寬闊得多，有些地方甚至可以容納一個成年人通行。」

胡小天聞言大喜，他之所以讓梁英豪隨同自己進入起宸宮，就是想讓梁英豪想辦法從這裡找出另外的一條通道，危急之時等於多了一條生路。胡小天道：「能夠找出來嗎？」

梁英豪道：「起宸宮內戒備森嚴，在他們眼皮底下只怕不好動作，不過我已經看出初步的建築構造，水道的總出口位於起宸宮的西北角，我可以先找出外面的排水口，然後逆行進入水道，確定另外一個開口位於起宸宮的什麼地方。」

胡小天道：「你儘快去辦，對了，先去南風客棧尋找周默，和他一起去穩妥一些，千萬不可讓人發現。」

梁英豪抱拳領命道：「是！」

胡小天和梁英豪就地分手，獨自一人來到神農社。神農社的那幫弟子對胡小天已經非常熟悉，看到他到來，慌忙將他請了進去，又有人趕著去通報。

柳玉城原本正準備出門，聽說胡小天來了，馬上迎了出來，微笑道：「胡大人今天怎麼得空？」

胡小天笑道：「一天不見柳大哥就跟我生分了，我是特地前來向你道謝的。」

柳玉城笑道：「謝什麼？還說我生分，好朋友之間根本不用說謝字。」

胡小天哈哈大笑，柳玉城也看出他心情大好，詢問之後方才知道這一天之間竟然發生了這麼大的變化，得悉太后終於親自過問大康使團的事情，柳玉城也頗感欣慰。

胡小天這次前來是特地找柳玉城幫忙，即將進行的兩場手術都需要麻藥，這方面正是神農社的所長。

柳玉城愉快答應下來，胡小天又問起柳長生的傷勢，柳玉城告訴他父親傷勢恢復得很快，這兩天心情也非常不錯，本想帶胡小天前去拜會，可胡小天看出他似乎要出門，不禁問道：「柳兄好像是要出門吶。」

柳玉城道：「去紫雲山鐵匠鋪，每天都要過去給他們換藥。」

胡小天暗叫慚愧，自從離開鐵匠鋪之後，自己還沒有到那邊去看過，也不知道那些受傷工匠的恢復情況怎樣了，於是點了點頭道：「我和柳兄一起過去。」

柳玉城笑道：「那當然最好不過，宗大師他們每次會提起你，對胡兄弟充滿感激呢。」

胡小天當下和柳玉城一起離開了神農社，來到門外看到一個黑小子正在那裡跟神農社的幾名弟子爭執呢，胡小天一看居然是熊天霸，卻不知這愣頭小子怎麼摸到了這裡。

熊天霸看到胡小天不由得樂了，大聲嚷嚷道：「哎呀，我就說嘛，我叔在這兒，叔！他們非不讓我進去。」

胡小天真是哭笑不得：「熊孩子，你來這裡做甚？」

熊天霸道：「我師父讓我過來的，他說讓我陪著叔，一定要把叔送到起宸宮我才能回去。」

胡小天料想一定是周默對自己單獨外出不放心，所以才把熊天霸派了過來，不過他跟著就跟著，這小子一直都想弄一對稱手的兵器，自己也曾經答應了他，帶他去鐵匠鋪，剛好可以讓宗唐幫忙給他量身打造一對大錘。

胡小天帶了熊天霸，柳玉城帶了兩名師弟，五人縱馬向紫雲山的方向而去。

來到紫雲山，發現這邊正在拆除，宗唐正站在現場指揮，他身後不遠處的空地之上停了十多輛牛車，一群工人正在往車上搬著鑄好的鐵器。

宗唐聽到動靜，轉身望去，看到胡小天前來，頓時臉上展露出開懷的笑顏，經歷那晚的突然襲擊之後，宗唐對胡小天的印象產生了天翻地覆的變化，那天如果沒有胡小天的幫助，恐怕他們的傷亡會更重。

宗唐大步迎上前來，抱拳道：「胡大人來了！」

胡小天翻身下馬，向宗唐抱拳行禮道：「宗大哥近日可好？」

宗唐道：「忙著整理這邊的爛攤子，實在是脫不開身，不然早就去登門拜會胡大人，當面謝謝胡大人那天仗義相救。」

胡小天微笑道：「區區小事何足掛齒。」

柳玉城好奇道：「宗大哥，你們這是要搬家嗎？」

宗唐點了點頭道：「這裡的兩座窯爐都已經被毀掉了，重建還需時日，兵部那邊重新給我們找了塊地方，讓我們先去鐵器廠安頓，一來不耽誤兵部的工期，二來也可以保護我們不再受到外來威脅。」他環視四周，目光中充滿黯然之色，歎了口氣道：「我爹在這裡花費了不少的心血，想要將這邊重建起來，恐怕至少需要一年的功夫。」

胡小天道：「宗大師現在的身體狀況如何？」

宗唐道：「身體沒什麼妨礙，只是這次對他的打擊實在是太大，頭髮大半都白了，死了那麼多的工人和徒弟，他的心情短時間內是無法平復的。」窯爐被摧毀可以重建，可是失去的那些性命卻無法復生。胡小天能夠體諒宗元現在的感受，鐵匠鋪所蒙受的襲擊應該是因為那套翼甲所致，魔匠宗元比任何人都要清楚原因，正因為此，他心中更為自責，將所有的事情都歸咎到自己的身上。

幾人這邊正在說話，卻聽到不遠處突然傳來熊天霸的驚呼之聲，原來這貨看到了這一車車的兵器，從中找到了一對大錘，走過去就將那對大錘拿了起來，拎在手中揮舞了兩下道：「太輕，實在是太輕！」

胡小天斥道：「熊孩子，不得無禮。」

熊孩子將那對大錘重新放在車上。

宗唐笑道：「他是……」

胡小天歉然笑道：「他是我的一位世侄，我今次帶他過來，是特地想找宗兄求一件兵器。」

宗唐從剛才熊天霸拿起那對大錘的動作就已經知道他是天生神力，樂呵呵向熊天霸道：「你平時是使錘的？」

熊天霸點了點頭道：「從小到大都是使錘，別的我也不會用。」

宗唐道：「看你有些力氣，我這兒倒是有一對現成的大錘，只是不知你能不能夠拿得起來。」

熊天霸不屑道：「天下間還沒有我拿不動的大錘呢。」

胡小天啐道：「熊孩子，你少說大話，還不趕緊見過你宗叔叔。」

熊天霸這才過來見禮。

胡小天向宗唐道：「宗大哥勿怪，這小子性情憨直，沒見過什麼世面。」

宗唐笑道：「我也喜歡得很呢，小子，跟我來！」

幾人一起來到藏兵洞，這裡過去曾經是用來儲藏兵器的地方，現在兵器大都已經搬空，還剩下一些沒有搬運上車，這其中包括一些準備回爐重鑄的殘次品。

宗唐讓工人幫忙搬開那堆積滿灰塵的殘次品，從中顯露出一對鐵錘，這對鐵錘看來閒置的時間已經很久，上面全都是浮灰，鐵錘造型比較奇特，橢圓形上面綴滿一個個銅錢大小的鐵疙瘩，看起來沒有任何的美感，就像是兩隻鐵鑄的癩蛤蟆。

熊天霸看到這對鐵錘頓時大失所望，錘的好壞他不清楚，可是美醜還是分得出來，這宗唐看來也不爽利，居然拿出一對殘次品來糊弄自己。

宗唐道：「你試看看，拿不拿得起來。」

熊天霸走了過去，雙手抓住錘柄，稍一用力就將這對鐵錘拎了起來，拎在手中份量剛剛好，他頓時來了興趣，來到空曠之處，來回揮舞了兩下，感覺這對鐵錘雖然看起來醜陋，可是運用起來卻是得心應手，再看那鐵錘之上還刻著一些奇怪的符號，不由得好奇道：「宗叔叔，這錘看著不大，可是很有分量呢。」

宗唐笑道：「你這小子還真是神力驚人，這對鐵錘右錘重三百斤，左邊那只兩百九十斤，乃是黑胡大將窿拖拖所用，他可是黑胡名噪一時的大力士，曾經在戰場上以這對鐵錘擊殺我大雍不少將士，後來在飛鷹山被尉遲大帥設計所困，死於亂箭之下，這對鐵錘的材質異乎尋常，尉遲大帥讓人帶了回來，後來就交給我們看看這鐵錘所用的材質究竟為何物？能否重新鍛造成別的兵器。連我爹也沒看出這鐵錘到底是用何種方法鍛造，也沒有將之送入熔爐重新鍛造的把握，因為這對大錘太重，所以尉遲將軍麾下也找不到其他人可以使用，所以一直閒置在這裡。你既然能夠拿得起來，而且揮舞自如，就證明你和這對大錘有緣分，今日我就做主送給你了。」

熊天霸聞言大喜，放下大錘，梆梆梆，當即就跪下給宗唐磕了三個響頭。

宗唐慌忙上前攙起他道：「小子，不就是兩把鐵錘，何故行如此大禮？這讓我如何敢當。」

熊天霸道：「滴水之恩湧泉相報，今日宗叔叔送給我這麼兩個大鐵疙瘩，以後等俺發跡之日，必然送您一座金山。」

宗唐哈哈大笑道：「你這小子真是有良心，金山我不要，我是個鐵匠，你若是有發達之日，送我一座鐵山如何？」他只是隨口那麼一說，跟熊孩子打趣來著，熊孩子卻認認真真點了點頭道：「君子一言快馬一鞭，宗叔叔，您等好了，以後俺就用這對鐵錘給你搶一座鐵山回來。」

幾人來到外面，熊天霸望著這對大鐵錘真是越看越愛，看到那鐵錘上面的怪異符號覺得頗為好奇，問道：「宗叔叔，這上面刻的符號是什麼？」

宗唐道：「應該是黑胡人的銘文吧，反正我是不認得。」

熊孩子道：「我也不認得，看著好像是小人呢。這錘一重一輕又是為了什麼？」

宗唐道：「因為雙臂的力量會有不同，所以才可以鑄造成這個樣子。」

熊天霸將兩隻大錘來回舞動，當真是喜不自勝。

胡小天又幫他謝過宗唐，宗唐笑道：「區區一件兵器，胡大人又何須掛齒，比起你為我們做的這些事簡直是不值一提。」

胡小天和柳玉城前往探望了那些傷患，經他手術治療的七名重傷患如今已經全部脫離了生命危險，而且恢復得相當不錯，其中五人已經可以下床行走。胡小天欣慰之餘也驗證了一件事，這一時代人的生命力要比過去的世界中旺盛得多，而且發生感染的機會也要少得多，正因為如此，他才得以在缺少嚴格消毒的條件下開展手術，而且多數都獲得了成功，並沒有發生嚴重的併發症。

柳玉城將為傷患換藥的事情交給了他的兩個師弟，宗唐已經讓人準備了酒菜，邀請他們過去。

龍虎雙窯雖然被毀，但是他們的住處大都完好無損。

幾人在不老泉旁的草棚內坐下，昨天一場夜雨，不過今日一早就已經停歇，現在是風和日麗，前方不老泉上瀰漫著一層若隱若現的煙霧，空氣濕潤而清新。不老泉是天然溫泉，周圍草木豐茂，鮮花盛開，環境非常優雅，坐在草棚內飲酒，還可以欣賞到這周邊的景致，非常愜意舒心。

這裡的條件自然比不上城內，不過宗唐也準備得頗為豐盛，雞鴨魚肉一樣不缺。胡小天和宗唐雖然才是第二次見面，不過和他卻是意氣相投，這宗唐也是一條響噹噹的漢子。

宗唐又提起長公主薛靈君委託他們打造那套器械的事情，今天早上已經讓人送去了公主府。胡小天昨天見到薛靈君的時候已經聽她說過，所以也沒有感到驚奇。

柳玉城道：「胡兄弟當真打算為長公主做重瞼術嗎？」

胡小天點了點頭。

宗唐好奇道：「何謂重瞼術？」

柳玉城道：「就是將單眼皮變成雙眼皮。」

宗唐道：「如何將單眼皮變成雙眼皮？」在他看來這種事倒是有些匪夷所思。

胡小天笑道：「隔行如隔山，宗大哥是跟鐵器打交道，我們是和病人打交道，宗大哥若是想變成雙眼皮，我倒是可以無償幫你。」

宗唐哈哈大笑道：「我生就這幅模樣，又不想再討老婆，要雙眼皮做什麼？」

柳玉城道：「胡兄弟，有件事可能你還不知道，你為太后做重瞼術的事情這兩天已經傳遍了雍都，很多達官顯貴家的小姐夫人紛紛來我們神農社打聽，她們中有不少人都想做這個重瞼術。」

胡小天道：「愛美之心人皆有之，大家都以雙眼皮為美，有這種想法並不稀奇。」

宗唐道：「我實在是想不透呢，身體髮膚受之父母，為何要改變呢？這樣做是不是有不孝之嫌呢？」他的想法代表著這一時代的不少人，改變容貌是和傳統的觀念格格不入的。

熊天霸在幾人說話的時候只顧著吃，這會兒功夫已經將半盤牛肉下肚，又灌了一大碗酒，眨了眨眼睛道：「其實雙眼皮單眼皮又有啥分別呢？只要能看清東西不就行了？我雖然長了一對雙眼皮，可我爹我娘都說我長得醜怪呢。」

幾人同時笑了起來，這愣小子的長相的確有些醜，不過醜是醜了一些，倒是長得討喜。

柳玉城道：「對粗枝大葉的男人倒無所謂，可是對那些愛美的女子，重瞼術的確有著不可抵擋的誘惑力。」

胡小天心想這是當然，愛美之心人皆有之，古今中外，又有誰不愛美？因為多數人的心中還是以貌取人的，一個人如果生來英俊美麗，那麼他或她就等於天然擁有了一筆巨大的財富，這就是為什麼現代社會中整容醫生會如此受歡迎的原因，從事這一行當絕對是錢景無限，不過生在這樣的亂世，即便是錢再多也無法保證能夠安逸的生活，君權專制的國度中，一切以皇權至上，只要皇上不開心，隨時都能徹底改變你的命運。

因為晚上還要去長公主府中赴宴，所以胡小天並不敢開懷暢飲，熊天霸是個能吃能喝的主兒，大半罈美酒都進了他的肚子，這貨顯然有些醉意了，抓著他的兩個大鐵錘去空曠的地方上下翻飛地舞動起來，按照他的說法揮舞出一身大汗，這酒就醒了。

宗唐望著熊天霸舉重若輕，揮舞雙錘虎虎生風的樣子，心中頗感欣慰，這對鐵錘總算找到了合適的主人。

幾人看熊天霸舞錘正在入神，一名工匠過來，手中拿著一團白乎乎的東西，這是他在庫房中找到的，因為不知是什麼所以特地詢問宗唐之後才敢處理。

宗唐接過一看，點了點頭道：「這是煇魚膘，曾經一度用來製膠，可惜效果並不算好，後來就被棄之不用了，沒什麼用處，扔掉吧。」

胡小天道：「給我看看。」

那工匠將魚膘遞給他，胡小天接過魚膘發現這煇魚鰾極其輕薄，用力一拉彈性十足，材質竟然像極了保險套，胡小天內心一喜，好東西啊！有了這東西豈不是可以安全避孕了？

周圍人見他面露喜色，並不知道這廝是在高興什麼。宗唐道：「胡兄弟認識這東西？」

胡小天道：「沒見過，這東西有沒有厚點的？」

宗唐道：「燀魚鰾的確有厚有薄，因為燀魚本身也有雄雌大小，雄魚偏厚，雌魚輕薄，尤其是幼年的雌魚魚鰾可以稱得上薄如蟬翼，可是成年的雄魚魚鰾甚至可以厚如羊皮。」

胡小天道：「你剛剛說這東西可以製膠？」

宗唐點了點頭道：「不錯！」

胡小天道：「我有個想法，這東西可不可以做成手套呢？」

宗唐想了想道：「應該不難，只要按照手形剪裁，然後加熱封邊，就能做成一體。」

胡小天道：「需要做得比手掌尺寸稍小一點，我看這燀魚鰾彈性極佳，應該可以做到完全貼合手掌。」

說幹就幹，當即宗唐將負責剪裁的工匠找來按照胡小天的手型，為他做了一副手套，工匠手法極其熟練，一會兒功夫就已經完成。胡小天拿起那副手套，從外觀上已經看不出和乳膠手套的任何區別，牽拉提拽，柔韌的質感也幾乎相同，他對著手套吹了口氣，手套膨脹開來，放入水中也不漏氣，胡小天將手套戴上，鬆緊剛好，活動一下手指，靈活之極。想不到今日前來這裡，居然有這等意外發現，這可解決了一個大問題。

柳玉城率先明白了胡小天的用意，過去的鹿皮手套羊皮手套顯然都不如這種手套靈活，胡小天一定是想要將這種手套用於手術中。

胡小天當下讓工匠為自己多做幾副手套，又讓柳玉城拓下手模，讓工匠也給他多做幾個，最後又畫了幾個安全套的圖形，讓工匠用最薄的燁魚鰾和剩下的邊角料多做一些，最好的當然要留給自己，至於那些較厚的，準備兜售給燕王，趁著這個機會要狠狠敲他一筆。

當然工匠不可能在一日之間將這麼多的燁魚鰾全都做成胡小天需要的成品，胡小天先帶走了十幾個，和宗唐約定，等到其他的做完，再給他送過去。

回到雍都城區，胡小天讓熊天霸自行返回南風客棧，總不能讓這愣小子拎著兩個大鐵錘隨同自己前往，本身也是去做客，又不是去砸場子。可熊天霸卻說什麼都不肯走，因為周默交代，讓他必須要護送胡小天返回起宸宫之後才能離開。

胡小天無奈，只能讓他跟著，不過叮囑熊天霸，到時候只能在門外守著馬匹，不可隨同他一起進去，熊天霸點頭答應下來。

他們來到長公主府，等到了門外方才知道這裡早已是賓客盈門，長公主府外面的空地上停滿了豪華馬車，有十多名武士在現場負責維持秩序。

胡小天擔心熊天霸惹事，又叮囑了一番，這才舉步來到門前。

門前有專人負責迎賓，看到來往賓客手中全都拿著請柬，胡小天心中暗叫不妙，長公主雖然請他過來，可是並沒有給他請柬，這下麻煩了，薛靈君雖然認識自己，可是她府上的這幫下人未必認識自己，搞不好會讓自己難堪。

胡小天正在躊躇的時候，門前一位美貌女郎已經笑靨如花地迎了上來，熱情洋溢道：「胡大人，您來了。」這女郎卻是長公主薛靈君的貼身侍婢劍萍。胡小天此前也跟她見過面，只是剛才劍萍正忙著其他的事情，胡小天並沒有看到她。

劍萍道：「胡大人，公主殿下讓我在這裡專程等您。」周圍不少人都聽到了劍萍的這番話，一個個紛紛向胡小天望來，心中納悶，卻不知這小子是何方神聖，居然能夠得到長公主如此看重？竟然專程派最心腹的侍女過來迎接他？要知道劍萍在長公主府的身分等同於總管，可謂是一人之下眾人之上。

胡小天在眾人的注目之下隨同劍萍走入長公主府，長公主府就是過去的駙馬府，長公主嫁給大雍才子洪興廉婚後並沒有住在這裡，而是住在洪家，可是這位可憐的駙馬婚後三月就已經撒手人寰，洪興廉死後，洪家也是厄運不斷，長公主也就成了人盡皆知的不祥之人。

洪家人為了遠離這個剋星，甚至拋下雍都的一切離開，可最終仍然未能逃離噩運，死的死亡的亡。洪家人離去之後，長公主也沒有繼續留在洪府中居住，而是來到了比鄰洪府的駙馬府，駙馬不在了，這裡理所當然地變成了公主府。雖然蔣太后多次提出讓薛靈君搬到慈恩園去住，可是薛靈君都婉言謝絕了。

駙馬府雖然格局算不上大，可是建築雕樑畫棟極盡精巧，所到之處無不匠心獨運。

長公主還沒有出現在宴會現場，劍萍引著胡小天來到他的位子上坐下，胡小天在門前看到如此隆重的場面，心中就已經做好了低調做人的盤算，今晚過來的全都是達官顯貴，再不濟也得是個有頭有臉的人物，自己是個外人，現場連個眼熟的都沒有。

劍萍向胡小天笑道：「胡大人還請耐心等候，長公主讓胡大人宴會後別急著走，她找你還有話說。」

胡小天點了點頭：「麻煩劍萍姐姐了。」

劍萍嫣然笑道：「胡大人真是客氣呢，劍萍還要招待其他客人，失陪一會兒。」

「姐姐請便！」

目送劍萍離去，胡小天端起茶盞慢慢品茶，望著室內的嘉賓他大都不認識，別人三五成群在那邊聊天，他卻無人問津，形單影隻。胡小天倒沒有生出什麼失落感，沒人搭理自己更好，老子今兒別的不幹，就是埋頭吃飽喝足，等會兒就拍屁股走人。

就在這時候門外一陣騷動，胡小天雖然不說話，可眼睛也沒閑著，料想又來了某位大人物，他舉目望去，卻見從門外進來了一對璧人，男的玉樹臨風英俊瀟灑，女的溫柔嫻靜眉目如畫，如此天造地設的一對夫婦自然吸引了眾人的眼球。

胡小天認出那男子正是李沉舟，女的他沒見過，看樣子應該是他的老婆，大雍才女簡融心。

李沉舟少年得志，乃是大雍年輕一代中的翹楚人物，深得皇上器重，再加上他家世顯赫，自然成為許多人心中羡慕的對象，簡融心也非尋常人物，她天生麗質卻又以學識名揚大雍，她的父親乃是大雍翰林院大學士簡洗河，乃是大雍的學問大家。兩家門當戶對，郎才女貌，結婚多年，仍然恩愛如昔。

李沉舟握著簡融心的手走入大廳，巧合得是，他竟然被安排和胡小天同桌。

胡小天也沒有想到長公主會做出這樣的安排，細細一想，應該是薛靈君那天在紫雲山鐵匠鋪見到他們兩人說話，以為他和李沉舟很熟悉。

看到李沉舟夫婦二人來到面前，胡小天起身微笑打了個招呼：「李將軍，這麼巧啊！」

李沉舟顯然也沒料到會有這樣的安排，看到胡小天微笑道：「原來是胡大人，真是巧了，原來長公主也邀請了你。」

言者無心聽者有意，胡小天聽他這句話就氣不打一處來，怎麼就不能邀請我？你能來，老子就不能來？不過胡小天也沒有發作，歎了口氣道：「長公主一片盛情，我實在是不好拒絕，只能放下其他的事情過來了。」一臉的不情願，好像今天過來是給足了薛靈君面子。

李沉舟暗笑這廝臉皮夠厚，微笑向妻子介紹道：「這位就是大康遣婚史胡小天胡大人。」又向胡小天道：「這是賤內。」

胡小天恭恭敬敬抱拳道：「原來是李夫人，小天早就聽說過李夫人的大名，得悉李夫人乃是大雍第一才女，今日有緣得見，真是三生有幸。」

簡融心微笑道：「胡大人客氣了，我可不是什麼才女，只不過是普普通通的一個煮婦罷了。」說話的時候，眼波兒不禁向李沉舟飄了過去，兩人視線交會，柔情蜜意自然流露，當真是羨煞他人。

胡小天雖然是個局外人，也能夠看出人家兩口子感情好得很，邀請兩人入座。

李沉舟挨著胡小天坐了，簡融心坐在一旁，胡小天看到這長條桌旁有四張椅子，卻不知待會兒還有誰過來。

李沉舟道：「聽聞胡大人重回起宸宮了？」

胡小天道：「李將軍消息果然靈通，今早方才搬回去，主要是公主一直都由我伺候，換成其他人並不適應。」

李沉舟道：「我卻聽說胡大人之前和起宸宮的守衛發生了一些不快？」

胡小天笑道：「誤會而已，沒什麼大事，可能是有人在以訛傳訛。」他將話說到這個份上，李沉舟也不好再追問。

此時外面又傳來一陣騷動，胡小天現在已經沒有了剛才的好奇心，在這種大雍貴族的聚會上自己只不過是一個陪襯罷了，早知如此就不該答應長公主過來。

端著茶盞低頭沉思的時候，感覺前方的光線被人擋住了，然後聽到李沉舟禮貌的聲音：「霍將軍，你也來了！」

胡小天抬頭望去，卻見霍勝男正站在自己的前方，擋住了後方的燭火。霍勝男和李沉舟夫婦打了個招呼，望著胡小天，臉上的表情似笑非笑。胡小天道：「霍將軍不是不來嗎？」

霍勝男道：「你邀請我我當然不來，可是長公主邀請，我卻又沒有理由拒絕。」她說完在胡小天的身邊坐下了。

胡小天暗忖，這一定是薛靈君的安排，看來霍勝男此前就已經決定要參加今晚的這場宴會，要說她還真是能沉得住氣，在起宸宮的時候居然沒有流露出半點口風。

隨著重要賓客的到來，現場氣氛也變得越來越熱鬧。在眾人期盼中，長公主薛靈君閃亮登場，她身穿一襲金色宮裝華服，挽了一個百鳥朝鳳的髮髻，高貴典雅明豔動人，一出場就完全吸引了眾人的目光。

現場多數男性都流露出色授魂與的目光，心中暗讚，尤物，若是能夠成為長公主的入幕之賓，就算死了也甘心情願，這一刻，多半人都已經忘記了長公主克夫的凶名了。

李沉舟目不斜視，低聲和妻子笑聲說了什麼，簡融心時而露出甜蜜的笑靨，夫婦兩人之間的深情真是讓人羨慕。

胡小天忍不住多看了長公主幾眼，他心中很是不解，明明都如此美麗了，為何還要堅持在臉上動刀，女人啊，何苦為難自己？

薛靈君向眾人微笑示意之時，卻聽門外傳來通報之聲，乃是大皇子薛道洪到了。

聽聞大皇子薛道洪親自前來，所有賓客全都起身相迎。

胡小天也跟著站了起來，舉目向入口處望去，卻見大皇子薛道洪並不是一個人過來的，陪同他前來的還有一名身穿胡服的男子，那男子身材高大，赤髮虬鬚，因為滿臉的大鬍子，所以看不出他的本來年紀，不過估摸著也得有三十以上，他和薛道洪兩人並肩走入宴會現場，明顯比薛道洪要大上一號。

霍勝男看到那人不由得皺了皺眉頭道：「黑胡的四王子什麼時候來到雍都？」她已經認出那個和薛道洪並肩前來的胡人正是黑胡四王子完顏赤雄，霍勝男曾經在北方戰場上和完顏赤雄多次交手，所以一眼就將之認出。

李沉舟輕聲道：「不錯，我也聽說最近有黑胡使團前來雍都，卻沒有想到會是黑胡四王子親自前來？」

胡小天向李沉舟看了一眼，心中並不相信他的話，李沉舟和大皇子薛道洪關係匪淺，而且他是大皇子忠實擁戴者，以他們之間的關係，薛道洪又怎麼可能不跟他說？

長公主薛靈君輕移蓮步婷婷嫋嫋來到薛道洪面前，嬌滴滴道：「道洪來了，今個兒真是給我面子。」

薛道洪哈哈大笑道：「姑母大人宴請嘉賓，怎麼可以缺少我呢？今天不但我來了，我還帶來了一位尊貴的客人。」他向薛靈君介紹道：「這位就是來自黑胡的四王子完顏赤雄。」

完顏赤雄自從薛靈君出場，一雙眼睛就直勾勾盯在了她的面孔上，看他的樣子，簡直連魂都不知飛到了那裡，見到如此嫵媚美女，差點連口水都沒流出來。

薛靈君道：「四王子好！」

薛道洪乾咳了一聲提醒，完顏赤雄這才回過神來：「啊……啊……好……好……好！」他的漢話說得不甚標準，聽起來非常滑稽，大雍和黑胡之間戰事不斷，就在不久之前兩國還發生了戰爭，所以雍人心中對黑胡人是充滿敵視的，看到完顏赤雄如此肆無忌憚地盯著本國長公主，前來賓客中有不少人感到不忿，一個個竊竊私語，可是眾人心中也明白，既然大皇子親自將他請來，看來黑胡和大雍之間的關係應該有所改善。

霍勝男顯然看不慣完顏赤雄的所為，冷哼一聲坐了下去。胡小天也跟著坐了下去，低聲道：「這天下間沒有永遠的敵人，也沒有永遠的朋友。」一句話將李沉舟夫婦的目光也吸引了過來，李沉舟微笑道：「胡大人這句話聽起來還是蠻有道理，那麼天下間什麼東西才是永遠的？」

胡小天道：「利益！」

李沉舟目光一亮，霍勝男道：「我卻不知道大雍和黑胡之間能有什麼共同的利益，黑胡人屢次侵犯我大雍領土，殺害我大雍臣民，造成的血腥罪惡，罄竹難書！真不知道為何要對這種強盜如此禮遇？」她性情剛烈，對黑胡人深惡痛絕。

李沉舟道：「國家大事須得從大局考慮，霍將軍也不必太過較真了。」

胡小天道：「可凡事也得原則啊，明知道對方是一頭狼，還偏偏要與狼共舞，到最後倒楣的只有自己。」

李沉舟臉色一凝，皺了皺眉頭，流露出些許的不悅，顯然是認為在兩國的關係上胡小天並沒有發言權。

霍勝男咬了咬嘴唇怒道：「我羞於與盜賊同席，先走一步，各位請便。」她站起身來，可是沒等她走開，大皇子薛道洪帶著完顏赤雄已經向這邊走了過來。

完顏赤雄認出了霍勝男，看到昔日戰場上的對頭，完顏赤雄的雙目中流露出一絲森寒的凶光，不過他旋即就咧開大嘴笑了起來：「霍將軍！哈哈！想不到咱們也有在雍都相見之日。」不得不承認這貨的發音雖然不標準，可是說得還是非常清楚，至少別人都能懂他的意思。

霍勝男漠然望著完顏赤雄道：「完顏將軍應該感到慶幸，幸虧咱們不是在戰場上遇見。」

完顏赤雄哈哈大笑道：「你們不是有一句話叫冤家宜解不宜結，過去的不快就讓它過去，以後咱們都是朋友。」

霍勝男道：「我沒什麼朋友，也沒準備交朋友！」

薛道洪道：「勝男！不得無禮！」

霍勝男正準備離席而去，長公主薛靈君卻攔在她的面前，抓住她的手臂柔聲道：「勝男，今兒這個面子你得給我，坐下！」

霍勝男抿了抿嘴唇，終於還是坐了下去。

薛道洪又為完顏赤雄介紹李沉舟夫婦，完顏赤雄看到李沉舟的妻子簡融心，自然又被美貌所吸引，目光狠狠在簡融心的臉上流連了好一會兒。胡小天心中暗罵，這黑胡人果然粗鄙，非禮勿視的道理都不懂嗎？不過李沉舟夫婦二人的涵養都很好，並沒有流露出任何的不悅。

薛道洪本沒有準備將胡小天介紹給完顏赤雄認識，不過完顏赤雄卻將目光投向胡小天道：「這位又是哪位大人？」

薛道洪目光朝胡小天看了一眼，唇角露出一絲輕蔑的笑意：「這位是來自大康的使臣胡公公。」

胡小天在心底把薛道洪祖宗十八代問候了一遍，你介紹就好好介紹，使臣就是使臣，幹嘛給我加上一個公公的尾碼，生怕別人不知道我是個太監？

完顏赤雄聽他說完，哇哈哈大笑了起來：「原來是來自康國的太監！不男不女的東西！」此話一出，頓時滿堂哄笑，如果完顏赤雄說的是別人，說不定會引起同仇敵愾，可是他說的是胡小天這個外人，在場的賓客心中自然沒有了同情心，反倒覺得好笑。當然也有少數人對胡小天的境遇表示同情，霍勝男是一個，長公主薛靈君算一個，簡融心也是一個。

胡小天被他當眾侮辱，肺都要氣炸了，是可忍孰不可忍，他笑瞇瞇道：「不知這位尊使是什麼東西？」

完顏赤雄被他問得一怔：「東西？我不是東西！」

哄笑聲再度響起，這下連霍勝男都忍不住了，心中暗暗佩服胡小天機智，巧妙地回敬了完顏赤雄。

完顏赤雄沒明白眾人笑什麼，繼續道：「我不是東西，我就是不是東西！」

眾人笑得越發開懷，有人甚至已經笑得捂著肚子蹲了下去，完顏赤雄雖然腦子還沒轉過彎來，可是從周圍人的反應也能夠意識到自己可能中了胡小天的圈套，他怒視胡小天道：「小南蠻，你敢陰我？」

胡小天微笑道：「黑鬍子，你侮辱我不要緊，可把在場所有人都給捎上了這可不好，諸位，你們可都聽到了？」

笑聲頓時平息了下去，黑胡人習慣於用南蠻來稱呼中原人，不單單是針對大康也是針對大雍，這侮辱性的詞彙頓時讓眾人生出了同仇敵愾之心。

薛道洪發現事情有些不妙，微笑著拉住完顏赤雄的臂膀道：「完顏兄，咱們不是要做朋友嗎？」

完顏赤雄絕非一個意氣用事的莽夫，馬上點了點頭，哈哈笑道：「朋友！咱們要做朋友，我此次前來是為了友好而來。」

薛道洪趁機拉著他前往主席就坐。

長公主薛靈君雙眸盯住胡小天，有些無奈地歎了口氣道：「胡小天，你這張嘴巴也真是不饒人。」

胡小天道：「長公主把他當人看嗎？」

薛靈君瞪了他一眼，唇角卻露出一絲笑意，其實她也不喜完顏赤雄粗鄙無禮，此人的到來也不是她邀請，可以說是位不速之客，胡小天給他一個釘子碰碰也是應該，至少讓完顏赤雄收斂一些鋒芒。

眾人坐定之後，開始送上酒菜。胡小天看到霍勝男仍然悶悶不樂，知道她因為完顏赤雄的出現而影響到了心情，輕聲勸慰道：「霍將軍無需跟這種野蠻人一般見識，更無需因為他的出現而影響到自己的心情。」

霍勝男點了點頭道：「說得對，只當他不存在就是。」

一番推讓之後，還是大皇子薛道洪起身說了祝酒詞，他笑道：「今日我的出現多少有些喧賓奪主了，這場宴會是我皇姑所召集，首先我要感謝皇姑給了我一個這樣的機會，既然姑姑讓我代她說話，那麼，我要感謝諸位的前來，更要感謝黑胡四王子殿下完顏赤雄不遠千里而來，為兩國友好而來！我以此酒敬在場的諸位，敬我們最尊貴的客人完顏殿下。」

大皇子發話自然不缺乏歡呼迎合之人，在場眾人心中的滋味各不相同，胡小天聽到這番話，心情不爽，大大的不爽，雖然他談不上什麼愛國者，可是他畢竟是大康的使臣，大皇子薛道洪剛才的那番話根本是厚此薄彼，自己和完顏赤雄在各自國內的身分地位雖然有分別，但是他們前來大雍的身分卻是一樣的，兩人同為使臣，薛道洪這般區別對待，顯然就是對自己不夠尊重，對大康缺乏尊重。

霍勝男端起酒杯道：「有些話胡大人也不要往心裡去，其實咱們今晚前來全都是受長公主的邀請，和其他人並無關係。」共同的敵人可以讓兩個人迅速走近，胡小天和霍勝男現在的狀況就是如此。

胡小天表現得心平氣和，畢竟這裡是異國他鄉，人家的地盤不是他耍威風的地方，也沒必要跟大皇子薛道洪理論，這個世界上太多事情掰扯不清，與其讓他人壞了心情，不如當這幫傢伙不存在，全心全意地享受眼前的美食。

李沉舟夫婦也主動和胡小天喝了兩杯，酒宴的氣氛漸趨熱烈之時，完顏赤雄起身端起酒杯道：「感謝大皇子和長公主盛情款待，我以這杯酒敬諸位，祝大雍皇帝萬壽無疆，龍體安康，祝大雍和胡國永結盟友，再無戰事！」

眾人齊聲喝彩，這番話說得倒是冠冕堂皇。

完顏赤雄喝了這杯酒，然後大聲向長公主薛靈君道：「長公主，我此次前來給你帶了一份禮物。」

薛靈君笑道：「什麼禮物？」

完顏赤雄拍了拍手掌，大聲道：「送上來！」大廳外傳來駝鈴聲聲，卻是一位魁梧的黑胡漢子牽著一匹純淨的白駝走了進來，這白駝生得俊美非常，通體連一根雜毛都沒有。

完顏赤雄道：「這頭白駝即便是在我胡國也是罕有之物，行走沙海大漠如履平川，我特地選了一頭送給長公主殿下。」

薛靈君格格笑道：「這白駝雖然生得好看，可惜在中原卻全無用武之地。」

完顏赤雄道：「長公主以後去大漠玩的時候就能派上用場了。」

薛靈君道：「本公主身體虛弱，尤其是害怕寒冷，大漠那等苦寒乾涸之地，我這輩子也不想過去的。」

完顏赤雄表情尷尬，擺了擺手示意那大漢牽著白駝出去。

薛道洪道：「以後黑胡和大康交好，相信有機會去黑胡看看，皇姑還是收下吧。」

薛靈君道：「黑胡除了牲口以外，還有什麼？」她笑瞇瞇說出的話卻是一語雙關。

完顏赤雄並沒有聽懂她的意思，拍了拍胸脯道：「我們胡國還有勇士！」

薛靈君道：「勇士？不知黑胡勇士比起大雍如何？」

薛道洪聽出姑母的口風不太對，慌忙朝她使眼色，可是薛靈君卻如同沒看到一樣。

完顏赤雄樂呵呵望著薛靈君，這個問題實在是讓他頭疼了，在他心中黑胡的勇士自然要強過大雍百倍，可是當著人家的面總不好這麼說。

薛靈君道：「不知四王子此行有沒有勇士隨行，不如叫上一個讓他展露一下身手，也好讓我們開開眼界？」

完顏赤雄點了點頭道：「好！把拉罕叫上來！」他猛然大吼了一聲，聲若洪鐘，震得眾人耳膜嗡嗡作響，聲音遠遠傳出到大殿之外。不一會兒工夫，在外面候命的猛士拉罕走入大殿之內。

黑胡人大都身材魁梧壯碩，這拉罕更是如此，宛如一頭茁壯的棕熊般出現在大殿之中，頓時引來眾人的低聲驚呼。

完顏赤雄道：「拉罕，還不見過大皇子和長公主殿下？」他說的是胡語，在場少有人能夠聽得懂。

拉罕右手放在心口向大皇子和長公主行禮。

霍勝男看到此人出現，不由得皺了皺眉頭，拉罕乃是黑胡大將扎爾赤的副將，和扎爾赤情同手足，而扎爾赤是死在她的手裡，想起此前發生的那起針對自己的刺殺，霍勝男隱約感覺到這些黑胡人在雍都的出現非同尋常。

薛道洪讚道：「好一條猛漢，不知你有什麼本事？」

完顏赤雄向拉罕說了幾句話，拉罕點了點頭，退回到大殿中心。完顏赤雄道：「大皇子可以派手下的武士用刀砍槍刺，拉罕絕不還手。」

薛道洪道：「刀槍無眼，若是傷了他豈不是不好？」

完顏赤雄道：「殿下放心，絕對傷不了拉罕一根汗毛。」

薛道洪聽他把話說得這麼滿，於是點了點頭，示意手下侍衛前去試試。

那武士抽出刀來，現場傳來一陣驚呼聲，武士手握鋼刀環繞拉罕而行，他出刀之前還是大吼了一聲，畢竟不是你死我活的比拚，一刀揮出也留了三分力道，鋼刀砍在拉罕的身上竟然發出金石之聲。周圍傳來陣陣驚呼，膽小的賓客已經捂上了眼睛，生怕看到染血當場的場面。

拉罕受了這一刀面無表情，只是身上的衣服被武士砍破，他搖了搖頭，伸手扯開前胸的衣襟，一片裂帛聲之後，半裸著身體出現在眾人面前，一身肌肉虯結宛如石雕一般輪廓分明，胸膛之上黑毛叢生，兩條粗壯的臂膀上各自紋著一個青色的狼頭。

武士剛才的一刀竟然沒在他身上留下任何的痕跡。

完顏赤雄哈哈大笑，他大聲道：「不必留力，全力而為！」

薛道洪向那名侍衛使了個眼色，那侍衛向後退了兩步，再度衝上前去，揮舞鋼刀猛然向拉罕的肩頭斬落，這一刀來勢兇猛，刀聲霍霍，顯然已經用盡了全力，人群中又發出陣陣驚呼，拉罕仍然不閃不避，任由鋼刀斬落在自己的肩頭，喀嚓一聲，他的肩頭毫髮無損，可是那鋼刀卻如同撞擊在堅硬的岩石之上，竟然從中折斷。

那名侍衛握著殘存的刀把，臉上的表情震駭莫名，他實在沒想到這黑胡猛漢竟然如此厲害，這哪是血肉之軀，竟然堅逾金石。

又有兩名侍衛挺起兩桿長槍走了過去，槍尖閃過兩道寒芒直奔拉罕的心口而去，拉罕不但沒有躲閃，反而向前走了一步。兩支槍尖同時戳在他的心口之上，遇到拉罕堅硬的肌膚就再也無法深入分毫，拉罕向前一步步走去，槍桿因為承受不住他的壓力而變彎，終於喀嚓一聲從中折斷。現場賓客全都看得目瞪口呆，這拉罕真乃神人也，難怪大雍和黑胡交戰多年仍然沒有將之擊敗，如果黑胡多幾個這樣的猛士，鹿死誰手還未必可知。

如果說剛開始的時候眾人還對兩國突然和解並不認同，現在看到拉罕如此勇猛的表現，已經心底發寒，很多人都在想，若是兩國能夠從此友好，永熄戰事倒也不錯。

薛道洪讚道：「真乃勇士也，來人！賞五十金！」

完顏赤雄面露得色，他向薛道洪道：「皇子殿下，聽聞中原也是英雄輩出，不知可有這樣的勇士？」

薛道洪還未回答，一旁長公主薛靈君道：「我大雍多的是智勇雙全的英雄，怎麼四王子是否想見識一下？」

完顏赤雄笑道：「長公主殿下的話我自然相信，大雍和黑胡都是英雄輩出的地方，我倒是聽說南方的康國全都是一些懦弱無能之輩，想必連一個像樣的人物都沒有。」說這番話的時候目光故意向胡小天望去，挑柿子揀軟的捏，他根本是故意向胡小天挑釁。

胡小天只當這廝放屁，根本沒搭理他。

薛道洪卻道：「四皇子的這句話也不盡然，康國雖然地處南方，但是地靈人傑也曾經出過不少的英雄人物。」

完顏赤雄哈哈笑道：「英雄？」他指著胡小天道：「像這種人也敢稱英雄嗎？」

事不關己高高掛起，現場的賓客都靜觀其變，等著看事態如何發展。

胡小天一直是想低調處事來著，可是人家當眾挑釁到了面前，自己若是不吭聲豈不是孬種？胡小天微笑道：「古往今來，能夠憑著一身蠻力成為英雄的還真沒有幾個，長公主剛才的話說得不錯，智勇雙全才叫英雄，別以為練得皮糙肉厚，有點蠻力就是什麼勇士英雄，這樣的貨色在我們中原一抓一大把，不見得有什麼厲害。」他巧妙將薛靈君拖了進來，而且說話的時候從中原的角度來出發，意在激起眾人同仇敵愾之心。

完顏赤雄道：「這位胡公公還真會說大話，你有沒有膽量挑戰我手下的這位勇士？」

胡小天呵呵笑道：「我說這位四王子，你還真是站著說話不腰疼，我什麼身分？怎麼會跟一個下人比武？」

完顏赤雄怒道：「大話誰都會說，還不是沒膽子！我看你們康國全都是孬種。」

薛道洪聽他出言不遜，不由得咳嗽了一聲道：「四王子，胡公公，你們都是大雍的貴客，千萬不要傷了和氣。」

胡小天心中暗罵，你就不是個好東西，故意在其中搬弄是非，厚此薄彼，看不起我們大康，不給你們一點顏色看看，你們就不知道馬王爺三隻眼。胡小天道：「打打殺殺多傷和氣，按照你們黑胡人的規矩，不就是誰有力氣誰是勇士嘛！我的馬夫力氣就很大，不如我把他給叫進來跟你所謂的這位黑胡第一勇士比試比試。」人家可沒說拉罕是黑胡第一勇士，胡小天這是在故意給拉罕戴高帽，捧得越高摔得才越重。

霍勝男小聲提醒胡小天道：「此人力大無窮，你沒必要跟他爭這口氣。」

胡小天微笑道：「不爭這口氣，他們還以為咱們中原無人！」他向劍萍招了招手，笑道：「勞煩姐姐去將我的馬夫熊孩子叫進來。」

李沉舟向胡小天道：「此人天生蠻力，而且一身的橫練功夫，胡大人的馬夫當真有能力與之一戰？」他對胡小天雖然沒什麼好感，可是也不希望看到黑胡人在這裡耀武揚威。

胡小天道：「多謝幾位關心，我看這呆頭呆腦的莽貨也沒什麼厲害。」

熊天霸沒多久就來到了這裡，人還未到，聲音就先傳了進來：「胡大人！胡大人！你找我啊！」聲音也是極其洪亮，震得眾人耳膜嗡嗡作響。

完顏赤雄一聽這小子的嗓門不由得一驚，可是看到熊天霸從外面走進來，不由得哈哈大笑起來，他拍著桌子笑道：「我還以為進來的是一隻猴子呢。」他這麼一說眾人都笑了起來。熊天霸生得又黑又瘦，看起來還真有幾分像猴子。

熊天霸不知眾人為何發笑，看到胡小天樂呵呵走了過去，大鐵錘隨身帶著，他愛煞了這對大鐵錘，現在是連一刻都不願意離身，雖然長公主府有規定，不允許外人攜帶武器入內，可是他堅持不願將鐵錘放下，劍萍也只能由著他，特許讓他將鐵錘拿進來。

拉罕看到熊天霸手中的那對大鐵錘，頓時身軀一震，哇呀呀大吼著就向熊天霸撲了過來。

熊天霸不知他說什麼，看到來人不散，將雙錘一揚，怒道：「傻大個，你給我站住！再敢靠近，我錘死你！」

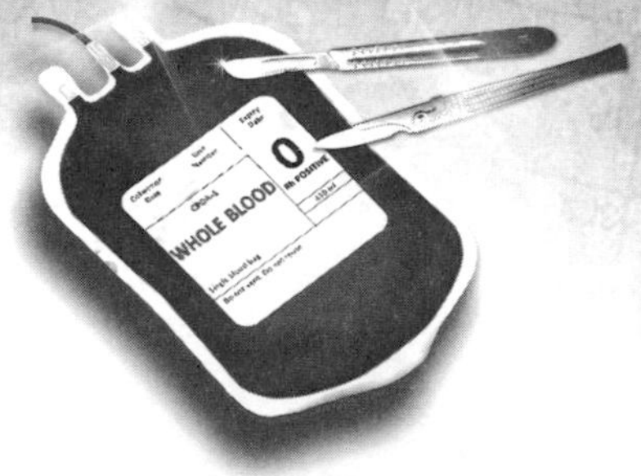

第五章

內行看門道

胡小天驚得目瞪口呆，雖然他知道熊天霸膂力過人，
可是也沒想到這小子強悍到這個份上，
居然一拳就把拉罕給震吐血了。
外行看熱鬧，內行看門道，
霍勝男卻已經看出拉罕受傷的真相。

完顏赤雄看到拉罕如此激動，再看熊天霸的那對大錘，頓時明白是怎麼回事，原來這對大錘乃是窿拖拖用過的兵器，而窿拖拖卻是拉罕的親大哥，所以他的情緒才會如此激動。

完顏赤雄慌忙喝止拉罕，看到這黑小子竟然能夠拿得起這對大錘，完顏赤雄此時方才收起了小覷之心，這猴子一樣的小子看來也是膂力非凡。

完顏赤雄望著胡小天道：「這就是你所謂的勇士？」

胡小天呵呵笑道：「他可不是什麼勇士，只是我的馬夫罷了！」

熊天霸眨了眨眼睛：「呃！對，我是胡大人的車夫，咋的？」關鍵時刻他也不迷糊。

胡小天看到熊天霸仍然拿著兩個大錘，真是哭笑不得，他向熊天霸道：「你把大錘放下，我幫你看著。」

熊天霸這才拿著大鐵錘來到胡小天桌旁放下，還小心叮囑道：「叔啊，你可得給我盯好了。」

胡小天笑道：「你就放心吧。」

完顏赤雄道：「既然你手下的勇士來了，那麼就讓他們當場比試一下，看看是我胡國的勇士厲害，還是你們康國的勇士厲害。」

熊天霸道：「我不是勇士，是馬夫！」

現場頓時響起一片歡樂的笑聲。

熊天霸自認馬夫有個好處，勝了固然可喜，敗了也沒啥丟人的，反正胡小天給他的定位就是個馬夫。

拉罕自從看到大哥的遺物就激動地哇哇大叫，不停指向胡小天案前的那對大錘。胡小天雖然聽不懂他在說什麼，可是從拉罕的表情也能夠推測出他定然認識這對大錘。

霍勝男精通胡語，小聲向胡小天道：「如果我沒看錯，這對大錘應該是胡將窿拖拖生前所用，這個拉罕乃是窿拖拖的親弟弟。」

胡小天心中一怔，想不到居然會這麼巧，難怪拉罕如此激動。

胡小天起身向長公主薛靈君行禮道：「長公主殿下，今晚宴會的主題乃是友好，舞刀弄槍的總是不好，若是有人傷亡豈不是大煞風景？」

薛靈君以為他露怯，點了點頭正想說話，卻不料完顏赤雄已經冷笑道：「怕了嗎？害怕就讓你的馬夫磕頭認輸，把那對大錘留下，此事作罷。」

熊天霸怒道：「娘的，你讓誰給你磕頭？還想圖謀我的大錘，幹！」

胡小天斥道：「熊孩子，不得無禮！」

熊天霸對胡小天頗為服氣，馬上閉上了嘴巴。

完顏赤雄氣得臉色鐵青。

胡小天道：「怕？漢人幾千年文明，骨子裡何嘗有過怕字？尤其是對你們這幫胡人，我們讀書寫字的時候，爾等還在茹毛飲血。」

「你！」完顏赤雄重重拍了拍桌子，霍然站起身來。

現場鴉雀無聲，眾人雖然一開始都抱著看熱鬧的心態，可是胡小天的這番話卻說出了他們的心中所想，在場人雖然對胡人有些敬畏，可是從骨子裡卻是看不起他們的。

胡小天道：「其實比武未必要近身格殺，在我們中原也從不以勝敗論英雄。」

完顏赤雄點了點頭道：「好！」

薛靈君道：「胡大人說得不錯，既然這樣我就出個主意，外面兩尊門海，你們兩人各取一個，將門海端到台階下，然後再放回原處，誰先完成就算誰贏。誰要是舉不起來就輸了，誰要是晚上一步也輸了，誰要是將前海中的水灑出一滴也算輸了。」她口中的前海其實就是大殿門外的兩口大水缸，因為宮內的殿宇樓閣均為木質結構，天氣乾燥之時很容易著火，一旦發生火災，如果不能及時撲滅，那麼火勢就會迅速蔓延，甚至會將整座建築化為灰燼，設立大水缸就是為了應急消防所用。

薛靈君提出的這個建議聽起來並無稀奇，可是真正做起來卻沒有那麼容易，每一尊前海可以貯存水五千斤，再加上大缸本身為銅鑄，總重量應該在六千斤以上，單憑人力將之舉起似乎沒有可能。薛靈君之所以想出這個主意，其實是她偏袒胡小天一方，明眼人都能看出熊天霸無論身高體重遠遠遜色於拉罕，兩人站在一起如同狗熊和猴子，怎麼看熊天霸也沒有任何的勝算。既然如此乾脆選一個兩人都無法完成的任務，他們都舉不起來，也等於是打成了平手。

薛道洪懂得了薛靈君的意思，微笑道：「就依皇姑的建議。」他也不想場面鬧得太僵。

完顏赤雄將長公主的意思告訴了拉罕，拉罕點了點頭，昂首闊步向大殿外走去，熊天霸也跟著走了出去。

賓客之中有人按捺不住心中的好奇跟著出去看熱鬧，可多數人還是穩坐釣魚台，大家都認為最終的結果必然是和局收場，因為那兩口大缸誰也舉不起來。

胡小天和完顏赤雄都沒有出去，兩人目光對視，完顏赤雄充滿怒火，胡小天卻是帶著不屑。

此時外面忽然傳來震天價的叫好聲，然後傳來沉重的腳步聲，眾人舉目向宮門處望去，卻見拉罕雙臂環抱一口大缸一步步向大殿內走來，因為擔心缸內水溢出，所以他走得非常小心，每一步落腳都是極其沉重，彷彿整個地面都隨著他的腳步顫動起來。

眾人目瞪口呆，驚呼連連，這胡人真是力大無窮，簡直就是天神一般。

薛靈君看到他居然真將大缸抱起，不由得暗叫不妙，這胡人神力驚人，胡小天的那個黑瘦馬夫豈不是必敗無疑。

人群之中傳來竊竊私語，看到黑胡在己方的地盤上如此威風，眾人心中也生出不忿之念，有人低聲道：「看來只有虎標營統領董天將過來方能與之抗衡了。」也有人道：「我看就算董天將過來也未必能夠抱得起那大缸。」

胡小天對熊天霸還是滿懷信心的，他曾經聽周默說過，單就膂力而言，少有人能夠比得上熊天霸，就算是曾經戰勝過他的董天將，也就是在武功技巧上占了便宜，真實的力量還要弱於熊天霸。不過看到拉罕率先抱著大缸走了進來，胡小天也有些發慌了，難道今天當真要輸給這名胡人？

就在胡小天忐忑之時，又聽到外面傳來雷鳴般的叫好聲。熊天霸舉著大水缸走了進來，熊天霸之所以耽擱了這麼久的時間才進來，是因為他手臂不如拉罕長，根本沒辦法將水缸抱起來，想來想去，還是從底部將大缸端起，雙手高舉過頂，以這樣的姿勢舉起水缸難度要比抱起水缸更大。但是也有一個好處，那就是雙腿被解放了出來，走路不受影響。

拉罕雖然身高臂長，但是將大缸抱在胸前，畢竟影響到雙腿的挪動，步幅緩慢。熊天霸舉著大缸健步如飛，眼看就已經和拉罕並駕齊驅，他高舉大缸還不忘扭過頭望著拉罕笑了笑：「小子，累不？累了就放下，千萬別累尿了。」

拉罕怒視熊天霸又是一陣嘰哩呱啦，熊孩子也聽不懂，總之肯定不是什麼好話，吓了一聲道：「你姥姥的，跟我比，有種單手托起來！」他竟然將一隻手放開，改成單以右手托住大缸底部的中心。

這還了得，圍觀眾人齊聲叫好，連手掌都拍紅了。

拉罕雙手夠到大缸底部，牙關緊咬，也是一奮力將大缸舉過頭頂，然後改成單手托住大缸底部，現場又變得鴉雀無聲，過了一會兒聽到完顏赤雄的叫好聲。

熊天霸重新改成雙手托缸大踏步向前方走去，拉罕也在同時邁步，他畢竟身高腿長，一步幾乎等於熊天霸兩步，眼看著又重新超過了熊天霸，率先來到台階前方，然後折返，熊天霸顯然有些急了，明顯加快了步伐。缸內的水波濤蕩漾，隨時都有潑出的可能。

「穩住！」李沉舟率先提醒他道。

胡小天本想提醒熊天霸卻被李沉舟搶先，他已經聽出拉罕的氣息明顯變得急促，顯然體力在急劇下降之中，而熊孩子的體力卻似乎沒有絲毫的減退。

胡小天道：「熊孩子，不管他，按照自己的節奏！」

熊天霸這才重新冷靜了下來，腳步放慢，儘量穩住大缸按照之前的節奏一步步向前走去。

拉罕舉著大缸越走越慢，此時他的體力下降甚劇，赤裸的上身全都是汗水，深吸了一口氣，大吼了一聲給自己鼓勁，憑著堅韌的耐力硬撐了下來。

熊天霸卻穩紮穩打，腳下步伐的節奏不變，漸漸又和拉罕並駕齊驅。

拉罕看到這黑小子又追了上來，心中暗叫不妙，想不到這猴子一樣的傢伙居然如此厲害，雙臂力量絕不在自己之下，拉罕是自己給自己貼金，他到現在已經是連吃奶的力氣都使出來了，反觀熊天霸人家卻臉不紅氣不喘，舉著幾千斤的大缸如同無物。

距離放置大缸的地方已經不遠，眼看熊天霸步步緊追，拉罕不由得慌亂起來，強撐一口氣，甩開大步，兩人幾乎在同時抵達原來的地方，也幾乎在同時將大缸放下。

連大缸落地的聲音都疊合在一起，即便是站在一旁圍觀的眾人也無從分辨究竟是哪只大缸先落在地上。

拉罕的胸膛劇烈起伏著，臉色都憋得通紅。熊天霸臉色不變，主要是膚色太黑，稍微有些改變也看不出來，不過他的氣息要比拉罕穩定多了。

兩人一同走進大殿，早已有武士將兩人比賽的結果進行通報。

大皇子薛道洪哈哈大笑道：「好！好！好！不分勝負，全都是不可多得的勇士，來人！賜酒！」

馬上有人送上兩杯美酒，拉罕和熊天霸接過賜酒，仰首一飲而盡。

其實這樣的結果皆大歡喜，畢竟誰也不想在現場就上演一齣生死相搏的格鬥。

長公主薛靈君道：「給兩位勇士賜坐！」

熊天霸樂呵呵轉向胡小天：「叔啊！我的錘呢？」

胡小天指了指腳下。

熊天霸笑瞇瞇去拿自己的大錘，卻聽身後拉罕怒吼道：「把錘還給我！」他向熊天霸衝了上去，揚起醋缽大小的拳頭照著熊天霸當胸就是一拳。

熊天霸看到拉罕居然攻擊自己，以他的性情自然毫不示弱，也是一拳迎了出去，怒吼道：「錘是我的！」

兩人拳頭硬碰硬撞擊在一起，周圍人都聽到骨肉相撞的聲音，蓬的一聲，威勢駭人。拉罕身高臂長，在多數人看來他在這種硬碰硬的比拚中應該占到不少的便宜，可事實卻非如此，雙拳相撞，拉罕竟然蹬蹬蹬連退了三步，身體晃了晃，然後表情顯得非常古怪，拉罕嘴巴抿了抿，卻終於還是沒有忍住，噗地噴出了一大口血霧。

滿座皆驚，誰也想不到這黑瘦的小子竟然一拳將拉罕這種巨人級別的大力士震得當場吐血。

連熊天霸自己都沒有想到，他摸了摸後腦勺道：「你先打我的，早知道你那麼不禁打，我就留幾分力氣了。」

胡小天驚得目瞪口呆，雖然他知道熊天霸膂力過人，可是也沒想到這小子強悍到這個份上，居然一拳就把拉罕給震吐血了。外行看熱鬧，內行看門道，霍勝男卻已經看出拉罕受傷的真相，其實熊天霸的這一拳並沒有這樣的威力，只是因為拉罕在剛才舉起大缸的環節就已經用盡全力，如果不是勉強支撐，剛才就已經吐血。在這樣的情況下仍然挑起事端，主動攻擊熊天霸，吃虧也是正常。

完顏赤雄看到拉罕當場吐血，氣得哇呀呀大叫，不顧儀態，離席而起，怒吼道：「小南蠻竟敢傷我愛將，真是豈有此理，哇呀呀……」

薛道洪慌忙勸道：「四王子不用心急，來人啊，趕快請郎中。」

胡小天呵呵冷笑道：「這位四王子好像玩不起啊，剛剛我說不比，你非得逼著我比，現在你的手下技不如人，什麼黑胡第一勇士竟然還不如我的一個馬夫，輸了就願賭服輸，你叫什麼？難道還打算親自上陣嗎？」

完顏赤雄指著胡小天怒吼道：「本王就跟你比，你給我出來！我倒要看看你有什麼本事。」

長公主薛靈君此時歎了口氣道：「四王子把我這裡當成了什麼地方？今晚本公主在這裡宴請諸位好友，難道你要將我好好的宴會廳變成角鬥場嗎？」她語氣雖然溫婉依舊，可是話裡傳達的意思已經相當不客氣。

完顏赤雄點了點頭，強行壓下心頭的憤怒，右手握拳抵在胸前向薛靈君表達歉意：「長公主殿下，今日完顏赤雄多有冒犯，還望長公主不要見怪。」

長公主薛靈君看到他低頭認錯，當然也不能將事情做得太過絕情，立時笑靨如花道：「大家還是以和為貴，不如今日看在我和皇兄的份上，只談感情，勿論勝負。」

完顏赤雄道：「長公主放心，在您的府上我絕不會妄動干戈。」說這句話的時候，他雙目充滿怨毒地望向胡小天，顯然因為剛才的事情和胡小天結下了樑子。

胡小天暗叫不妙，今天莫名其妙多了一個敵人，原本在雍都的處境就已經不妙，現在又得罪了黑胡四王子，恐怕以後麻煩更多了。不過今天也不是自己招惹是非，麻煩找上門來了，總不能當縮頭烏龜。

熊天霸來到胡小天面前，拎起那對大錘道：「胡叔叔，要是沒我事我就出去等著了。」

胡小天道：「我也走了，留在這種地方氣悶得很。」雖然薛靈君專門讓劍萍叮囑他在宴會後留下，可是發生了剛才的不快，胡小天的心情也受到了影響，他不知今晚的事情是不是和薛靈君有關，不過他能夠斷定，大皇子薛道洪在其中沒有起到任何的好作用。

胡小天說走就走，李沉舟向他笑了笑，起身和他道別，並沒有多做挽留。

霍勝男也和胡小天同時站起身來，輕聲道：「我也該走了。」

長公主薛靈君看到他們離席而去，美眸中掠過一絲異樣的神采，不過她也沒有前往去送。

胡小天和霍勝男兩人並肩走出門外，聽到身後傳來劍萍的聲音：「霍將軍、胡大人留步！」

兩人同時轉過身去，劍萍快步趕了過來。她輕聲道：「宴會還在繼續，兩位為何要不辭而別？」

霍勝男道：「我還有要事在身，必須趕回起宸宮，劍萍姑娘替我向長公主說一聲就是。」

劍萍的目光又望向胡小天，他臨來之時自己明明跟他強調過，要他等到宴會之後，長公主還有事情要找他，卻不知為何突然改變了念頭？她輕聲道：「胡大人不用擔心，長公主一定可以將今晚的事情處理妥當。」

胡小天呵呵笑了起來：「劍萍姐姐以為我是因為害怕那位四王子才走的嗎？」他搖了搖頭道：「勞煩姐姐幫我轉告長公主一聲，如果有事，請她到起宸宮來找我。」

離開了長公主府，胡小天向熊天霸道：「天霸，你也跟了我一天了，先回去吧，我和霍將軍一路回去，你儘管放心。」

熊天霸道：「呃，明白，您是嫌我礙事，有話和霍將軍單獨聊。」

胡小天啞然失笑，這小子該明白時不明白，不該明白的時候居然就明白了。

熊天霸向他們拱了拱手，縱馬向南風客棧的方向奔去，那馬兒跑得明顯有些吃力，畢竟是又增加了兩個大鐵錘，這份量非同一般，沒有一匹上好的坐騎只怕還真禁不住這麼大的份量。

胡小天目送熊天霸遠去，向霍勝男笑道：「這小子平時說話就不經頭腦，冒犯之處霍將軍千萬不要見怪。」

霍勝男微笑道：「熊天霸真是神力驚人，想不到大康居然擁有這樣的猛士。」

胡小天道：「大康的猛士又何止他一個，其實大康人才濟濟，只是朝廷不懂得任用，所以才會讓那麼多的人才埋沒於民間，雖然徒有大志卻苦於報國無門。」

霍勝男道：「聽胡大人的語氣，好像對貴國的朝廷不滿啊！」

胡小天笑了起來：「隨口發了點牢騷，霍將軍不要將我說的話傳出去就好。」

霍勝男微笑道：「我是這種人嗎？」

胡小天搖了搖頭。

霍勝男饒有興趣道：「為什麼會相信我？」

胡小天道：「直覺！」

「直覺？」

胡小天微笑道：「比如說我現在有種直覺，如果我請你吃飯，你肯定不會拒絕我！」

霍勝男道：「這麼有信心？」

胡小天點了點頭道：「我知道你和我一樣都沒吃飽！」

霍勝男的臉上難得露出了一絲笑容，又一縷春風拂過，輕聲道：「起宸宮旁邊有一家小酒館，味道很是不錯。」

霍勝男所說的這家酒館距離起宸宮很近，就在宮門的斜對過，時候已經不早，可是這家小酒館內仍然燈火通明，裡面已經坐滿了，外面的幾張桌子也坐滿了人，氣氛相當的熱鬧。

霍勝男應該是這裡的熟客，看到她走過來，店老闆慌忙迎了出來：「霍將軍，你可是稀客啊！」

胡小天留意到那店老闆少了一條右臂，臉上還有幾道觸目驚心的刀痕，看來這店老闆過去應該從過軍，可能參加過不少的戰鬥。事實也的確如此，這店老闆叫馮保，過去曾經在霍勝男的麾下當過兵，他臉上的疤痕和右臂全都是在和黑胡人的戰事中失去的，因為殘疾而退伍，回來後承蒙霍勝男關照，在這裡開了一間小酒館，平日裡就和妻子兩人張羅，因為兩口子為人實在厚道，又燒得一手的好菜，所以很快生意就紅火起來，馮保過去在軍中勇猛過人，結交了不少的朋友，他軍營中的戰友和夥伴只要一有空就會過來光顧。

霍勝男向周圍看了看笑道：「生意不錯啊！」

馮保道：「五營的廖大志他們都在，我去跟他們說一聲，讓他們將房間騰出來。」

霍勝男笑道：「不用，馮保你給我們添一張桌子，我們在外面吃就行。」

馮保道：「好勒！」

霍勝男道：「找個僻靜點的地方，我們有正事兒。」

馮保向胡小天看了看，滿是刀疤的臉上露出一絲寬慰的笑意：「霍將軍放心，我不讓任何人打攪你們。」

霍勝男沒覺得什麼，胡小天倒是覺得馮保笑得很怪，難不成把自己當成霍勝男相好的了？

不一會兒工夫馮保就已經送上了一盤熱牛肉，一個素拼冷盤。開了一罈珍藏的六月春。

霍勝男道：「兩個人吃不了許多。」

馮保道：「待會兒給你們做兩道我最拿手的好菜，風沙雞和龍門魚。」

胡小天笑道：「有勞馮大哥！」

馮保嘿嘿一笑，將毛巾隨手搭在自己肩頭：「你們好好聊，我去廚房幹活。」

霍勝男望著馮保的背影，目光中充滿了溫暖。

胡小天道：「他過去曾經是你的部下吧？」

霍勝男點了點頭道：「曾經也是一名驍勇善戰的將領，每次打仗都衝鋒在前，負傷無數，在收復北方七城的戰鬥中丟掉了一條手臂，身上也中了十多箭，僥倖撿回了一條性命。」

胡小天道：「黑胡四王子過來議和，看來大雍以後和黑胡之間不會再有那麼多的戰事了。」

霍勝男聞言沉默了下去，胡小天見她不說話，端起面前的酒碗跟她碰了碰，兩人一同乾了這碗酒。霍勝男道：「我和黑胡人打過許多仗，他們的性情我是瞭解的，黑胡人狼子野心，這些年來從未斷絕過南侵的野心，議和只不過是他們的緩兵之計罷了，一旦等到他們修生養息，必然厲兵秣馬再圖南下。」

胡小天放下酒碗，端起酒罈又將空碗滿上，輕聲道：「霍將軍不想議和？」

霍勝男抿了抿嘴唇，過了一會兒方才低聲道：「我的家人全都死於黑胡人之手。」

胡小天點了點頭，終於明白為何霍勝男會如此敵視黑胡人，在今晚長公主的宴會上對黑胡四王子完顏赤雄冷臉相對。原來霍勝男對黑胡人不但有國恨還有家仇！胡小天道：「每個人都有自己的不幸，不過人活在世上總得向前看。」

霍勝男笑了起來：「你不用開導我，過去了這麼多年，我早就已經看開了，就算再悲傷也沒有什麼用處。」她端起那碗酒道：「身為大雍將領，一切還要服從國家的利益，我雖然是一員武將，但是並不渴望戰爭。」

「打起來倒楣的始終都是百姓！」胡小天搖了搖頭。

霍勝男看出胡小天眉宇中的憂色，見慣了他玩世不恭的樣子，很少見到他這樣的表情，輕聲道：「你是不是有心事？」

胡小天笑道：「我像是有心事的樣子嗎？」

「像！」霍勝男笑道：「該不會真如劍萍所說，因為得罪了黑胡四王子而感到不安吧？」

胡小天呵呵笑道：「怕字怎麼寫？」端起面前酒碗道：「酒壯英雄膽，既然你覺得我會害怕，那麼咱們不妨再多喝一杯，讓我這心裡頭踏實踏實。」

霍勝男陪他又飲了這碗酒。

胡小天道：「怕不至於，不過這心底多少還是有些不踏實。」

霍勝男道：「你不用有什麼顧慮，這裡是大雍的地盤，黑胡人就算再猖狂，也不敢在我們的國土上生事。」

胡小天道：「我擔心的其實不是黑胡人。」

霍勝男長眉輕揚，似乎明白了胡小天的意思，難道他擔心的是大雍？霍勝男也不清楚當今皇上的意思，這邊和大康聯姻，可回過頭來卻和多年的宿敵黑胡議和，有一點她是清楚的，皇上一直都有一統中原的宏圖壯志，難道他和黑胡議和的真正目的乃是穩固後防。暫時穩住黑胡這個後患，方才有足夠的精力去收拾大康？大康的衰落已經是天下皆知的事實，霍勝男也堅信，大雍和大康之間早晚都會有一戰。

胡小天道：「世態炎涼，人和人如此，國家和國家之間也是如此。」

霍勝男道：「怎麼會發出這樣的感慨？」

胡小天笑道：「沒什麼？不知為何，今晚突然有些想家了。」

霍勝男眨了眨美眸：「等到安平公主大婚之後，你也就完成了使命。」

胡小天點了點頭：「三月十六，聽起來好像沒那麼遙遠了。」

「菜來了！」一位頗為壯實的婦人端著熱騰騰的風沙雞送了上來。

龍廷盛望著跪在腳下的三弟，從心底感到一陣快意，長久以來龍廷鎮已經成為他心中的陰影，眼看著這位三弟獲得父親的寵愛，獲得臣子們的支持，正在一步步蠶食著本應屬於自己的那份權力和榮耀，在此之前，龍廷盛甚至都感到了絕望，認為自己很可能在太子之位的爭奪中敗下陣來。還好在他陷入絕望之前，出現了這樣的轉折。

三皇子龍廷鎮的臉上再也找不到昔日的意氣風發，跪在地上，整個人嚇得如同抖篩，頭髮蓬亂遮住了大半個面龐。

龍廷盛歎了口氣道：「三弟，我真是想不到，你竟然意圖謀反。」

龍廷鎮用力搖頭道：「不要殺我……不要殺我……」

龍廷盛向前走了一步：「抬起頭來，讓我好好看看你。」

龍廷鎮哆哆嗦嗦抬起頭來，龍廷盛看清他的面容，雙目忽然瞪得滾圓：「你不是他！你不是他！」他忽然抬起腳來，狠狠將眼前人踹倒在地上。那人的亂髮散落開來，露出本來的面龐，雖然生得和龍廷鎮有些類似，但絕不是龍廷鎮。

龍廷盛抽出佩劍，抵住他的咽喉，怒吼道：「說！他去了哪裡？他去了哪裡？」

「三皇子殿下……他……他聽到消息就逃了……」

龍廷盛怒不可遏，猛然挺起佩劍狠狠插入對方的咽喉。

姬飛花在棋盤上緩緩落下了一顆白子，微笑望著對面的周睿淵道：「丞相請！」

周睿淵凝視棋局，搖了搖頭道：「我輸了，技不如人！佩服，佩服！」

姬飛花淡然笑道：「丞相心不在焉，根本沒有將飛花當成對手。」

周睿淵道：「陛下還活著嗎？」

姬飛花點了點頭，然後道：「其實他的生死已經無關緊要。」

周睿淵道：「大康若是亡了，對你有什麼好處？」

姬飛花目光重新回到棋盤之上，伸出手去將棋盤掉了個方向：「換個角度看也許還有生路。」

周睿淵道：「你到底想怎樣？」

姬飛花道：「其實每個人只需做好自己分內的事情就好，可多數人都不夠安分，若是皇上能夠安分守己，做好他的皇帝，那麼他永遠都是大康的皇帝，在我心中，君是君，臣是臣，每個人都有自己的本份，每個人都有自己的職責，所以我從不過問丞相的事情。」

周睿淵道：「我現在想走還來得及嗎？」

姬飛花搖了搖頭，目光仍然盯著棋盤，他撚起一顆黑子落在棋盤之上，微笑道：「我就說還會有轉機，記得皇上登基之初，曾經問過我丞相的事情，我說周丞相實乃大才也。天下有才能者甚重，可是真正稱得上大才的卻少之又少。何謂大才？經天緯地，定國安邦！皇上卻並不懂得丞相的真正價值，也不懂得對待大才的方法為何，如果不能為我所用，必將為我所殺！」他抬起雙眸：「丞相憂國憂民，為何不安心做好自己的本份，為大康的百姓多做一些事情？」

周睿淵唇角浮現出一絲苦笑：「你以為如今的大康還有中興的可能？」

姬飛花道：「龍氏完了並不代表大康完了，這片土地開始的時候並不姓龍，這片土地上也不僅僅存在過大康一個國家，我始終認為，所謂忠誠乃是對國土和百姓，而不是對某一朝代，某一天子！」

周睿淵暗暗心驚，姬飛花的野心昭然若揭，他是要將龍氏江山取而代之，難道這個閹賊想要自己當皇帝？

姬飛花道：「我來見丞相，是想告訴丞相，除了皇上發瘋，三皇子不知所蹤，其餘一切都沒有發生改變。」

周睿淵道：「從古到今，歷來政變從未有不流血者。」

姬飛花道：「何謂政變？至少現在大康還是龍氏的大康，你我還是大康的臣子，只要皇上安守本分，我等臣子必忠心耿耿克己奉公，丞相難道忍心看著這個氣息奄奄的病人，就此一命嗚呼嗎？」

周睿淵歎了口氣道：「病入膏肓，我沒有通天之能。」

姬飛花道：「大康秘密金庫絕非空穴來風，太上皇一定知道這個秘密。」

周睿淵望著姬飛花道：「即便是找出了金庫又能如何？」

姬飛花道：「若是找到了秘密金庫，咱家可以做主將支配權交給丞相，拯救萬民於水火之中，不正是丞相的心願嗎？」

周睿淵目光一亮。

姬飛花知道他已經被自己說動，壓低聲音道：「丞相要做的只是振興大康，管好內政，至於其他的麻煩事和罵名，飛花會主動承擔。」

簡皇后望著兒子陰沉的面孔，頓時猜到事情進行的並不順利，迎上前去：「如何？」

龍廷盛歎了口氣道：「他早已逃了，府中的那個只是長得和他相似，根本就不是他。」

簡皇后皺了皺眉頭道：「姬飛花怎地如此大意？竟然讓老三從層層包圍中逃了出去？」

龍廷盛道：「母后，那閹賊根本就是沒安好心。」

簡皇后嚇得慌忙掩住他的嘴巴：「廷盛，你千萬不可胡說八道，若是讓人聽了去，你我只怕性命不保……」她怕極了姬飛花，生怕禍從口出，若是觸怒了姬飛花，只怕她此前的努力就完全付諸東流了。

龍廷盛掙脫開母親的手掌，推開房門向外看了看，然後又將門窗全都關上，重新回到母親身邊道：「母后，難道你當真相信老三會從容逃出去？姬飛花為人如此精明，怎會發生這麼大的紕漏？」

簡皇后顫聲道：「廷盛，你……你這麼說是什麼意思？」

龍廷盛道：「他一定是留了後手，我看老三十有八九是被他藏了起來，這閹賊今天可以這樣對待我父皇，明天一樣可以這樣對待我們。」

簡皇后道：「又能怎樣？你父皇想要跟他鬥，最後的結果又怎樣了？還不是落得慘澹收場？你千萬不要學他，安安生生當你的皇帝就是……忍一時風平浪靜，只要耐心等待，將來總會有機會。」

龍廷盛道：「母后，你當真以為他會讓我安安穩穩坐在皇位上嗎？此人野心勃勃，他真正想要的是自己當皇帝，他要圖謀咱們龍氏的江山。」

簡皇后低聲道：「那又如何？這皇城內外全都是他的勢力，大臣們全都被他的權勢所懾，誰也不敢公然和他作對，咱們母子唯有按照他的吩咐從事，方能苟活下去，兒啊！你可千萬不能走你父皇的老路。」

龍廷盛點了點頭道：「母后放心，孩兒心中明白。」

外面忽傳來一陣喧鬧聲，母子兩人停下說話，沒多久就聽到宮門被人從外面狠狠踹開，抬頭望去，卻是小公主七七憤憤然走了進來，她怒道：「我父皇呢？」

簡皇后一改昔日的慈和溫順，臉上的表情變得冰冷如霜，怒道：「七七，你這丫頭真是越大越不懂事，你也不看看馨寧宮是什麼地方，如此大呼小叫，成何體統？」

七七雙手叉腰，柳眉倒豎，怒視簡皇后道：「本公主想怎樣就怎樣！我父皇呢？為何你不讓我去見我父皇？」

簡皇后道：「皇上病了，太醫交代，養病期間任何人不得接近皇上。」

七七怒道：「父皇病了，難道我們這些做子女的都不可以前往探望嗎？」

簡皇后冷冷道：「不可以！廷盛也是一樣。」

七七道：「焉知是不是你對我父皇做了什麼壞事……」話沒說完，簡皇后已經揚起手來狠狠給了她一記耳光，怒道：「大膽！」

七七明顯被簡皇后的這巴掌給打得懵在了那裡，愣了好一會兒方才反應了過來，衝上來不顧一切地要跟簡皇后拚命，聞訊趕來的宮女太監將七七團團圍住。

簡皇后氣得臉色煞白：「將這個刁蠻丫頭給我拉下去，關起來！」

七七尖聲叫道：「我要見父皇！你這個毒婦是不是把我父皇給害了……」

簡皇后氣得雙手發抖，顫聲道：「豈有此理，真是豈有此理……」

龍廷盛歎了口氣道：「母后不用跟她一般見識，她就是個小孩子，我去勸勸她。」

簡皇后點了點頭：「讓她不要再胡鬧，不然本宮就對她不客氣！」想起剛剛抽打了七七一個耳光，心中居然生騰出一股快意，這麼多年來，還是她第一次動手打這刁蠻丫頭，簡皇后心中暗暗道，我忍你很久了。

龍廷盛親自將七七送回了儲秀宮，抓著她的手臂將她拖回宮室之中，他卻知道這個妹子絕非魯莽之人。望著七七潔白如玉的俏臉上已經多出了五根指痕，心中也有些不忍，剛才母后的這一巴掌打得也的確狠了一些。

龍廷盛道：「你這丫頭好不懂事，怎可跑到母后那裡大鬧？」

七七將小嘴一撇道：「父皇好好的怎麼就病了？為何非要攔著我不讓我見？」

龍廷盛道：「小孩子不要管這些事，別說是你，就算是我也沒機會見到父皇。」

七七道：「都說父皇發瘋殺了兩名宮人，你可曾見到？」

龍廷盛沒有說話。

七七道：「大皇兄，在你眼中我或許只是一個小孩子，可是這宮裡發生了什麼事情都瞞不過我，你還記不記得我跟你說過玉璽的事情？」

龍廷盛點了點頭道：「那又如何？」此一時彼一時，現在玉璽在他心目中已經變得並不是那麼重要，即便是能夠找到真正的玉璽，他也改變不了被人控制的事實，實力決定一切，在目前的狀況下，他根本無力改變什麼，唯有接受成為姬飛花傀儡的事實。

七七道：「就算你不說，我也明白，父皇的事情必然和姬飛花有關。」

龍廷盛道：「你不要胡說八道，小心禍從口出。」

七七道：「姬飛花狼子野心，他今日可以這樣對待父皇，明天就會用同樣的手段來對付你，大皇兄，難道你到現在還看不出，他想要的乃是我們龍氏的江山社稷嗎？」

龍廷盛抿了抿嘴唇，低聲斥道：「夠了，你一個小孩子又懂什麼？從今天起不可擅離儲秀宮半步，否則發生了事情我也保不住你。」他轉身欲走。

七七道：「大皇兄，你等等！」

龍廷盛停下腳步，七七轉過身去，從書架內取出一顆蠟丸，鄭重交給龍廷盛道：「大皇兄千萬要收好這封信，萬萬不可洩露出去，否則你我兄妹性命不保。」

龍廷盛猶豫了一下，終於還是將那顆蠟丸接了過去。

七七望著龍廷盛離去的背影，唇角卻露出一絲冷笑。

三皇子龍廷鎮身處在這暗無天日的囚室之中，已經分不清白天黑夜，開始的時候他不停拍打鐵門呼救，到了現在已經精疲力倦聲嘶力竭，內心中也從開始的恐懼變成了絕望。

鐵門處忽然發出了動靜，是開鎖的聲音，龍廷鎮又驚又怕，終於有光亮投射進來。一個黑色的身影舉著燈籠緩步走入了囚室，他揚起手中的燈籠朝龍廷鎮的臉上照了照，聲音冰冷無情道：「三皇子殿下受苦了。」

龍廷鎮的眼睛陡然睜大：「姬飛花？果然是你……你竟然敢囚禁本王，該當何罪？」

姬飛花呵呵笑了起來，他的笑聲對龍廷鎮來說卻有著說不出的恐怖。

龍廷鎮顫聲道：「你笑什麼？若是讓我父皇知道你敢這樣對我……他……他一定不會放過你……」

姬飛花輕聲道：「他現在根本是自身難保，哪還有精力兼顧你的事情？」一雙朗目迸射出凜然寒光：「龍家的子孫果然都是膿包飯桶，連一個識時務的小子都沒有！」

龍廷鎮道：「你……你想怎樣？」

姬飛花微笑道：「你首先需要明白一件事，你現在是我的階下囚徒，我讓你生你可以生，我讓你死，你就要死！」

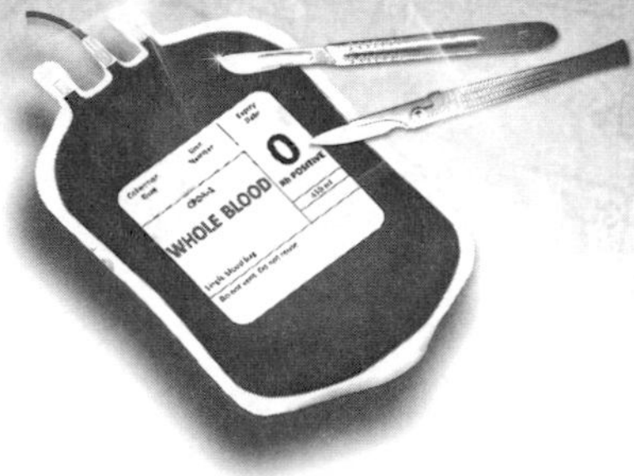

第六章

少見的場景

簡皇后滿面喜色道：「愛卿平身，快快請坐！」
姬飛花一旁坐下，宮女端著剛剛沏好的茶送了上來，
簡皇后使了個眼色，龍廷盛親自接過，
雙手奉送到姬飛花的面前，一國皇子對一個宦官如此尊敬，
只怕古往今來很少見到這樣的場景。

龍廷鎮打了個冷戰：「我父皇對你不薄，你……你為何要這樣對我？」

姬飛花歎了一口氣道：「他若是聽話，你早已成為大康的太子，又怎會落到如今這步田地？」

龍廷鎮咬了咬嘴唇，他想到了一件事情：「誰讓你做的？」

姬飛花道：「你那麼聰明，連這件事都看不透嗎？」

龍廷鎮點了點頭道：「是不是簡皇后？」

姬飛花道：「你的那位父皇想要殺我，所以他做好了破釜沉舟的準備，打算立你為太子，這樣他就可以放手來對付我，只可惜簡皇后並不想讓他如願，她一心想讓自己的親生兒子登上太子之位，不達目的誓不甘休，所以你落到今天這步田地跟我並無關係，你反而應該感激我，如果不是我讓人將你及時從府中救了出來，恐怕現在你已經死在了你大皇兄的劍下。」

龍廷鎮嘴唇顫抖起來，他雙手握拳，咬牙切齒道：「我必殺這對賤人母子，方雪心頭之恨。」

姬飛花道：「都變成這個樣子了，你憑什麼跟他們母子鬥？」

龍廷鎮望向姬飛花，雙目中忽然升騰起希望，這也是他最後的希望：「姬公公，你若是能助我一臂之力，日後我定然封你為王。」

姬飛花呵呵笑道：「怎麼到了現在，你還是一副高高在上的語氣？」

龍廷鎮咬了咬嘴唇，突然在姬飛花的面前跪了下來：「姬公公救我，只要我有重見天日之時，我必尊姬公公為師，對您言聽計從，絕不會違逆您一個字。」

姬飛花充滿鄙夷地望著龍廷鎮，這位一直被眾人看好的三皇子也不過如此，在恐懼面前，連做人起碼的尊嚴都可以放棄，他輕聲歎了口氣道：「你且安心一些，我不會讓人委屈你。」

龍廷鎮驚呼道：「大人，大人！」

姬飛花已經轉身離去，再也沒有理會他。

姬飛花來到門外，何暮已經在那裡等候，看到姬飛花出來，慌忙向他行禮。

姬飛花淡然道：「什麼情況？」

何暮低聲道：「今天永陽公主去馨寧宮鬧事，當場被太后打了一巴掌。」

姬飛花劍眉皺起：「那丫頭刁蠻成性，一直以來都是皇上寵著她，現在靠山沒了，皇后娘娘自然不必再忍她，積怨這麼久，終於等到爆發的時候。」

何暮道：「她口口聲聲要見皇上，最後還是太子殿下將她送了回去。」

姬飛花冷冷掃了何暮一眼，龍廷盛成為太子之事還沒有公開對外宣佈，何暮這樣說未免太早了一些。

何暮垂下頭去，歉然道：「屬下知罪。」

姬飛花道：「永陽公主跑到馨寧宮去鬧事，大皇子將她送了回去，他們兩人說了什麼？」

「屬下不知！」

姬飛花呵呵笑道：「這也不知，那也不知，你究竟知道什麼？永陽公主此前曾經陪著皇上去了趟靈霄宮，據說當時太上皇還差點把她給掐死，你知不知道當時太上皇對她說了什麼？」

何暮顫聲道：「屬下對此事一無所知。」

姬飛花道：「靈霄宮的事情你不知道還情有可原，畢竟咱家沒有派你去做這件事，可是大皇子和小公主說什麼你都不知道，這讓咱家好生失望。」

何暮道：「屬下知罪。」

姬飛花歎了口氣道：「咱家希望每次都嘉獎你們，而不是聽到你們知罪知罪說個沒完，你去吧！把份內的事情做好，千萬不要再讓我失望。」

何暮離去之後，姬飛花整理了一下斗篷的繫帶，朗聲道：「李岩！」

李岩從遠處走了過來，抱拳道：「大人有何吩咐？」

「跟我去馨寧宮走一趟。」

大皇子龍廷盛向母后道別之後，正準備離開馨寧宮，就聽到外面通報，卻是姬飛花到了。龍廷盛第一個念頭就是自己是不是應該選擇迴避，簡皇后抓住他的手臂道：「皇兒，你且留步，姬公公幫了咱們這麼大的忙，當面謝他一聲也是應該。」

龍廷盛無奈點頭，在他的心底深處對姬飛花總有一種莫名的恐懼和厭惡。

姬飛花已經來到宮中，他微笑拱手道：「飛花參見皇后娘娘，參見大皇子殿下！」

簡皇后滿面喜色道：「愛卿平身，快快請坐！」

姬飛花謝過之後在一旁坐下，宮女端著剛剛沏好的茶送了上來，簡皇后使了個眼色，龍廷盛親自接過，將其中一杯雙手奉送到姬飛花的面前，一國皇子對一個宦官如此尊敬，只怕古往今來很少見到這樣的場景。

姬飛花卻安之若素，接過茶盞掀開蓋子嗅了嗅茶香，抿了口清茶道：「聽說皇子殿下今天殺死了三皇子？」

龍廷盛道：「死的乃是一個冒牌貨。」

姬飛花笑道：「那就好，我還以為皇子殿下當真捨得手足相殘呢。」

簡皇后強擠出一絲笑容道：「廷盛宅心仁厚，就算廷鎮狼子野心意圖謀反，他也念及手足之情，絕不會忍心殺他。」

姬飛花道：「宅心仁厚是好事，可是心慈手軟卻做不得大事，皇子殿下很多時候還要跟皇后娘娘好好學學。」

簡皇后臉上的表情頗為尷尬，訕訕道：「本宮一個婦道人家又能教給他什麼，以後還望姬愛卿多多提點於他。」說這番話的時候，他們母子二人都是臉皮發燒，感覺自己在姬飛花面前實在是低聲下氣，卑微到了極點。

姬飛花道：「明個朝會照常舉行，皇上龍體欠安，就由娘娘代為主持，文太師會在朝堂之上宣讀皇上的詔書。」他意味深長地向龍廷盛看了一眼道：「皇子殿下明天就可以成為名正言順的太子了。」

龍廷盛勉強露出一絲笑意，簡皇后卻是眉開眼笑，她向龍廷盛道：「還不趕緊謝過姬愛卿。」

龍廷盛向姬飛花抱了抱拳：「多謝提督大人。」

姬飛花微笑道：「為大康盡忠，為皇后娘娘效力乃是咱家的本份。還望皇子殿下以後要多多孝敬皇后娘娘，娘娘為殿下可是操碎了心。」

簡皇后笑道：「廷盛孝順得很！」

姬飛花道：「其實陛下也孝順得很，此前還多次前往靈霄宮探望過太上皇。」

簡皇后和龍廷盛心中都是一怔，並不知道姬飛花突然提起這件事是什麼意思？

姬飛花道：「咱家聽說今個永陽公主過來鬧事。」

簡皇后道：「別提那妮子了，過去一直都是皇上寵著她，就快將她寵上天去，甚至連本宮都不放在眼裡。」

姬飛花微笑道：「是該教訓一下，不過大皇子身為兄長，也該好好勸導她一下。」

龍廷盛苦笑道：「我說她，她也未必肯聽。」

姬飛花道：「永陽公主雖然刁蠻了一些，不過心性應該不壞，前些日子還陪著皇上去探望太上皇呢。」

龍廷盛內心怦怦直跳，卻不知姬飛花今晚屢次提起小公主是為了什麼？難道七七交給自己那封信的事情已經被他知道？

簡皇后道：「本宮也聽說了那件事，據說小公主前往靈霄宮的時候，太上皇突然發了瘋，差點將小公主給掐死。」

姬飛花道：「太上皇瘋了，皇上也瘋了，真是想不到皇家居然這樣多災多難。」他忽然盯住龍廷盛道：「今天你送永陽公主回去，她都跟你說了什麼？」

龍廷盛被他問得驚慌失措，用力搖了搖頭道：「沒……沒說什麼……」

姬飛花呵呵笑了起來：「皇子殿下好像從永陽公主那裡取來了一樣東西吧？」

龍廷盛道：「沒有的事情！」

簡皇后此時方才知道事情的嚴重性，她有些惶恐地看了看姬飛花，然後又看了看兒子，怒道：「廷盛，有沒有這種事？」

龍廷盛矢口否認道：「絕沒有過！」

姬飛花道：「皇子殿下知不知道一句話——君無戲言！想要成為萬眾敬仰的一國之君就不能對臣子撒謊，尤其是忠於你的重臣！」他手中的茶盞突然失手落了下去，在地上摔得粉碎。

茶盞碎裂的聲音雖然不大，卻把簡皇后母子二人嚇得心驚肉跳，臉色煞白。

宮門從外面打開，慕容展和一幫侍衛帶著一個女孩走了過來，那女孩正是小公主七七，她顯然被嚇得七魂不見了六魄，哭得眼睛都紅了。

龍廷盛看到七七，頓時感覺頭皮一緊，暗叫壞了。

姬飛花使了個眼色，慕容展陪著七七走了進來。

簡皇后顫聲道：「究竟發生了什麼事情？」

龍廷盛垂下頭去，一時間不知如何應對眼前的局面。

姬飛花微笑望著七七道：「公主殿下，可不可以告訴我究竟發生了什麼事？」

七七哇的一聲哭了起來：「姬公公，我什麼都沒做過，我……什麼都沒做過……」她哭得梨花帶雨，我見尤憐。

姬飛花輕聲勸慰她道：「公主殿下不用害怕，皇后娘娘也在，你只需將發生過的事情原原本本說出來就是。」

簡皇后一顆心已經涼了半截，她已經知道事情不妙，深深吸了口氣，強行鎮定下來道：「說！到底發生了什麼事情？」

七七道：「是這樣……」

簡皇后怒道：「我沒讓你說！」她轉向龍廷盛道：「你說！」

龍廷盛噗通一聲在母親面前跪了下來：「母后，兒臣當真不知道發生了什麼事情，今日我送她返回儲秀宮，好心勸慰了她幾句，可是七七突然抓住我，非要塞給我一樣東西。」

簡皇后道：「她……她給了你什麼？」內心中已經害怕到了極點，這糊塗的兒子啊，自己機關算盡，方才和姬飛花達成默契，不惜出賣丈夫換取兒子登上皇位，卻想不到這小子竟然做出這等糊塗事。

龍廷盛從懷中掏出一顆蠟丸：「我……我還沒有來得及看過……」

簡皇后想要伸手接過去，卻遭遇到姬飛花陰冷的目光，她的手凝在空中，再也不敢前進半分。李岩從姬飛花身邊走了過去，接過那顆蠟丸雙手呈給了姬飛花。

姬飛花向蠟丸上掃了一眼，然後稍稍用力捏碎，包裹在蠟丸中的信紙顯露出來。他將信紙展開，從頭到尾看了一遍，淡然道：「這封信是從何處得來，又是怎麼落到了你的手中？」

龍廷盛望向七七道：「我都說過我不知道裡面到底是什麼？是她今日交給我的。」

簡皇后霍然起身指著七七怒斥道：「七七，你到底是何居心？為何要陷害你的皇兄？」

七七泣不成聲道：「我……我沒有害他……此前父皇前往縹緲山，本來是讓我叫……大皇兄和三皇兄同去，可是他們都不願意過去，我去大皇兄那裡，他說自己不方便去，害怕別人會有風言風語，大皇兄，當時你是不是這樣說？」

龍廷盛抿了抿嘴唇道：「是！我是說過，我也沒去。」

七七道：「你雖然沒去，可是讓我捎口信給太上皇是不是？」

龍廷盛臉色一變：「我……我只是讓你幫我問候一聲，沒有其他的事情。」

七七點了點頭道：「我幫你問候太上皇的時候，他突然撲上來掐住我的脖子，趁人不備將這顆蠟丸塞入我的嘴裡，讓我咽下去，又叮囑我務必要將此物交給我的大皇兄。」

姬飛花道：「於是你就吞下了這顆蠟丸？」

七七哭著點頭。

姬飛花冷冷看了慕容展一眼，顯然是在責怪他疏忽，竟然忽略了這麼重要的一件事情。

七七道：「我按照他的吩咐，回去服下瀉藥將蠟丸取了出來。」

周圍眾人不由得紛紛皺起了眉頭，想不到太上皇居然用這樣的手段讓七七幫忙帶信，不過這信中到底寫的是什麼，每個人都無從知曉。

姬飛花點了點頭道：「很好，除此以外，他還有沒有讓你做其他的事情？」

七七一邊抹眼淚一邊道：「沒什麼其他的事情……對了，他讓我告訴大皇兄一件事。」

「什麼事情？」

「說玉璽是假的，讓大皇兄按照他吩咐行事，以後會將真玉璽傳給大皇兄。」

龍廷盛嚇得魂飛魄散，驚呼道：「你信口雌黃，你何嘗對我說過……」

簡皇后尖聲道：「來人，將這個小賤人拖出去當場杖斃！」

姬飛花微笑道：「皇后娘娘想要殺人滅口，未免操之過急。」

簡皇后顫聲道：「姬愛卿，這丫頭詭計多端，陰險狡詐，她的話絕不可信！」

姬飛花道：「是真是假，咱家自會分辨，來人！好好保護娘娘和大皇子的安全，沒有我的吩咐，任何人不得隨意出入馨寧宮。」他的目光落在七七慘白的小臉上，輕聲道：「你小小年紀，卻瞞著大人做了好多不該做的事情。」

七七涕淚直下：「我知道錯了，以後我再也不給他帶信了。」

姬飛花向慕容展道：「慕容統領，由你親自保護永陽公主，等我忙完這邊的事情，咱們再帶小公主一起去靈霄宮探望太上皇。」

胡小天回到起宸宮本想回去休息，卻又被夕顏傳了過去。

走入宮室，看到室內燈火閃亮，夕顏坐在桌前，桌上擺著四樣小菜，一壺美酒。

胡小天頗感詫異道：「公主殿下這是在等誰？」

夕顏幽然歎了一口氣道：「天下間除了你以外，還有什麼人值得我去等？」

胡小天受寵若驚道：「能聽公主說這句話，小天就是馬上死也值了。」

夕顏微笑道：「你可沒那麼容易死，你要是死了，不知有多少人為你殉情。」

胡小天笑道：「你會嗎？」

夕顏道：「不會！」

胡小天歎道：「虛偽，一句實話都沒有！」

夕顏笑盈盈道：「今晚宴會如何？長公主豔名遠播，沒把你留下共度良宵？」

胡小天苦笑道：「拜託，您能不能別總是拿我尋開心，我是一個太監。」

夕顏道：「這麼喜歡做太監，就留下來吧，等我成為皇子妃，你就留在我身邊伺候我和我未來的夫君。」

胡小天呵呵笑了起來，夕顏也笑了，可胡小天卻突然板起面孔：「門兒都沒有！」

夕顏道：「生氣了？嫉妒了？吃醋了？」

胡小天道：「你當我有那麼多的閒情逸致，吃這份乾醋？」

夕顏小聲道：「你雖然不肯承認，但是我看得出來，你喜歡我！」

「馬不知臉長！你當我沒見過女人？」

夕顏嬌滴滴道：「你雖然見過不少的女人，可是像我這麼溫柔賢淑，善解人意的女人，天下間只有你眼前這一個。」

胡小天歎了口氣道：「自我感覺最好我倒是承認，你打的如意算盤，恐怕不知道外面發生了什麼事情吧！」

夕顏雙眸眨了眨，望著胡小天的樣子顯得將信將疑。

胡小天拿起酒壺自己滿上了一杯，端起來一飲而盡，然後又抓起筷子吃了口菜：「這菜有點鹹了！」

夕顏道：「說來聽聽，到底發生了什麼事情？」

胡小天懶洋洋道：「不說也罷，如此良辰美景，咱們兩人還是喝點酒調調情來得自在。」

夕顏揚起筷子照著胡小天的腦門就敲了一下：「調你個大頭鬼，快說！別敬酒不吃吃罰酒！」

胡小天緩緩落下酒杯道：「公主殿下自從來到雍都之後，始終都待在這方寸之地，雖然養尊處優，可惜見不到外面的天地，自然不清楚現在的局勢已經發生了天翻地覆的變化。」夕顏越是著急知道，他越是拖慢節奏。

夕顏當然知道他的用意，飄給他一個嫵媚的眼波兒：「小天，你就說嘛，別讓人家心急了好不好？」

胡小天朝面前的空杯努了努嘴，示意夕顏給他滿上。

夕顏咬了咬櫻唇，只能幫他滿上了這杯酒。

胡小天又努了努嘴。

夕顏怒道：「你有毛病啊？好好的人不做，非要扮豬？」

胡小天笑瞇瞇道：「不扮豬怎麼能吃虎？餵我！」

夕顏咬牙切齒，鳳目圓睜，表情恨不能一口將他給吃了。

胡小天閉上眼睛張大了嘴巴，一副嗷嗷待哺的模樣。

夕顏歎了口氣，端起酒杯慢慢來到胡小天的嘴唇邊，然後突然一揚杯子，將酒水一股腦倒進他嘴巴裡，胡小天被嗆了一口，接連咳嗽了幾聲方才緩過氣來，捂著嘴巴道：「你好毒，想要謀殺親夫啊？」

夕顏笑靨如花，夾了一片牛肉塞到胡小天嘴裡。

胡小天含糊不清道：「你想噎死我……」

夕顏嬌滴滴道：「你別忘了我的出身。」

「知道，青樓嘛！」

夕顏噘起櫻唇道：「你居然嫌棄我。」

胡小天道：「沒有，你應該是出污泥而不染，賣藝不賣身的那種。」

夕顏柳眉倒豎道：「你才賣呢！」

胡小天道：「我說你這人怎麼好壞話都聽不出來？」

夕顏道：「我是說……」她又夾起了一片牛肉送了過去，胡小天張開大嘴，可是那片牛肉湊到嘴唇前卻突然變成了一隻張牙舞爪的大蜘蛛，嚇得胡小天慌忙把嘴巴閉上，身軀後仰，此驚非同小可，因為躲避太猛，身體失去平衡，一屁股坐在了地上。

夕顏望著他的狼狽樣子，不由得格格笑了起來。

胡小天狼狽不堪地從地上爬起來，揉著屁股道：「這樣有意思嗎？」

夕顏哼了一聲道：「你這人真是沒一丁點的情趣，好沒意思。」

胡小天重新回到位子上坐下，拿起筷子想起剛才那隻毛茸茸的大蜘蛛，頓時就沒了食欲，重新將筷子放下道：「我說你好好一個姑娘，沒事總是玩那些毒蟲，惡不噁心？」

夕顏道：「毒蟲雖毒，可是毒不過人心，在我眼中，牠們比起有些人要可愛得多，忠誠得多。」說話的時候，手指間多了一條金燦燦的小蛇，小蛇昂首吐信望著胡小天，一副蓄勢待發的模樣。

胡小天歎了口氣道：「這飯沒法吃了。」

夕顏道：「不吃都也已經吃過了，不怕跟你說實話，剛才你吃下去的全都是毒蟲，喝下去的全都是毒酒。」

「呃……你這個陰險毒辣的女人！」

夕顏笑得嫵媚動人：「我從沒說過自己善良單純，怎麼？你不喜歡？在你心中終究還是喜歡哪位楚楚可憐的龍曦月一些。」

胡小天點了點頭道：「那又怎樣？天下間又有哪個男人不喜歡溫柔善良的女孩子？」

夕顏俏臉之上笑容陡然收斂，一雙美眸迸射出陰冷殺機：「終有一天我會割下她的頭顱送到你的面前！」

胡小天倒吸了一口冷氣，這妖女性情乖張怪戾，說不定真能幹出這樣的事情，龍曦月也就是學了兩手防身術跟她自然無法相比。胡小天道：「冤有頭債有主，人家又沒得罪你，你有火衝著我來。」

夕顏道：「恨一個人不一定要殺了他，而是要殺了他最心愛的人，那麼才能讓他得到最大的懲罰。」

「你好毒！」

夕顏甜甜笑道：「對一個五仙教出身的妖女來說，這句話簡直就是對我的讚揚。」

胡小天道：「其實我最心愛的那個人就是你。」

夕顏道：「真有那麼一天，我就自殺。」

「為什麼？」

夕顏嫣然笑道：「讓你痛苦啊！」

胡小天感覺自己頭皮發麻，憋了半天方才說了一句：「變態！」

夕顏拿起酒壺給胡小天將空杯滿上：「說吧！千萬別把自個兒給憋著了。」

胡小天道：「我說你真是沒勁，讓男人多有點優越感好不好？」

夕顏道：「你不是男人，你是太監，你打著燈籠找找，哪家的太監在公主面前有優越感？」

「呃……」

夕顏道：「說！到底發生了什麼事兒？」

胡小天這才將今晚在長公主府的所見從頭到尾說了一遍，夕顏聽完秀眉微顰，美眸凝視桌上的燭火若有所思。

胡小天端起面前那杯酒湊到唇邊，仍然有些不放心，又重新移開，再次確認酒杯上沒有毒蟲，這才一口飲下，自己夾了口菜，這次不敢讓夕顏代勞了。

夕顏道：「黑胡和大雍一直對立，這次居然派四王子前來，不知他們打什麼算盤。」

胡小天道：「還用問嗎？人家過來是為了結盟。」

夕顏道：「黑胡近百年來不斷南侵，滋擾大雍邊境，燒殺搶擄，無惡不作，大雍皇帝不是一直聲稱要北伐嗎？怎麼突然又和黑胡人眉來眼去了？」

胡小天心想，別看這妖女聰明，可畢竟是女人，在政治上就是個白癡，這不是明擺著的事情嗎？他將酒杯放在桌上，低聲道：「完顏赤雄此次前來，應該是為了和大雍結盟，如果雙方議和成功，那麼大雍短期內就沒有了後顧之憂，你說大雍皇帝想幹什麼？」

夕顏道：「難道他想要趁機滅了大康？」

胡小天點了點頭道：「禿子頭上的蝨子，明擺著的事情，真難為我啟發你半天。」

夕顏道：「可是大康和大雍馬上就要聯姻。」

胡小天道：「聯姻在政治來說屁都不是，只不過是聾子的耳朵擺設，騙騙女人和小孩子罷了，你還真相信啊。」

夕顏狠狠瞪了他一眼，卻沒有出言反駁。

胡小天向前探了探身子，以傳音入密道：「你打什麼主意我都知道。」

夕顏望著胡小天眼波蕩漾道：「說給我聽聽。」

「你冒充安平公主的目的無非是想趁著此次聯姻幹掉大雍的七皇子薛道銘，甚至不惜在新婚之夜殺死薛道銘，然後就可以將所有的責任都推到龍曦月的身上，以你的本領，到時候脫身絕非難事，大雍皇帝死了寶貝兒子，必然悲痛欲絕，冤有頭債有主，他自然會將大康視為仇人，十有八九會興兵南下滅掉大康。」

夕顏道：「算你聰明。」

胡小天微笑道：「再聰明的女人也只會著眼於小處，你想著掀起大雍和大康之間的戰火，試圖從中漁利，可是你有沒有想到，西川和大康本為一體，兩者的關係唇亡齒寒，若是大康被滅，西川也斷難倖免，你以為薛勝康的野心會僅僅止步於大康嗎？」

夕顏道：「鷸蚌相爭，漁翁得利。」

胡小天笑了起來：「只可惜漁翁不會是西川李氏，以大雍今時今日的實力，連大康都不放在眼裡，又怎麼可能將西川李氏看在眼裡？大康現在自顧不暇，奈何不得西川李氏，可是大康若是被滅，你以為大雍會任由李氏繼續逍遙自在嗎？我早就聽說薛勝康有一統中原之志，所以他進攻大康只是早晚的事情。」

夕顏眨了眨眼睛，她雖然冰雪聰明，可是在國家大事上卻遠不如胡小天的頭腦清晰。

胡小天道：「天下若是陷入亂局，大家各有各的麻煩事，自己的事情都料理不完，當然不會有精力去考慮其他國家的事情，可是如果是一枝獨秀，大雍未必不會考慮先一統中原，然後再和黑胡人開戰，我看此次黑胡人出使雍都為的正是這件事。」

夕顏道：「你說來說去，還不是想讓我打消念頭。」

胡小天道：「我雖然不知道西川李氏給了你什麼好處，可是我卻知道你現在所做的事情非但不是在幫他們，而是在害他們。大康成為所有人眼中的肥肉，每個人都恨不能多咬一口，李氏自立不久，立足未穩，正在忙於鞏固內部統治，自然沒有精力去吞併大康的地盤，你現在這麼做，等於是急著將大康這塊肥肉送入大雍的口中，一旦大雍將這塊肥肉吞下，這隻猛虎就會茁壯成長，變得所向披靡，下一個倒楣的就是西川李氏。」

夕顏拿起酒壺主動給胡小天斟滿了酒杯道：「依你之見，應該怎麼做？」

胡小天道：「依著我的想法，最該殺掉的乃是黑胡四王子完顏赤雄！幹掉了他，就可以徹底破壞黑胡人和大雍之間的聯盟，黑胡人發兵南侵，大雍哪還有精力去考慮南下的事情。」

夕顏冷笑道：「你果然是大康的忠臣，說來說去還不是為了大康做考慮。」

胡小天微笑道：「唇亡齒寒，你千萬不要忘記了這句話，大康完了，李氏也完了，大康多存在一天，李氏也就多獲得了一天發展的機會，你要搞清楚，大雍才是真正的大老虎。」

夕顏歎了口氣道：「你這人真是陰險狡詐，若是大雍知道你有這般想法，肯定要將你碎屍萬段。」

胡小天道：「我死不足惜，只是不想窩囊地死，咱們是友非敵，你還是好好想想，如果固執己見，不但害了大康也害了西川。」

夕顏道：「我記得你好像差點成了西川李家的女婿呢。」

胡小天歎了口氣道：「此事不提也罷。」

夕顏笑道：「為何不提？當初你明明身在西川，乖乖留在那裡當李家女婿就是，以後若是李氏成就帝業，你也就是理所當然的駙馬爺，可你偏偏要冒險前往康都，結果變成了一個太監？」

胡小天冷笑道：「李氏父子都不是什麼好人，明明早有謀反之心，舉事之前卻不露半點風聲給我們胡家，我們胡家能有今日的下場，還不是拜他們所賜！」

夕顏美眸之中掠過一絲異樣的光芒，她輕聲道：「其實你現在也算不錯，至少你們家人還都平安無事。」

胡小天端起酒杯一口喝乾：「得過且過就是。」

夕顏道：「不如我幫你逃出康都，你帶著父母家人逃往西川，繼續給李氏當女婿。」

胡小天道：「我已經被李氏坑了一次，不會再被他們坑第二次，李家的女兒就算天仙下凡老子也不要，更不用說，又是個奇醜無比的殘廢。」

夕顏哼了一聲道：「你是個太監，還有資格娶親嗎？」

胡小天笑瞇瞇道：「我是個太監不假，可是還有人巴巴地送上門來，非要拉著我拜天地呢。」

夕顏聞言柳眉倒豎，咬牙切齒道：「給我滾！」

胡小天從桌上抓起一個雞腿，樂呵呵離去：「多謝公主款待，小天告辭了！」

回到自己的住處，卻看到唐輕璇獨自坐在他的門前，雙手托腮竟然打起了瞌睡。胡小天走了過去，輕輕拍了拍她的肩頭將她喚醒：「我說你好好的房間不睡，在我門口坐著幹什麼？」

唐輕璇揉了揉眼睛道：「你回來了！」

胡小天點了點頭，推門進入房間，唐輕璇也跟著走了進去。

胡小天道：「這深更半夜的，咱們孤男寡女共處一室總不太好。」

唐輕璇道：「你怕什麼？我還能怎麼著你？」

胡小天道：「有事？」

唐輕璇道：「明天我可能要出門一趟。」

胡小天笑道：「終於想通了，回大康嗎？」

唐輕璇道：「不是，我和我大哥出去辦點事情。」

胡小天道：「什麼事情？」

「私事！」

胡小天也沒有打破沙鍋問到底的興趣，自己的一堆事兒都沒理清呢，他點了點頭道：「出門要小心，畢竟這裡不是雍都，你的臭脾氣也要收斂一下。」

唐輕璇居然順從地點了點頭，小聲道：「我今天去見公主殿下了。」

胡小天道：「她怎麼說？」

唐輕璇幽然歎了口氣道：「她實在是可憐，如果不是她勇於犧牲自己，這次咱們所有人都要遭殃。」

胡小天心中暗歎，唐輕璇十有八九是被夕顏給騙了，論到頭腦十個唐輕璇也不會是夕顏的對手。胡小天道：「這件事以後無須再提，你只當這件事從沒有發生過。」

唐輕璇點了點頭，她似乎想說什麼，可是欲言又止，最終還是打消了說出來的念頭，小聲道：「我先走了，你也早些休息。」

胡小天將她送出門外，望著唐輕璇的背影，忽然覺得這妮子最近發生了不小的改變，和最初自己見到她那時的刁蠻任性已經完全不同，看來人只有經歷挫折之後才能迅速成長起來。

翌日清晨，胡小天早早起來，因為答應了今天要前往燕王府為燕王薛勝景治病，洗漱完畢，用完早點，才出了起宸宮的大門就看到燕王府的豪華馬車已經在那裡等待了。燕王府的總管鐵錚來到胡小天面前抱拳行禮道：「胡大人早，在下奉王爺之命特地在此地等待。」

胡小天笑道：「鐵總管來得好早，王爺起來了嗎？」

鐵錚道：「王爺一早就起來了，正在府中恭候胡大人大駕光臨呢。」

燕王薛勝景天不亮就起來了，身上的暗疾已經困擾他許多天，這些天按照胡小天的方法，非但沒有好轉，感覺好像越來越嚴重了，這兩天精神也變得萎靡不振，動不動就感覺到口乾舌燥，薛勝景也想過胡小天或許會捉弄自己，可這個念頭剛剛出現在腦海中又被他否決，按理說胡小天應該沒有那麼大的膽子。捉弄本王？除非你小子不想要命了！他又想起胡小天軟磨硬泡跟自己拜了把兄弟的事情，自從結拜之後，他都不好意思出門，自己何等身分居然和一個康國的小太監拜了把子，這件事還不知要成為多少人的笑柄。

在薛勝景焦急的等待中，胡小天終於姍姍到來，薛勝景主動起身迎了上去，滿臉堆笑道：「兄弟，你總算來了。」

胡小天笑道：「大哥勿怪，小弟因為準備東西所以稍稍遲了一些，不過今天肯定來得及給大哥治病。」

薛勝景道：「手術需要的一切，我都已經讓人準備停當，兄弟要不要過去看看。」

胡小天點了點頭，跟著薛勝景來到了那間專門準備的手術室，要說還是錢多好辦事，薛勝景按照他的吩咐在這裡特地佈置了一間用來開刀的手術室，室內纖塵不染，空氣中洋溢著一股酒香的味道，所有器物都是開水煮沸消毒，連地面都用烈酒刷洗了數遍。

胡小天觀察了一下房間，又看了看室內的光線，缺少無影燈的情況下，室內用蠟燭照亮，周圍再用銅鏡進行反射，基本上做到手術台沒有光線死角。胡小天來到這一時代也有不短的時間了，可是開刀的環境這次應該是最好的一次。

薛勝景道：「兄弟可還滿意？」

胡小天點了點頭道：「滿意。」他看了看薛勝景道：「大哥去沐浴更衣，我這邊稍作準備，咱們半個時辰後開始。」

薛勝景總算盼到了為自己治病的一刻，心中有些欣喜同時還有些緊張，畢竟在命根子上動刀不是小事，萬一出了什麼差錯，自己這下半身和下半生的幸福都玩完了。

胡小天在他身後叫道：「大哥，千萬別忘了把毛刮乾淨！」

薛勝景老臉一熱，這胡小天也忒口無遮攔了，這種事情能這麼大聲宣揚嗎？身邊僕從一個個強忍著笑。

對胡小天而言，包皮環切術只是一個小得不能再小的手術，擁有這麼好的條件，這麼齊備的器械，處理這種小手術必然是手到擒來。雖然是小手術也需要一個助手，本來胡小天是打算讓柳玉城過來給自己當助手的，可是考慮到燕王不想張揚，還是打消了這個念頭。所以助手只能從燕王府中找了，胡小天讓鐵錚過來幫忙。

兩人換上衣服，胡小天拿出兩副燀魚膘製作的手套，自己戴上一副，讓鐵錚也戴上一副。

鐵錚對醫術是一竅不通，雖然他武功不錯，膽子也不小，可這次要動刀的對象是他的主子，心中不免還是有些忐忑的，胡小天到底真實水準如何？萬一他失手，豈不是自己也要跟著受連累，鐵錚道：「胡大人，有沒有風險？」

胡小天道：「天下間任何事都有風險，吃飯都能被噎死，更別說在命根子上動刀了。」

鐵錚倒吸了一口冷氣：「這麼說，胡大人也沒有確然的把握？」

胡小天神神秘秘對他道：「我能有什麼把握，死馬當成活馬醫，若是成功，咱們兩人功勞不小，若是失敗……」胡小天嘿嘿笑了一聲，然後搖了搖頭，下面的事情讓鐵錚自己去猜想了。

鐵錚越聽越是害怕，低聲道：「最壞會怎樣？」

胡小天道：「最壞就是跟我一樣了。」

跟他一樣豈不是成了太監？鐵錚現在都有了拔腿就逃的心思，王府這麼多人，你非得拽著我給你當助手作甚？萬一這一刀開出個三長兩短，以王爺的性情不大開殺戒才怪。

可現在後悔都晚了，燕王薛勝景已經洗過澡，穿著一件白布大袍子走了進來。

燕王的大胖臉煞白一片，表情顯得非常緊張，他也是人，當然會害怕，這會兒的感覺跟太監去淨身差不多。

胡小天指了指為他準備的手術台：「大哥，你去躺下吧。」

燕王嗳了一聲，走了兩步又停了下來：「兄弟，疼不？」

胡小天笑道：「疼！肯定是有一點的，所以啊，我給你準備了一些上好的麻藥。」

薛勝景點了點頭道：「那就好。」

胡小天又道：「不過有一點我要給大哥事先聲明，用麻藥雖然可以減緩疼痛，但是這麻藥也會有不好的作用。」

薛勝景苦笑道：「好兄弟，有什麼話你只管明明白白地說出來。」

胡小天道：「麻藥會影響到你這方面的能力，很可能造成你以後雄風大減。」

薛勝景一聽頓時躊躇起來：「這樣啊……」

胡小天附在他耳邊道：「麻藥麻藥顧名思義就是用藥最後麻木不仁，以後很可能再也感覺不到那種酣暢淋漓的爽感，當然只是有可能，也許沒事呢。」

薛勝景咬了咬牙道：「好兄弟，我還是不用麻藥了。」

胡小天道：「可是不用麻藥，大哥未必忍得住疼痛。」

薛勝景道：「區區一點疼痛又怕什麼，你哥哥我忍得住。」

胡小天心中暗笑，任你奸似鬼，也要喝老子的洗腳水，不給你點教訓，你就不會多長點記性，他歎了口氣道：「也罷！我儘量快一些。」

薛勝景上了床，將大白袍掀了起來，這貨裡面是真空，胡小天舉目望去，這廝刮得倒是乾淨，在手術中這叫備皮，胡小天見怪不怪，鐵錚卻是頭一次見到，看到光禿禿的那物，再也忍不住，趕緊把臉扭了過去，肩膀不斷聳動，他是在笑，又不敢笑出聲，這種滋味實在是太難受了。

直到胡小天叫他，鐵錚方才將臉轉了過去，一張面孔已經憋成了紫色，再這樣下去非得憋出內傷不可。

胡小天道：「勞煩鐵總管幫忙消毒。」

鐵錚按照他的指示，用皂角水和鹽水將燕王的命根子周圍仔仔細細洗了一遍，平時鐵錚也沒機會把燕王的這話兒看得那麼清楚，現在一看，不過如此，而且這長相也實在太差了一些。

最後一遍消毒措施由胡小天親自進行。

薛勝景躺在床上，眼睛緊閉，又羞又怕，感覺自己就像砧板上的一條魚，唯有任人宰割的份兒了。

胡小天道：「大哥別怕，很快就能完事。」

薛勝景小媳婦一樣嗯了一聲，然後道：「好兄弟，不急，我耐得住性子。」感覺下面冷颼颼的，突然感覺到下面奇痛無比，卻是胡小天用止血鉗夾起了背側包皮，痛得薛勝景咬緊牙關。

胡小天道：「大哥疼不疼？」

薛勝景心中暗道，你不是廢話嗎？用鐵鉗子夾住我命根子不疼才怪，嘴上卻道：「疼……我熬得住……」

胡小天道：「有些黏連了，你忍一忍。」他向鐵錚道：「鐵總管，拿一團紗布讓我大哥咬著。」

薛勝景很快就明白這團紗布的作用了，如果沒有這團紗布，他只怕連舌頭都要咬爛了，胡小天用止血鉗擴大包皮口，再用有槽探針分離黏連，單單是分離過程就已經讓薛勝景痛得渾身發抖。

在沒用麻藥的情況下，胡小天迅速完成了整個手術，不但將薛勝景娘胎裡帶出來的過長包皮全都切除，還順手將他命根子上的菜花切掉。

鐵錚看著胡小天一把柳葉刀耍得飛起，不由得感覺頭皮發麻，脖子根都冒起了涼氣，這廝到底是太監，估計沒少幫別人淨身，要不怎麼會這麼熟練？

胡小天很快完成了切除，最後用細絲線在環形切口的背、腹、左、右處各縫合一針，結紮無需太緊，以免組織水腫時勒壞皮膚。縫線不剪短，留作固定敷料之用。再用每兩針縫線之間縫合一針，縫針靠近切緣穿出。

鐵錚見慣風浪，可今天這場面卻看得他毛骨悚然，看著胡小天一針一針地縫合薛勝景的命根子，感覺心底發虛，雙腿發軟，再看薛勝景，緊咬牙關，脖子揚了起來，青筋都冒出來了，對薛勝景這種重噸位的胖子來說，這可是不多見的現象。看到燕王滿頭都是大汗，鐵錚慌忙拿了一個毛巾過來幫他擦汗，還關切道：「王爺感覺怎樣？疼不疼？」

燕王雙目惡狠狠盯住鐵錚，那表情恨不能將他一口吃了，鐵錚暗叫不妙，這馬屁拍在馬蹄子上了，燕王該不會遷怒於自己吧。開刀的是胡小天，折磨他的也是胡小天，跟自己可沒有任何關係。

這會兒功夫胡小天已經完成了手術，笑瞇瞇將手術器械扔到托盤內。然後從藥瓶中倒出一顆藥丸，來到燕王面前，扯出他嘴裡的白紗布，然後將藥丸塞入了他的嘴裡。

燕王呼哧呼哧喘著粗氣，藥丸下肚之後，不一會兒就感覺眼前的景物朦朧起來，眼皮宛如墜了鉛塊一樣沉重，很快就進入了夢鄉。

薛勝景再次醒來的時候已經過了一個時辰，感覺疼痛已經不像剛才那般劇烈，房間內已經清理乾淨，胡小天也換回了他自己的衣服，坐在窗前，悠然自得地品著香茗。

看到薛勝景醒來，胡小天將手中茶盞放下，站起身來微笑道：「大哥醒了！」

薛勝景掀開被子，看了看自己的兩腿之間，命根子仍在，只不過裹了一圈紗布，這才放下心來，心有餘悸道：「我是不是痛得昏過去了？」

胡小天道：「不是昏迷，是我給大哥吃了一顆安逸丸，幫助大哥睡一會兒。」

「我睡多久了？」

「一個時辰。」

薛勝景又低頭看了看，心中仍然有些忐忑：「你幫我治好了？」

胡小天道：「手術動完了，具體恢復的效果要等傷口癒合之後才知道。」

薛勝景道：「大概幾日才能癒合？」

胡小天對這一時代人類體質的強悍，自我修復能力的強大已經有所認識，恢復時間要比起他此前的認識大大提前，胡小天道：「不會太久，有幾件事大哥一定要記住，恢復之前你決不能親近女色，最好單獨居住，不要讓任何女眷接近你，這期間那方面的事情甚至想都不要想。」

薛勝景道：「好，其他的都好說，可是你讓我想都不要想這好像不太能做到。」

胡小天道：「我教你一個法子，如果你想入非非，就用手掐它，疼痛可以轉移你的想法。」

薛勝景點了點頭。

胡小天道：「你這王府之中應該有藏冰，也可以用冰鎮的方法緩解欲望。」

薛勝景道：「這法子倒是現實一些。」

胡小天道：「排尿的時候千萬不要將紗布弄濕了，若是弄濕就及時更換，還有最近要注意忌口，海鮮魚類要少吃，辛辣刺激的食物也不能吃。我看大哥體質強健，休息個一兩天應該就可以下床自如行走了。」

薛勝景連連點頭，對胡小天的話言聽計從。

胡小天交代完注意事項之後，向薛勝景告辭，和薛勝景約定明天再過來幫他複診。

薛勝景讓鐵錚將他送回去。

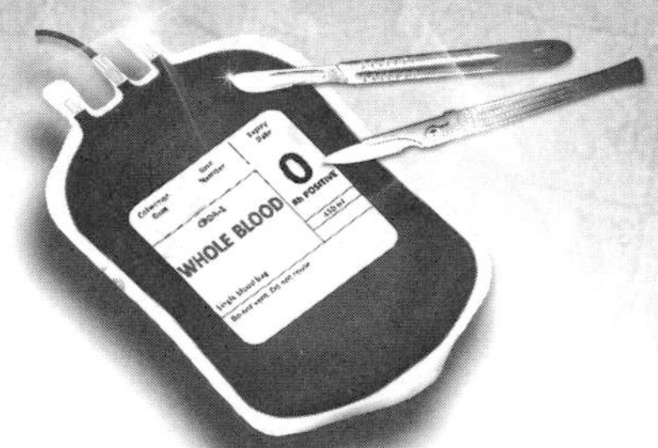

第七章

假公濟私

胡小天心中暗忖，唐輕璇來這裡十有八九是為了談生意，
她老子唐文正是駕部侍郎，擔任公職的同時也沒忘謀取私利，
唐家幾兄弟在康都幾乎壟斷了馬市的生意，
嘿嘿，看來還真是小看了這妮子，
此前還以為她真的是為了義氣留在雍都陪自己出生入死呢，
搞了半天竟然是假公濟私。

胡小天回到起宸宮，就看到劍萍在起宸宮的門前等著自己，旁邊還有一輛馬車。雖然還沒有和劍萍說話，胡小天卻已經明白她過來找自己的真正目的，這幫皇族還真是求醫若渴，自己剛剛才幫燕王爺開完刀，長公主這就找過來了。

胡小天先辭別了鐵錚，然後樂呵呵走向劍萍道：「這不是劍萍姐姐嗎？怎麼不去裡面坐？」

劍萍笑道：「去過了，知道胡大人去了燕王府，所以就在這兒等著您。」

胡小天道：「劍萍姐姐找我有什麼事情？」

劍萍道：「長公主殿下特地讓我過來請胡大人過府一敘。」

胡小天道：「勞煩劍萍姐姐幫我轉告長公主殿下一聲，在下還有要事去辦，等我忙完正經事再去長公主府上拜會。」

「可是……」

胡小天向她拱了拱手，已經走入了起宸宮。

劍萍望著胡小天的背影，目光顯得有些無奈，他根本就是藉口。

該來的始終要來，長公主薛靈君終於還是親自來到了起宸宮。她的到來卻已經是胡小天意料之中的事情，胡小天對長公主倒沒有像當初對待燕王薛勝景那般刁難，聽聞薛靈君親自前來，胡小天來到門外迎接。

伴隨著一陣香風襲來，衣飾華貴的薛靈君婷婷嫋嫋步入胡小天所在的院落，格格笑道：「本公主還以為胡大人躲起來不願見我呢。」

胡小天微笑道：「小天又沒做什麼虧心事，為何不敢見公主呢？」

長公主薛靈君白了他一眼道：「胡大人這是在拐彎抹角地罵我是鬼嗎？」

胡小天笑道：「若是有這麼漂亮的女鬼，只怕閻王也會動了凡心呢。」

薛靈君嬌嗔道：「你這小子說出來的話總是那麼的意味深長，人家明明聽出你是在罵我，可這心裡卻捨不得生你的氣呢。」

胡小天微笑道：「公主寬宏大量，千萬別跟小天一般見識，快快請坐。」

劍萍拿了個軟墊在院內的石凳上放下，薛靈君這才坐了下來，擺了擺手道：「你們都出去吧，我和胡大人單獨說兩句。」

胡小天道：「長公主喝什麼茶？龍井還是碧螺春？」因為知道長公主素有潔癖，就算給她倒茶她也不會喝，所以胡小天才有此一問。

長公主薛靈君道：「不用了，我今次前來是特地給胡大人致歉的。」

胡小天笑道：「這讓小天如何敢當，長公主並沒有對不起小天的地方。」

薛靈君道：「昨晚黑胡四王子完顏赤雄前來宴會連我也不知道，冒犯之處還望胡大人多多擔待。」

胡小天並不相信薛靈君會對這件事一無所知，大皇子薛道洪就算再狂妄，他也要給這個姑媽幾分面子，不可能在沒有通知一聲的前提下帶陌生人登門，不過胡小天相信薛靈君並沒有料到完顏赤雄會針對自己，昨晚的那一幕也並不是她想看到的。

胡小天道：「長公主不必這樣說，你更不用為別人的無禮而承擔責任，小天也沒有因為這件事而對長公主產生任何不好的想法。」

薛靈君道：「那剛才你還拒絕劍萍的邀請？」

胡小天微笑道：「不是拒絕，而是小天實在有些累了，今天一早就被燕王殿下請去他府中，也就是剛剛才回來。」

薛靈君噘起櫻唇，嗔怪道：「燕王的事情你就忙著去辦，我找你辦事就可以放在一邊？」薄怒輕嗔在她的演繹之下當真是魅惑至極。胡小天望著她噘起的櫻唇，忽然升騰出一種狠咬一口的欲望，這位長公主果然是位不可多得的尤物。

胡小天道：「正是因為將長公主的事情放在最重要的位置，所以小天才慎之又慎，關乎到長公主的美貌，我可不敢有半點的馬虎，必須要做足準備，擁有百分百的把握方能為公主施行手術。」

薛靈君道：「你那麼聰明，肯定能夠找到千百個藉口。」

「呃……長公主這麼說實在是冤枉小天了。」

薛靈君道：「我聽說你和我二皇兄已經結拜為異姓兄弟？」

胡小天點頭笑道：「長公主殿下的消息還真是靈通。」

薛靈君道：「天下原本就沒有想像中那麼大，更何況這裡是雍都，發生了什麼事情很難瞞過我的耳朵。」美眸中秋波蕩漾：「你是我二皇兄的兄弟，也就是我的兄弟，以後你叫我姐姐就是。」

胡小天道：「小天的身分豈敢高攀。」

薛靈君道：「那就是看不起本公主嘍？」

胡小天道：「君姐千萬不要這樣說，小天對君姐只有尊敬和仰慕，絕無一絲一毫的不敬。」

薛靈君嫣然笑道：「這樣最好，我還沒有一個兄弟，以後我定然會疼你的。」

胡小天道：「多謝君姐垂愛。」

薛靈君正想轉入正題，落實胡小天為自己做重瞼術的日期，此時楊璇走了進來，她將一封信交給胡小天道：「胡大人，剛剛有一個孩童送來一封信，說是交由你親啟。」

胡小天點了點頭，拆開那封信，卻見那封信乃是大康駐雍都使節向濟民所寫，信中提到有緊急情況要面見胡小天，卻又寫明登門多有不便，他在朝雲門外草坡茶社等待。胡小天收好信箋，向薛靈君笑道：「不好意思，我有要緊事必須馬上出門一趟。」

薛靈君道：「我送你！」

胡小天笑道：「君姐不必如此客氣，我有馬。」

薛靈君道：「那就不妨礙你了，我先回去。」

胡小天知道她心中真正關心的是什麼，當下承諾明日一早就前往長公主府為她施行重瞼術，薛靈君聽聞時間終於確定下來，也是心情大好。胡小天又提出明日要叫一名助手過去，薛靈君也欣然應允。

胡小天和薛靈君同時出門，朝雲門雖然出了雍都的內城，卻並不是什麼荒涼的所在，那一帶因為比鄰雍都最大的市集朝雲匯很近，所以熱鬧得很。

胡小天獨自一人騎著小灰來到草坡茶社，一路之上特地留意有沒有人尾隨，畢竟身在異國，凡事還是小心為妙，再加上向濟民心中表現得神神秘秘，應該是遇到了不小的麻煩。

胡小天將小灰交由茶社的夥計照料，抬起頭看了看這不起眼的茶社。

向濟民穿著一身灰色儒衫站在二樓臨窗處，顯然已經等待了不少時候，看到胡小天朝這邊望來，趕緊揮了揮手。

胡小天又向四周看了看，確信沒有異狀，這才放心大膽地來到了樓上。

向濟民起身相迎，兩人在臨窗的小桌旁坐下，向濟民給胡小天倒了杯茶。胡小天端起茶盞抿了一口低聲道：「向大人急著將我找到這裡來，究竟有什麼事情？」

向濟民低聲道：「出大事了！」

胡小天眉頭一皺：「什麼事？」

向濟民的表情充滿了慌張，向他探了探身子，湊近了一些，低聲道：「我剛剛收到消息，皇上病了，現在已經是太子在主持朝政，皇后娘娘垂簾聽政。」

胡小天內心劇震，這個消息對他來說也是非同小可，他離開康都之時皇上還好端端的，太子的人選還沒定下，怎麼突然之間會發生這樣的改變？康都距離雍都路途如此遙遠，向濟民究竟是從何處得來的消息，他的消息到底可不可靠？

向濟民從胡小天錯愕的表情就能夠斷定，他應該對這件事毫不知情。向濟民道：「我接到飛鴿傳書，皇上突然發了急病。」

「什麼病？」

向濟民道：「據說是突然神志不清，總之病得很重，細節我也不清楚。」

胡小天心中暗叫不妙，這大康皇室必然發生了翻天覆地的變化，簡皇后垂簾聽政，那麼太子定然是大皇子龍廷盛無疑。

向濟民接下來的話果然證實了胡小天推測的一切，不過他也沒有太多確實的消息。低聲向胡小天道：「目前掌握的情況就只有那麼多，胡大人，我們該如何是好？」

胡小天雖然心中也亂糟糟一團，不過表面卻看不到一絲一毫的慌亂，他微笑道：「唯有靜待消息，靜觀其變，別說咱們現在距離康都數千里之遙，就算咱們身在康都對這些變化也是愛莫能助，無論是誰坐在那個位置上，畢竟仍然是龍家的天下。」說到這裡他不禁又想起了姬飛花，卻不知這一切的背後和他有沒有聯繫。

向濟民知道胡小天說的都是實情，但仍然是憂心忡忡，他壓低聲音道：「若是國內政局有變，咱們作為臣子的難免會受到波及，此前皇上登基，大雍方面對我等使節態度已經明顯不同。」

胡小天道：「這樣說來我等反要慶幸不在康都才對，身處風浪中心豈不是波及更甚。」他飲了口茶，微笑望著向濟民道：「向大人還是儘管將這顆心放肚子裡，發生過的事情，我等再擔心也是無用，而今之計，還是做好份內之事。」

向濟民道：「我聽說胡大人在長公主府上和黑胡四王子發生了衝突。」

胡小天笑道：「好事不出門惡事行千里，昨晚發生的事情今天就傳得人盡皆知了。」

向濟民道：「黑胡方面派出使團乃是受了大雍皇帝的親自邀請，而且深得大雍方面的重視，據我說知，大雍皇帝不但安排了大皇子薛道洪全程陪同招待，而且今日還會親自接見他呢。」

同為兩國使臣，同樣代表兩個大國出訪，可是在這裡卻遭到境遇不同的對待，無論從接待的規格來說，還是從主人的重視程度來看，根本無法同日而語，連向濟民的內心都有些不平衡了。

胡小天心中暗忖，正所謂落毛的鳳凰不如雞，日薄西山的大康早已不被大雍視為同一個等量級的對手，國力如此又怎能獲得別人的尊重？

向濟民在雍都擔任使節期間早參透了世態炎涼人間冷暖，歎了口氣道：「弱國無外交，想不到昔日輝煌的大康帝國竟然落到如今的地步。」

胡小天道：「對了，你為何不去起宸宮找我？而要選在這個地方？」

向濟民歎了口氣道：「胡大人有所不知，那黑胡四王子誤以為您住在我們那邊，今晨就派手下人過來鬧事，還放出狠話，要讓胡大人您付出慘重的代價。」

胡小天呵呵笑了起來：「以為這是在黑胡？這完顏赤雄還真是囂張。」

向濟民道：「胡大人千萬不可掉以輕心，胡人向來囂張兇悍，觸怒了他們，什麼事情都幹得出來。」在向濟民看來，這裡不是黑胡也不是大康，從目前的處境來看，黑胡人比他們更受大雍朝廷的重視，真要是兩方發生了衝突，很難說大雍方面會保持絕對中立。即便是能夠保持中立，己方也是勢單力孤，此前吳敬善又已經率領多半使團成員先行踏上歸程，黑胡使團此次竟然有二百人之多，其中不乏驍勇善戰的猛士，雙方力量對比極其懸殊。

胡小天道：「多謝向大人關心，此事我會妥善應對。」

向濟民道：「還有一件事，胡大人讓我安排求見大雍皇帝的事情並沒有得到回覆。」探及此事，他的表情顯得相當無奈，胡小天一行來到雍都已有十多天，至今大雍皇帝薛勝康都沒有接見過他們，反觀黑胡使團，完顏赤雄抵達這裡第二天就已經得到薛勝康的接見，兩相比較，怎能不讓人心冷。

胡小天倒沒有產生什麼特別的失落感，或許是虱多不癢債多不愁，來到雍都之後受到的接連冷遇已經讓他對這些事情見怪不怪，甚至於接近免疫了，更何況他現在的境遇比起初來之時已經好轉了許多。不但燕王、長公主先後有求於自己，現在連太后都親自過問安平公主大婚的事情，一切都在向好的方向發展。

胡小天舉目向外面望去，卻看到一個熟悉的身影從下方行過，雖然是驚鴻一瞥，胡小天已經認出那人是唐輕璇無疑。

唐輕璇女扮男裝，頭上還帶了一個斗笠，騎著一匹棗紅馬，行色匆匆，在她身邊還有兩名男子陪同。

胡小天心中微微一怔，那兩名男子全都是陌生面孔，而且其中並無唐家老大唐鐵漢在內。唐輕璇今晨就說有要事去辦，胡小天本以為她是去尋找她的大哥，卻想不到她竟然會在這裡出現，而且陪在她身邊的是兩名陌生人。在胡小天的印象中唐輕璇屬於那種波大無腦的角色，性情暴躁且單純，對這個險惡的世界缺乏認知，認為她之所以堅持留在雍都完全是因為義氣使然，可是看到眼前情景，胡小天不禁對自己過去的判斷產生了懷疑，難道這唐輕璇也有她的目的？這妮子也是個扮豬吃虎的角色？如果真是如此，自己還真是小看了她。

胡小天決定一探究竟，跟向濟民道別之後，去了自己的坐騎，向唐輕璇前去的方向追去，小灰腳下極其神駿，不一會兒工夫就已經追趕上唐輕璇一行的腳步。

胡小天不敢靠得太近，生怕被唐輕璇發現了自己的蹤跡，遠遠望去，他們三人進入了朝雲匯的東市，東市也被稱之為馬市，是雍都最大的牛馬交易市場。胡小天看到唐輕璇在一處最大的圍欄前下馬，有三名胡人出來迎接，將她請到了帳篷裡面。

胡小天心中暗忖，唐輕璇來這裡十有八九是為了談生意，她老子唐文正是駕部侍郎，擔任公職的同時也沒忘謀取私利，唐家幾兄弟在康都幾乎壟斷了馬市的生意，嘿嘿，看來還真是小看了這妮子，此前還以為她真的是為了義氣留在雍都陪自己出生入死呢，搞了半天竟然是假公濟私，搭著這趟公差的順風車直接把家裡的生意也辦了，只是怎麼她單獨前來，並沒有見到唐鐵漢隨行？

胡小天正準備離開之時，卻看到那營帳內有人出來了，出來的是一名胡人，他打了個手勢，不一會兒工夫就看到一輛馬車駛了過來，然後從營帳中又陸續走出幾人，其中兩人抬著一個包裹，胡小天看到那包裹不停蠕動，裡面分明藏著一個人，再看出來的幾人之中並無唐輕璇在內，心中頓時一驚，看來包裹中被困的那人就是唐輕璇無疑。

兩名胡人將唐輕璇塞入馬車之中，剛才陪同唐輕璇前來的那兩人笑著走向其中一名胡人，從他手中接過一個錢袋，然後兩人拱了拱手，轉身取馬離去。

胡小天已經完全明白，唐輕璇一定是被人設計了。馬市之中雖然人來人往，卻沒有人關注這邊發生的事情。等到一切安排妥當，其中兩名胡人上了馬車，另外幾人分別跨上駿馬，一行人縱馬出了馬市，向正西方向行去。

胡小天當然不能眼睜睜看著唐輕璇被他們擄走，他也沒有聲張，循著幾人的蹤跡隨後而行，雖然距離遙遠，不過對方目標很大，所以並不怕跟丟。離開朝雲匯約莫七里左右，前方出現了一片莊園，那群人護著馬車進了莊園。

胡小天繞到莊園後方，尋找僻靜無人之處，翻身下馬，拍了拍小灰的鬃毛，附在牠的長耳邊道：「你就在這裡吃草乖乖等我，我去看看就來。」

小灰似乎明白了他的意思，將頭低了下去居然點了點。

胡小天暗讚小灰通靈，他向四處張望，看到周圍並無人蹤，這才放心大膽地翻上院牆，借著綠柳的掩護，觀察莊園的內部狀況，莊園內部算不上大，也就是尋常三進三出的格局。馬車進入莊園之後一路前行，來到內院，裡面早有五人等待，為首一人又矮又胖，髮型頗為怪異，頂瓜皮刮得乾乾淨淨，周邊的頭髮留得很長，紮起數十條細細的麻花辮子，從他的外表裝扮一看就知道是黑胡人。

身後四名黑胡武士也是魁梧健壯。

兩名黑胡人從馬車內將包裹抬了出來，放在地上，其中一人解開了包裹，從中滾落出一個人來，正是唐輕璇，她頭髮蓬亂，臉色慘白，目光充滿惶恐，顯然被這突然的變故嚇到了。因為嘴巴被一團白布塞住，所以發不出任何的聲音。

那矮胖的黑胡人點了點頭，一名手下走過去將唐輕璇嘴裡的白布拽了出來，唐輕璇尖聲道：「救命！救命！」

周圍黑胡人全都哈哈大笑起來，那矮胖黑胡人笑道：「你在這裡叫破喉嚨也沒用，不會有人救你。」

唐輕璇怒視那矮胖子道：「你們最好放了我，不然我大哥他們找過來，絕不會饒了你們。」

黑胡人呵呵笑道：「你大哥？你大哥若是懂事，乖乖交出《寶駿奇錄》，我們就將你的全屍送還給他。」幾名黑胡人同時怪笑起來。

唐輕璇此時已經明白這些黑胡人絕非善類，而且都抱有目的前來。

矮胖黑胡人做了個手勢，東側最南首的房間打開，兩名黑胡武士推著被五花大綁的唐鐵漢走了出來，唐鐵漢看到妹子也被抓來，頓時目眥欲裂，大吼道：「札紈，你這個小人，竟然利用這等卑鄙手段對付我們。」

那矮胖的黑胡人正是黑胡馬商札紈，他嘿嘿笑道：「唐鐵漢，你親妹子被我們請來了，現在你還是老老實實交出《寶駿奇錄》得好，只要你將那本書交出來，我對長生天起誓，放你兄妹二人安然離去，嘿嘿，若是不然，休怪我不講情面。」

胡小天隱藏在樹蔭之中，心中暗自好奇，《寶駿奇錄》？什麼東西？看來今天是匹夫無罪懷璧其罪，這幫黑胡人盯上了唐鐵漢手中的東西，所以才利用詭計將他們兄妹兩人先後擒到了這裡。

唐鐵漢道：「我沒有什麼《寶駿奇錄》，如何交給你？」

札紈道：「昨日你和我飲酒之時明明說過，你爹親手將《寶駿奇錄》授予你手中，現在竟然否認，嘿嘿，也罷，看你這妹子生得如花似玉，說不定東西就藏在她的身上，我就讓兄弟們好好在她身上搜上一搜。」他臉上露出淫邪的獰笑，其用意不言自明。

唐鐵漢當然明白札紈的意思，驚恐叫道：「你們不得碰我妹子，我真沒有什麼《寶駿奇錄》，這樣，我有明豐商行通兌的五萬兩銀票，我將銀票交給你們，你放我們離去。」唐鐵漢此次前來雍都出使，其實還有一些私下的想法，趁著這次機會參觀一下雍都的馬市，爭取從北方引進一批駿馬良駒，在完成朝廷使命的同時也把錢賺了，這才是他和黑胡商人札紈結識的原因，唐鐵漢好酒，和札紈談生意的時候喝多了，不小心講出《寶駿奇錄》的秘密，這寶駿奇錄對普通人並不算什麼，可是對馬販子和相馬者來說卻是無價之寶，這本書乃是五百年前被稱為相馬天師的伯寵西所撰，其中不但包括天下各類寶馬良駒的名冊介紹，更重要的還是這其中的相馬篇和馴馬篇，札紈雖然是胡人，可是也瞭解《寶駿奇錄》的珍貴，於是就動了貪念。

設計將唐鐵漢劫持之後，唐鐵漢卻無論如何都不肯說，於是他又生一計，乾脆將唐輕璇也騙來，以她的安全來威脅唐鐵漢就範。卻不知唐鐵漢所謂的《寶駿奇錄》根本就是信口胡說，他只是聽父親唐文正提過，自己根本沒有親眼見過，正所謂禍從口出，酒後的一句話竟然為他們兄妹招來了這麼大的麻煩。

札紈使了個眼色，兩名黑胡人抓起唐輕璇向房間內拖去，唐輕璇尖聲叫道：「你們好大的膽子，我們乃是大康使團成員，大雍方面不會饒了你們。」

札紈哈哈笑了起來，走過去，在唐輕璇吹彈得破的臉蛋上用力捏了一把，然後道：「將她送到我房間裡，給她餵點迷情丹。」

「是！」幾名黑胡人露出不懷好意的笑容。

唐鐵漢嚇得面無人色，他死都不怕，可是若是連累妹子受這群惡賊的凌辱，自己肯定是死不瞑目了，他暴吼一聲向札紈衝去，因為雙臂被綁只能用頭顱去撞擊札紈，可惜還沒等他啟動，身後兩名黑胡武士就同時抬腳踹向他的膝彎，唐鐵漢雙腿一軟跪倒在地上。

札紈搖了搖頭道：「混帳東西，死到臨頭還敢反抗，我給你半個時辰，若是這半個時辰之內你不交出《寶駿奇錄》，我就讓你親眼看看我的那幫兄弟是如何招待你妹子的。」

唐鐵漢發出一聲悲吼，目眥欲裂，心中懊悔到了極點，若不是自己大嘴惹禍，怎會連累妹子落入如此窘境，現在可謂是叫天天不應叫地地不靈，這該如何是好。

札納本想返回自己的房間，此時一名手下走過來附在他耳邊低聲說了句什麼，札納慌忙轉身向莊園門口走去，臨行之前又讓人將唐鐵漢拖回去關起來。

胡小天舉目望去，卻見莊園門外來了一隊人馬，初步估計有二十人左右，趁著這會兒黑胡人的注意力全都被吸引到了別處，胡小天沿著圍牆貓身疾行，他的金蛛八步早已爐火純青，行走一尺寬度的院牆之上如履平地，而且沒有發出一丁點的聲息，不一會兒工夫已經來到札納居住的小院，看到兩名黑胡武士將唐輕璇拖了進去，不一會兒工夫兩人全都出來，分別站在門外守著。

胡小天心中暗忖，對方人多，自己勢單力孤，想要同時救出唐家兄妹根本沒有任何可能。從目前的處境來看，唐輕璇更加危險一些，剛才那札納就有冒犯她的意思。

可是救人也沒那麼容易，兩名黑胡武士非常警惕，站在大門處盡責盡守，自己只要一現身就會被他們發現。胡小天凝神屏氣，思索如何才能引開他們解救唐輕璇。

機會在等待中到來，其中一名黑胡武士嘰哩呱啦地說了幾句什麼，然後向外面走去，胡小天的目光追逐著他的腳步，發現他竟然來到自己附近的牆角，那黑胡武士解開褲帶對著草叢就尿，胡小天焉能放過這絕好的機會，他抽出靴筒內的匕首猛然從牆頭之上騰空飛躍下去，那黑胡武士感覺到身後有異樣，轉過身去，沒等他看清後方的情形，胡小天的匕首已經從他的後心深深插了進去，直至末柄，那黑胡武士連聲息都沒發出，就倒在了草叢中。

胡小天看了看周圍，確信無人發現，這才檢查了一下黑胡武士隨身攜帶的東西，從他的腰間找到了一支機弩，胡小天解下機弩，將弩箭上弦，然後直接走向院門，看到院門關閉，他輕輕敲了敲院門，裡面負責警戒的黑胡武士嘰哩咕嚕地說著什麼，然後聽到腳步聲，大門緩緩打開。

黑胡武士看到門外的胡小天，明顯一驚，胡小天卻是笑容滿面，手中的機弩發射，三支弩箭近距離射入對方的面門，黑胡武士直挺挺躺倒在地上，顯然已經無法活命了。

乾脆俐落地幹掉了兩名武士，胡小天抓緊時間進入關押唐輕璇的房間，卻見唐輕璇被人捆得像粽子一樣扔在大床之上，嘴巴也被布團堵住，唐輕璇聽到房門再度發出響動嚇得魂飛魄散，可當她看到這個熟悉的身影竟然是胡小天的時候，心中當真是又驚又喜。

胡小天來到唐輕璇身邊，用匕首迅速將她身上的繩索割斷，低聲道：「不要聲張，我這就帶你離開。」

唐輕璇雙手獲得自由之後，扯下嘴裡的布團，一雙美眸眼淚汪汪地望著胡小天，感激之情溢於言表：「胡大哥……」只說了一句話就一頭紮在了胡小天懷裡。

胡小天知道她受了驚嚇，不然也不至於腦子糊塗了叫自己大哥，自己應該比她小啊，低聲道：「這裡絕非久留之地，咱們先離開再說。」

唐輕璇經他提醒這才意識到他們尚未脫離險境，低聲道：「我大哥還在他們手裡。」

胡小天道：「他們人太多，咱們先離開這裡，然後叫幫手過來。」

「可是……」

「沒什麼可是，盲目救人只能大家一起死。」

唐輕璇點了點頭，兩人出了房門，看到那名被射死黑胡武士的慘狀，唐輕璇也是心驚肉跳，胡小天從他身上解下彎刀遞給了唐輕璇，兩人爬上圍牆，然後沿著圍牆離開，剛剛離開那小院不久，就聽到有人驚呼，卻是死者被人發現了。

胡小天也沒有料到這麼快就已經暴露，只能催促唐輕璇快走。此時整個莊園內的武士都動員了起來，很快就發現了正在沿著圍牆逃走的兩人。

黑胡人擅長騎射，紛紛取出弓弩向兩人射擊，唐輕璇揮動彎刀撥打射來的箭鏃，胡小天雖然擅長躲狗十八步，可是在這牆頭上方的方寸之地卻苦於沒有用武之地，下方箭矢如雨，先是唐輕璇的頭頂髮髻中了一箭，然後胡小天的左肩上也被箭矢擦傷，這還是因為這幫黑胡人想要抓活口，不然他們只怕要死在亂箭之下。就在危急關頭，卻聽到遠處一聲嗚律律馬鳴之聲，小灰聽到胡小天的呼哨呼喚，風馳電掣般向他們立足的圍牆下方奔來。

胡小天飛身一躍穩穩落在馬上，唐輕璇隨後跳了下去，落在胡小天身後，胡小天大吼道：「坐穩了！」他雙腿一夾，小灰飛揚四蹄朝著雍都城的方向狂奔而去，慣性讓唐輕璇的嬌軀向後一仰，她慌忙抱住胡小天的身軀。

前方道路已經有七名聞訊趕來的黑胡騎士將道路封鎖，他們騎在馬上並轡立於道路中心，同時彎弓搭箭，瞄準了這兩人一騎。

胡小天不敢強行衝關，撥轉馬頭，再看後方已經有十多名騎士揮舞刀槍向他們追趕過來，前有強敵，後有追兵。

胡小天向周圍一望，唯有左側山坡無人防守，眼前的情況下也只有這條道路可選，小灰極有靈性，從胡小天抖動韁繩的動作已經明白了他的意思，甩開四蹄向左側山坡之上飛奔而去。

黑胡馬商札納也已經率人追了出來，在他身邊齊頭並進的竟然是黑胡將領拉罕，拉罕曾經在長公主府和胡小天見過一面，不過他並沒有看到胡小天的正面，所以沒有將他認出。

札納看到胡小天帶著唐輕璇奔上了狗頭山，不禁冷笑道：「這條山路是斷頭路，他們逃不掉，兄弟們給我追！一定要抓活的。」

胡小天縱馬一路狂奔，小灰奔行起來速度奇快，轉瞬之間就已經將身後的追兵遠遠甩開，札納在相馬方面也有著相當深厚的功底，想不到對方的那匹騾子一樣的坐騎竟然是可遇而不可求的千里良駒，札納又傳令下去，千萬不可傷到小灰。

唐輕璇擔心地回頭望去，卻見幾十名黑胡人仍然在後方窮追不捨，可是他們的馬速顯然比不上小灰，小灰背上馱了兩人，仍然健步如飛，唐輕璇在心底鬆了一口氣，以小灰的腳程應該可以逃過對方的追擊。

一顆心尚未完全安定，胡小天卻突然勒住馬韁，小灰發出一聲長嘶，前蹄高高揚起，整個身體幾乎都直立起來，唐輕璇慌忙抱住胡小天的身軀，這才沒被小灰從背上甩下去。

胡小天也是驚出了一身的冷汗，小灰緩緩落下前蹄，前方不到一丈的地方山路中斷，下方乃是一條深深的壕溝，最深處有山澗奔流而過，過去這裡曾經有一座橋樑，可如今已經毀去，整條壕溝大約有七丈左右的距離。

唐輕璇花容失色，本以為他們就快可以逃出生天，卻想不到這條路竟然是斷頭路，後方追兵已經越來越近，唐輕璇顫聲道：「怎麼辦？」

胡小天輕輕拍了拍小灰的長頸，牽動韁繩，果斷道：「跳過去！」

唐輕璇從小就在馬背上長大，眼前的這道壕溝寬度在七丈以上，若是坐騎從這邊跳到那邊，應該要擁有飛躍十丈距離的能力，這根本沒有任何可能，這個世界上不會存在如此神駿的馬匹。

胡小天重新後撤二十餘丈，重新催動小灰前進，小灰鼓起勇氣，一路狂奔到壕溝之前，胡小天和唐輕璇已經做好了凌空飛躍的準備，卻想不到小灰再次停下腳步，胡小天幸虧做好了準備這才沒被牠甩飛出去，小灰望著下方深深的山澗，雙目中流露出驚恐的光芒，兩隻長耳朵耷拉了下去，顯然沒有跨越過去的決心和勇氣。

山下追兵已經越來越近，已經聽到山下的呼喝聲，札納讓人不要放箭，他是人也要，馬也要。唐輕璇抿起櫻唇，抓住彎刀道：「跟他們拚了！」

胡小天搖了搖頭，伸手摸了摸小灰耷拉下來的耳朵，料想小灰應該沒有凌越山澗壕溝的膽量，他向唐輕璇道：「再試一次！」

唐輕璇道：「沒用的，牠不敢跳的，就算跳過去也不可能抵達對岸，咱們都會被摔死。」

胡小天道：「牠不敢跳，咱們敢跳！」

唐輕璇並沒有明白他的意思，胡小天道：「咱們利用慣性，讓小灰將咱們拋過去。」

唐輕璇道：「拋過去？」

胡小天點了點頭，利用小灰高速奔行之後的突然停頓，他們可以借用產生的慣性飛躍這道山澗，落在對面的山岩上。轉頭看了看後方的追兵，已經迫在眉睫，時間留給他們的已經不多了。

胡小天再度調轉馬頭，怒喝一聲：「駕！」小灰撒開四蹄，向那道阻礙牠前行的山澗再度狂奔，速度在抵達壕溝的時候已經達到了極限，胡小天大吼道：「放鬆，任憑牠將咱們拋過去！」他鬆開了韁繩，若是小灰有膽子大可帶著他們跳過去，如果不然，一個突然剎車也可以將他們的身體拋離馬背，飛向對面。而今之計，唯有冒險一試。

小灰的前蹄忽然釘在了地上，頭顱低垂下去，馬蹄鐵在山岩上摩擦出無數火星，最後關頭牠仍然缺乏奮身一躍的膽量，胡小天和唐輕璇兩人被這強大的慣性從馬背之上拋離了出去，一前一後飛向對面的山崖。

唐輕璇雖然坐在後面，可是因為小灰在最後關頭是屁股上揚，她反倒被拋得更遠，尖叫著在空中劃出一道弧形軌跡，越過壕溝越過山澗，然後撲倒在對面山坡的松樹之上。

胡小天卻沒有飛出唐輕璇這樣曼妙的弧線，飛行距離也少了許多，雙手揮舞著飛向對面，可距離崖壁還有一尺左右的距離時就再也無法前行，慘叫著落了下去。

唐輕璇經過松樹枝葉的層層緩衝落在了地上，顧不上檢查自己是否受傷，第一時間撲向崖邊，哭喊道：「小天……」

卻見山崖下方一個蓬頭散髮的小子攀著崖壁爬了上來，不是胡小天還有哪個？胡小天在千鈞一髮的時刻用玄冥陰風爪死死抓住了崖壁的岩石縫隙，這才僥倖沒有墜入山崖，人在生死關頭總會激發體內蘊藏的潛力，胡小天正是如此，他的智慧他的勇氣他所掌握的一切武功，在此刻已經完全被他發揮到了極致。

唐輕璇伸手幫著胡小天爬了上來，再看對面的山崖，追兵已經來到近前，小灰兜了一個圈子。

札納大呼道：「千萬不要傷了牠，這匹馬我要定了！」

胡小天心中暗歎只能暫且拋下小灰，等叫來援軍然後再來救牠和唐鐵漢了。

就在此時，小灰忽然又發力向壕溝前方衝去，胡小天搖了搖頭，此前小灰多次努力都沒有成功，一到關鍵時刻就會掉鏈子，想必這次也不會例外，他向唐輕璇道：「咱們先離開這裡。」

卻聽唐輕璇發出一聲嬌呼，胡小天轉過身去，卻見小灰竟然騰空一躍，縱身躍向空中，牠這一躍足足躍出了十多丈的距離，橫跨整條壕溝穩穩當當落在了胡小天身邊的地面上。

札納和那幫黑胡武士齊聲發出驚呼，這些人全都以牧馬為生，生平見過的駿馬無數，卻從未見過一匹如小灰這般神駿的良駒，札納扼腕歎息，竟然讓這匹世間罕有的寶馬從自己的眼前消失了。

胡小天卻是喜不自勝，想不到小灰在最後關頭居然克服了心理障礙，成功越過山澗，他顧不上想太多的事情，牽著小灰拉著唐輕璇第一時間躲入樹林之中，這邊剛剛躲進去，對面的黑胡武士已經開始放箭，眼看胡小天和唐輕璇就要成功逃離，這幫黑胡武士也就沒有了顧忌，一支支羽箭咻咻射個不停，不過因為相距遙遠，對面山坡佈滿樹林的緣故很難命中目標。

札納勒令那幫手下停止射箭，他和拉罕兩人並肩佇立在斷崖之上，拉罕怪叫道：「這麼寬的山淵居然也能夠跳過去！」

札納歎了口氣道：「真是可惜，到手的肥羊竟然飛了。」他真正感到惋惜的是那匹駿馬，小灰如此神駿的表現已經是他前所未見，更生出據為己有的野心。

札納大聲道：「咄！林中的那對男女給我聽著，你們最好乖乖束手就擒，不然我就殺掉唐鐵漢。」

唐輕璇在林中聽得真切，咬了咬櫻唇，大聲道：「你要是敢傷害我大哥，就一輩子別想得到《寶駿奇錄》！」

札納聽她這麼說，心中頓時感到安穩了許多，唐鐵漢在自己的手中，唐輕璇就不會坐視不理，以唐鐵漢為質，說不定還能夠換回《寶駿奇錄》。

胡小天藏身在林中，從樹林的縫隙中向對面望去，認出和札納站在一起的人竟然是黑胡猛士拉罕，心中不由得一怔，難道這個黑胡奸商和黑胡四王子完顏赤雄有聯繫？無論如何必須先走出這片山林返回城內再說。

胡小天和唐輕璇兩人牽著小灰在樹林中走了一段，確信離開對方的射程之外，這才重新走出了山林，沿著曲曲折折的山路準備下山，可是沒走出多遠山路就已經不見，完全隱沒在亂石和荒草之中。

這狗頭山怪石嶙峋，密林叢生，兩人對這裡的地形都不熟悉，開始的時候還能夠從日頭辨認行進的方向，可是隨著太陽落山，兩人在山野中竟然迷失了方向。眼看著夜幕已經降臨，胡小天轉身看了看唐輕璇，卻見她滿面通紅，緊咬嘴唇，不禁有些好奇道：「怎麼？你病了嗎？」

唐輕璇搖了搖頭，她此時感覺到渾身燥熱，內心中宛如千萬條螞蟻在爬行，身體各處癢癢的非常不舒服，雙腿發軟，就快立足不穩，口乾舌燥，低聲道：「我……我好渴，想要喝水。」

胡小天歎了口氣，抬頭看了看天空，剛才他們都是向夕陽相反的方向行走，誰知道越走越深，竟然走入了密林深處，眼看夜幕就要降臨，他們還是不要冒險摸黑下山，胡小天道：「不如咱們先找個安全的地方歇息一晚，等到明日天亮之後再尋找下山的去路。」

唐輕璇顫聲道：「也好……」

胡小天看出她神態有些不對，還以為她是亡命奔波之後勞累過度。兩人在附近找到一個水潭，此時夜幕已經完全降臨，一彎新月從山巔處顯露出來，如水的銀色光芒傾瀉而下，灑滿山野。

唐輕璇看到平靜無波的潭水，跌跌撞撞跑了過去，顧不得儀態，俯下身軀，捧起潭水就飲。

胡小天笑著搖了搖頭，他握著匕首趁著這個時間檢查一下周圍，看看有沒有可能存在的危險。

爬到水潭右側的巨石之上，胡小天站在巨石之巔舉目向四處張望，周圍山林一片寂靜，偶爾傳來一兩聲鳥鳴，在空曠的山谷中久久迴盪。胡小天看到遠方的燈火，宛如螢火蟲般點綴在天邊，他判斷出那裡應該是雍都，內心中不由得一陣驚喜，總算找到了正確的方向。確定了雍都的方向，就意味著他們可以連夜趕回雍都。

胡小天正準備將這一消息告訴唐輕璇，卻聽到咚的落水之聲，低頭望去，卻見原本在潭邊喝水的唐輕璇竟然失去了蹤影，月光照耀潭水的表面，一圈圈的漣漪仍然沒有平復下去，胡小天心中一驚，難道唐輕璇落入了水中？在他的記憶中唐輕璇是不通水性的。胡小天不敢怠慢，慌忙脫去身上的外衣，僅僅穿著一條褲衩就跳入了水潭之中。

雖然已經是初春，但是潭水仍然很冷，進入水潭之中頓時感到冰冷徹骨，適應之後胡小天向水中游去，因為是在夜裡，而且水中光線本來就較暗，胡小天只能根據剛才的判斷尋找唐輕璇的位置。窮盡目力，方才依稀看到一個身影正在向水中沉去。

胡小天迅速接近水中的唐輕璇，看到唐輕璇似乎失去知覺，整個人一動不動地沉向潭底。胡小天水性絕佳，很快就來到了唐輕璇的後方，將她抱住，帶著她向上游去，眼前一點螢光閃爍，然後一個又一個的螢光亮起，卻是一隻隻的水母從潭底浮游而起，胡小天被眼前的美麗所吸引，但是他上浮的動作卻不敢有絲毫減慢，越快浮出水面，唐輕璇獲救的機率就越大。

可幾乎就在一瞬之間，成千上萬隻水母出現在他的身體周圍，那些水母原本優雅的浮游，卻不知因為受到什麼干擾，一個個突然向胡小天和唐輕璇的身上蜂擁而來，胡小天最初感到腳底如同被針扎一樣，沒過多久，就看到那粉紅色泛著螢光的水母鋪天蓋地向他的臉上身上襲來，胡小天帶著唐輕璇拚命向上游去，雖然如此，仍然有無數水母密集地蟄在他裸露在外的肌膚之上，胡小天不由得有些後悔，入水之前是為了方便救人這才脫得只剩下一條褲衩，卻想不到這水潭之中竟然生存著數以萬計的水母。

任何生物在遭遇外來入侵的時候都會選擇防禦，這些柔弱的水母一旦發起狂來也是聲勢駭人，有如落英紛飛，又如風中柳絮，粉紅色的漩渦將水中兩人的身體包圍。胡小天身體周圍被針刺的感覺延綿不絕，開始的時候還覺得疼痛，沒多久就已經完全麻木。從水底到水面不到一盞茶的功夫，對胡小天而言卻是度日如年。

露出水面之後他先將唐輕璇推上岸邊，然後自己才爬了上去，從臉上身上拍下那些瘋狂的水母，直到將堵住鼻孔的水母拽出，這才敢暢快的呼吸。睜開雙目感覺周身奇癢無比，他也顧不上檢查自己被蟄的狀況，來到唐輕璇面前，將蒙住唐輕璇口鼻的水母移除，唐輕璇躺在地上一動不動，毫無聲息，不知是死是活。

胡小天摸了摸她的脈門，發覺還有微弱的脈息，內心中稍稍安定了一些，抱著唐輕璇遠離水潭來到了一處平坦乾淨的草地，這才開始對她進行心肺復甦，這已經是他第二次從水中救起唐輕璇，按壓唐輕璇鼓鼓囊囊的胸部，然後捏住她的鼻子向她檀口中吹起，給她進行人工呼吸。

這些急救手法對胡小天只是小兒科罷了，重複多次，再次往唐輕璇口中吹氣的時候，卻感覺一條柔軟香糯的舌頭探入自己的嘴唇之中，胡小天吃了一驚，睜眼一看，卻見唐輕璇媚眼如絲，風情萬種地望著自己，一張俏臉在月光下緋紅一片。胡小天想要站起身來，卻被唐輕璇常春藤一般纏住。

胡小天低聲道：「唐姑娘，是我！」

唐輕璇在他身下嬌軀扭動，非但沒有遠離他，反而貼近了他的身軀，胡小天原本就脫了個近乎全裸，唐輕璇雖然穿著衣衫，但是衣衫也已經被水完全濕透，兩人緊貼在一起，彼此都能夠感受到對方的體溫。胡小天正值青春年少血氣方剛，自然而然就有了些反應。這廝雖然不是什麼好人，可是也不會趁人之危，他也看出唐輕璇的神情明顯不對，聯想起此前黑胡馬商扎紈讓人給她餵迷情丹的話，看來唐輕璇應該是被餵了迷藥。

胡小天好不容易方才擺脫開唐輕璇的糾纏，站起身來到水潭邊，望著潭邊死去的那片水母，不由得心有餘悸，假如剛剛再晚上一步，恐怕要被這些水母活活蟄死，身體仍然奇癢無比，胡小天借著月光低頭望去，卻見自己身上的肌膚竟然變成了粉紅色，面孔也發熱發脹，借著月光依稀看到自己在水中的倒影，胡小天還未看清自己現在的模樣，就聽到身後傳來一聲嬌柔婉轉的呻吟，不用問就知道是藥性發作的唐輕璇。

胡小天轉身望去，卻見唐輕璇這會兒功夫竟然脫得一絲不掛，月光如水映照在她溫軟如玉的嬌軀之上，曲線玲瓏畢現，更讓人血脈賁張。

唐輕璇婷婷裊裊向胡小天走了過來，胡小天第一次感覺到有些手足無措，這種事情發生在他身上也不是第一次，當初他就因為被塞了七顆赤陽焚陰丹稀里糊塗地和須彌天成就了好事，不過那時候他畢竟是因為藥效的作用，現在他頭腦清醒，更何況他對唐輕璇也沒有產生特別的感情，現在可不是個大家玩玩一夜，第二天各奔東西的年代，唐輕璇雖然刁蠻任性，可畢竟也是好人家的閨女，真跟她發生點啥事那是要負責的。

唐輕璇意亂情迷，腦海中只有一個念頭，就是想撲入胡小天的懷中。

胡小天看到她來到近前，一把將她的手臂抓住，然後將唐輕璇整個浸泡在潭水之中，倒不是想把她淹死，而是要讓唐輕璇在冷水的刺激下清醒過來。

唐輕璇被冷水一激，頭腦短時間清醒了過來，她不知發生了什麼，看到自己身處的環境，不由得大聲尖叫起來。

胡小天的初衷也是想等她冷靜之後再將她拖上岸來，畢竟水中還有那麼多的水母，唐輕璇的嬌軀入水之後，馬上水底就泛起粉紅色的螢光，那成千上萬的水母捲土重來。

胡小天在水母群湧上來包圍住唐輕璇之前，又將她重新拉上岸邊，水母群撲了個空，向四周散去，在潭水之中宛如夜空中繁星點點。胡小天呼了口氣，正準備離開潭邊，卻看到水母群中一個黑魆魆的東西突然向上躥升出來。胡小天被嚇了一跳，下意識向後仰起，卻見一個頭顱足有臉盆大小的巨蟒向上猛撲而至，巨吻張開意圖將岸上的獵物一口吞下，胡小天仰身躲過了這次襲擊，沒等他逃離岸邊，一條紫色長尾從水中探身出來，纏繞住胡小天不及抽離的雙腿，用力一帶，已經將胡小天重新拖入水潭之中。

唐輕璇的頭腦方才清醒了片刻，就看到胡小天被一條黑乎乎的東西拖進了水潭，她嚇得魂飛魄散，尖叫道：「胡小天……」

胡小天此時卻已經被拖到了水潭深處，他手中沒有任何可持之物，情急之下運用玄冥陰風爪向那紫色蟒蛇抓去，手指碰到蟒蛇的鱗甲卻是一滑，以他今時今日的指力完全可以捏碎一個成人的咽喉，可是遇到蟒蛇堅硬的外皮卻造不成一絲一毫的傷害。

遠處兩顆綠幽幽的燈光正向他的方向飄來，胡小天心中大駭，知道那不是燈光，根本就是蟒蛇的眼睛。他的雙腿被蟒蛇尾部纏住，根本掙脫不能，手中又沒有可以抗爭的兵器，胡小天心中暗嘆，難道我當真要命喪於此。

腦海中忽然靈光閃現，當今之計唯有裝死了，老叫化教給他的這手防身術，不到緊急關頭從不使用，記得有許多生物都有怪癖，不吃死去的生物，雖然胡小天知道這樣的做法極其冒險，可是現在他已經別無選擇，唯有冒險一試。

胡小天當即施展裝死狗的心法，那蟒蛇綠幽幽的兩顆大眼睛緩緩湊近胡小天的面龐，張開巨吻準備將他一口吞下之時，卻又停止了動作。胡小天兵行險招在此生死關頭居然奏效，那蟒蛇果然不吃死物，感覺到胡小天並無聲息，認為獵物已經死去，不由得大失所望，緩緩鬆開了纏繞在胡小天身體的尾部。

胡小天感覺蟒蛇的身軀有所鬆動，心中暗暗欣喜，天可憐見，老子居然用裝死躲過了這一劫。就在他以為蟒蛇放過自己的時候，卻沒有想到蟒蛇的尾部又是一緊，胡小天心頭大駭，莫非這蟒蛇又改變了主意，餓極了連死人都吃了。

可現在這種狀況下，他已經成為騎虎之勢，就算心中再害怕也得偽裝到底，蟒蛇拖著胡小天的身體游向水深之處，胡小天可以長時間在水下閉氣的功夫現在起到了作用，不然就算沒被蟒蛇吞掉，也要活活悶死在這冰冷的潭底。

潭水的深度遠超胡小天的想像，蟒蛇越潛越深，水溫也隨之變得越來越冷，水下一片漆黑，連那種粉紅色泛著螢光的桃花水母也不見了影蹤，大概是因為懼怕這條紫色巨蟒的緣故。

紫色巨蟒調轉身體，進入潭底的一個洞穴，進入其中只覺得暗流涌動，紫色巨蟒順水游走速度更快，胡小天忽然感覺自己應該被拖離了水面，先是在一片泥濘中滑行，然後地面變得堅硬許多，他的皮膚在和地面的摩擦之中自然產生了不少的擦傷，雖然火辣辣疼痛胡小天卻堅持一聲不吭。紫色巨蟒尾部一抖，胡小天的身體直挺挺飛了出去。牠這一抖之力何其強大，胡小天感覺自己如同出膛的炮彈一樣，心中大駭，暗叫完了，若是撞在堅硬的石壁上豈不是要撞得粉身碎骨，即便是普通的土牆也承受不起，就在胡小天嚇得魂飛魄散的時候，身體飛到了高處的盡頭，又呈拋物線般跌落下去，摔入一堆軟綿綿的東西之上，胡小天不敢睜眼，從質感上推測出應該是淤泥之類的東西，他也不敢呼吸，所以也嗅不到周圍的味道。

蟒蛇眨動了一下綠色的雙目，然後吐出三尺餘長的信子，在胡小天的大腿上舔了一下，然後縮回頭去，迅速調轉身軀重新向水潭的方向游移而去。

胡小天確信周圍再也聽不到任何的動靜，估計蟒蛇應該已經遠去，這才睜開了雙眼，還沒有看清周圍的景物，一股刺鼻的惡臭吸入肺腑，胡小天擔心這股味道有毒，慌忙再次屏住呼吸，讓他詫異的是，這地洞之中居然有微弱的光線，借著微弱的光線望去，看到自己處在一片黑乎乎黏糊糊的淤泥之中，胡小天掙扎著想從淤泥中爬起來，右手卻握住了一樣堅硬的東西，他隨手將那物體拖了出來，湊近一看，卻是一個白森森的骷髏頭。胡小天對這種東西倒沒什麼害怕，在一個醫生眼中，死人要比活人安全得多，比起那紫色巨蟒當然更加的安全，這裡看來是蟒蛇的巢穴了。胡小天好不容易才從污泥中站起身來，自己僥倖還活著，卻不知唐輕璇此時怎麼樣了。

唐輕璇眼睜睜看著胡小天被重新拖入了水潭，她不通水性，就算跳進去，非但救不了胡小天反而要搭上自己的性命，唐輕璇悲不自勝，捂著嘴啜泣起來，就在此時，她忽然看到遠方有光影閃動，唐輕璇嚇得頓時不敢出聲，這時候才意識到自己剛剛竟然將衣裙全都扯爛了，現在根本就是一絲不掛，心中當真是又羞又怕，借著月光，看到前方不遠處散落著一些衣服，那些衣服是胡小天入水救她之前留下的。

唐輕璇也顧不上多想，捧起那些衣服。又將自己碎裂的衣衫一併撿起，迅速藏身到草叢之中。

火光越來越近，唐輕璇內心惶恐到了極點，從草叢的縫隙中望去，卻見有六道身影出現在水潭的邊緣，其中身形最為高大的那個正是黑胡猛士拉罕。拉罕道：「你們可曾聽到有女人的聲音？」

其餘幾人都搖了搖頭道：「這山裡面什麼鳥獸都有，未必是女人叫。」原來扎紈等人並沒有放棄對胡小天的追殺，雖然無法越過那道山澗，不過他們輾轉繞到山下，一直追蹤到了這裡。

唐輕璇雖然聽不懂黑胡人在說什麼，可是認定這些人是來追殺他們的，一顆心怦怦直跳，胡小天不知是死是活，現在這種狀況下。自己若是被他們發現就只剩下死路一條了，唐輕璇手中緊緊握著彎刀，心中暗忖，若是被他們發現，自己還是自刎而死，也好過被這幫黑胡人凌辱。

拉罕道：「這狗頭山透著古怪，我黑胡三大高手全都失蹤在這一帶。」

幾名黑胡武士聽到他這麼說，不由得有些心驚：「大人，咱們還是離開吧。」

拉罕道：「不急！我剛剛明明聽到有女人的尖叫聲。」

一名黑胡武士被水潭中的景象所吸引。水潭之中一點點粉紅色的螢光閃爍，宛如天上的星辰。看到這美麗的景象，他不禁好奇地向水潭走去。拉罕幾人也留意到了水潭那邊的情景，那名黑胡武士伸出手去，手指輕輕觸摸那些美麗的小生物，卻被蟄了一下，他不由得呵呵笑了起來。笑聲還沒有停歇，潭水之中突然一個黑乎乎的東西躥升出來，一口就將那名黑胡武士吞了下去。

拉罕幾人誰都沒有想到會出現這驚人的變故，一個個慌忙向後退去，拉罕大吼道：「射牠！」

兩名弓手率先掏出弓箭。照著水潭就射，可是那黑色的怪物此時已經沉入水潭下方。

拉罕道：「有沒有看到是什麼東西？」

幾名胡人心底發寒，一個個用力搖頭，其中一人顫聲道：「大人，咱們……還是……還是走吧……」

拉罕怒道：「你！去看看！」

「大人！」

拉罕從腰間抽出了月牙斧，森然道：「去！」

那名武士雖然嚇得魂飛魄散，可是他也知道若是不去說不定拉罕會一斧劈了自己，他戰戰兢兢向前走了幾步，看到潭水已經完全平靜下來，顫聲道：「牠……應該是已經走了……」

拉罕道：「什麼怪物？」他向前慢慢靠近。

突然之間水潭內一條紫黑色的長尾橫掃而出，啪地捲在那名查探情況的黑胡武士腰間，那武士慘叫著被倒拖了過去。兩名黑胡弓箭手眼疾手快，同時出手向那長尾射去，箭鏃破空發出咻咻之聲，鏃尖撞擊在蟒蛇的外皮之上，根本沒有深入分毫，就被堅韌的蟒皮滑開。

拉罕以驚人的步幅向前方衝去，右手揚起月牙斧在蟒蛇尾部還未完全進入潭水之時，狠狠劈斬在上面，蓬的一聲，以拉罕強悍霸道的力量和月牙斧鋒利的刃芒居然也沒有撕裂蟒蛇的皮膚。

蟒蛇遭受連續三次攻擊之後，迅速拖著那名黑胡武士沉入水中。

拉罕剛才的一擊已經是全力而為，震得他的右臂痠痛麻木，他也在剛才看清了那怪物是什麼。

此時從東側樹林中又有十多人舉著火把趕了過來，為首一人正是馬商扎紈。拉罕幾人經歷剛才的凶險，一個個都驚魂未定，轉身遠離水潭來和扎紈會合。

扎紈的身邊還跟著一位漢人，那人是他從當地尋來的嚮導。

唐輕璇看到這幫人距離自己只有五丈左右，隨時都可能發現自己，嚇得捂住嘴唇，竭力隱藏自己的聲息。

拉罕向扎紈簡略說了剛才發生的事情，扎紈聽說之後也是驚駭莫名，他向身邊的嚮導道：「這裡是什麼地方？」

那嚮導乃是當地的獵戶，對附近的地形很熟，他低聲道：「這裡叫桃花潭，因為潭水中生長著許多的水母，每逢夜晚就會出現，宛如三月桃花故而得名，這桃花潭雖然很美，可是卻是個恐怖的所在，這些年來有數十人都在潭邊失蹤，傳說這裡面藏著極其可怕的妖怪，所以我們當地獵戶都盡量避免來到這裡。」他停頓了一下道：「我們村裡就有人不信邪，在附近放牛，看到黃牛在水潭邊吃草的時候，被一個怪物一口就吞了進去。」

拉罕已經看清那怪物其實是一條紫黑色的蟒蛇，他向扎納道：「是一條紫色的巨蟒，我看當初國師他們失蹤也和這怪物有關。」

扎納點了點頭，目光向水潭看了一眼，然後道：「大家先離開這裡，等明日稟明四王子再做定奪。」

胡小天踩著淤泥向光芒處走去，他本以為那是死人骸骨發出的磷光，可是走近一看，卻是一株植物，尺許高度，上方只生長著三片葉子，葉子有些像金錢草，泛著綠色螢光，三片綠葉的圍護中生著一顆龍眼大小的橘色果實，那果實散發出橘黃色的光芒，而且光芒如同呼吸燈一般明滅變幻。胡小天還從未見過這樣的植物，在腦海中仔細搜索了一遍也是全無概念，可自然界中越是鮮艷的東西越是有毒，他不敢輕易觸碰那東西，湊近看了看，嗅了嗅，聞到一股沁人肺腑的馥郁氣息。

這股味道瞬間驅散了洞穴裡面的惡臭，讓胡小天的頭腦霍然清明，胡小天忍不住多聞了幾下，甚至感覺身體被水母蟄過的痛癢感也在瞬間減輕了不少，他確信不是自己的錯覺，看來這株植物有安神的作用，他小心伸出手去想要觸摸那植物的葉片，抬起手來，不由得心中震驚，他看到自己的手掌比起平時竟然腫大了一倍有餘，食指腫脹得跟胡蘿蔔似的，胡小天此驚非同小可，這還是人手嗎？簡直就是熊掌，他下意識地用手摸了摸自己的臉皮，手指麻木，臉皮也麻木，連屈起手臂都變得極其費力，胡小天嚇得魂飛魄散，中毒了！不知是被水母蟄成了這個樣子，還是被那蟒蛇舔了一口的緣故，按理說前者的可能性更大。

其實胡小天身體浮腫已經有了一段時間，只是因為剛才接連發生了那麼多的事情，所以才忽略了自己身體的變化，胡小天舔了舔嘴唇感覺嘴唇麻木，舌頭運轉的都不靈活了，心中暗叫壞了，自己應該是中毒後的癥狀，如果得不到及時救治，恐怕性命堪憂。可是現在被困在這潮濕腥臭的洞穴中，正可謂是叫天天不應叫地地不靈，更何況在洞口水潭中還有一條凶悍的巨蟒，想要逃生根本是難如登天。

就在胡小天束手無策之時，突然聽到外面又傳來悉悉索索的響動，他嚇得慌忙躺在那堆腥臭的爛泥之上，猜測應該是巨蟒去而復返，果然不出他的所料，沒過多久時間就看到那紫色巨蟒重新回來，這次居然又拖來了一具屍體。

胡小天凝神屏氣，生怕被巨蟒識破自己的偽裝，還好那紫色巨蟒的注意力並不在他的身上，將屍體扔到胡小天身邊，然後游走到那橘色果實前方，一雙幽綠色的大眼望著紅色果實，鮮紅色的蛇信在果實旁邊舞動了一下，竟然滴落了幾滴涎液。

巨蟒流連了一會兒方才重新離去，胡小天重新睜開雙目，連這麼簡單的動作如今都變得無比費力，眼皮已經腫了起來，眼睛只剩下了一條細縫，他想要呼吸，卻感覺咽喉處有種窒息的感覺，暗叫壞了，憑藉著豐富的醫學知識斷定自己的喉部已經因為變態反應而出現水腫，應該及時進行喉部切開氣管插管，對他而言連這麼簡單的急救措施都無法施行了。

胡小天感覺頭腦昏沉沉一片，想要挪動一步都變得異常艱難，本想跨過那具屍體，卻因為行動不便而被絆了一下，身體失去平衡重重栽倒在地上，胡小天並沒有感到任何的痛覺，他周身的神經已經麻木。

難道我就這麼不明不白地死了？胡小天的內心開始絕望，他想到了爹娘，龍曦月，想到了慕容飛煙，想到了葆葆，想到了周默、蕭天穆、展鵬這幫陪他出生入死的兄弟，甚至想到了夕顏，想到了七七，想到了須彌天……看來他已經沒機會和這些人見面了……他甚至連站起來的力量都沒有。

眼前卻突然出現了一個身穿紅衣的挺拔身影，姬飛花凌空站立在他的面前，冷冷望著他，厲聲喝道：「給我站起來，咱家交給你的使命你還未完成？難道你不要你爹娘的性命了嗎？」

胡小天搖了搖頭，他在心頭默默道：「別了，老子莫名奇妙的來，窩窩囊囊地死……」

眼前又出現爹娘淚流滿面的情景，胡小天用力睜大了眼睛，因為他知道此時閉上雙目就再也不會睜開，眼前的幻像頃刻間完全消失得無影無蹤，胡小天的鼻息中又聞到淡淡的香氣，前方的那顆橘色果實竟然變成了鮮紅色，胡小天認為自己已經出現了幻象，連色彩都分辨不清了，頭腦的一絲清明卻在告訴他，這果實也許有不同之處，否則那紫色巨蟒緣何會如此珍視，也許能夠解毒也未必可知。

人生自古誰無死，反正自己也是兩世為人，不差再死一次，就算這顆果實無法解毒，那蟒蛇如此珍視它，自己臨死前也要讓牠心疼一次，假如不是這條混帳蟒蛇，老子也不會落到這種地步，存了這樣的心思，胡小天伸出手去，卻發現身體關節因為皮肉的腫脹而變得僵直，他拚命向前方挪動，嘴巴一點點探伸過去，不到一尺的距離，卻幾乎將他身體的力量耗盡。

幾經努力，嘴唇終於湊近了那顆紅果，胡小天將果實含入嘴中，用盡全身的力量將之嚼碎，一股辛辣的汁液沿著他的喉頭緩緩滑下，果汁流過的地方如同被鋒利的刀刃劃過，劇痛讓胡小天的身體抽搐起來，伴隨著這痛感的還有種喉頭被重新撕裂開來的感覺，原本水腫的喉頭竟似乎重新打開了一條縫隙，污濁的空氣進入他的鼻腔，那種迫切的窒息感居然開始緩解。

雖然這種果實的藥性未明，可是胡小天卻判斷出應該能夠減輕自己的過敏症狀，雖然辛辣可是重新喚醒了他麻木的神經，他強忍辛辣將整顆紅果全都咬碎，因為擔心自己的喉部水腫會造成卡頓，甚至連果核都完全嚼碎。

於是辛辣之中又增添了苦味，胡小天將這顆紅果完全吞咽下去。躺在污泥之中，有種虛脫的感覺，腹中一團烈火升騰而起，感覺自己的周身似乎就要燃燒起來，小腹丹田氣海如同一座沉睡的火山開始沸騰噴發，灼熱的岩漿隨著他的經脈到處奔流，這種感覺要比他一次吞下七顆赤陽焚陰丹更加難受，他感覺自己如同被人在放在烈火上炙烤。

胡小天挪動了一下身軀，看到自己手掌的水腫正在以肉眼可見的速度迅速消退，借著那綠色葉片的螢光，他看到自己的肌膚色澤在迅速加深，胡小天暗暗心驚，莫非我被燒焦了？身體的每一個關節縫隙中似乎都要噴出火來，周身的經脈已經成為一條條流淌在體內燃燒的熔岩河，毛孔也變成了一個個的火山口，周圍潮濕的淤泥因為胡小天身體散發出的熱度竟然冒起了水汽。

胡小天活動了一下手腳，發現自己的行動竟然奇蹟般恢復了自由，他不敢怠慢忍著劇痛坐起身來，以《無相神功》開始調息，他必須要將這一條條在體內奔流的熔岩河重新吸納到丹田氣海之中，也唯有這樣才有可能防止經脈爆裂而死。

經脈在無相神功的導向下終於開始回流到他的丹田氣海，隨著行功的進程，胡小天的小腹變得越來越灼熱，甚至明顯向外膨隆，如果繼續這樣下去，他整個人就會像一個打足氣的皮球爆炸開來。

胡小天不得不將丹田氣海內灼熱的氣息重新導流到經脈之中，生生不息，循環不斷，唯有運用這種方式才能減緩痛苦，運行三個周天之後，體內的灼熱感非但沒有任何減輕，反倒越來越嚴重，不但腹部，連胸部也開始向外膨脹。

胡小天有種大吼大叫的欲望，可是他又不敢，生怕招來紫色巨蟒。灼熱的內息貫注於右臂，甚至能夠聽得到血流衝刷血脈的聲音，他的眼前出現了一條巨大的熔岩河，分成無數分支，每條支流又分成數百條小河，小河又分成千萬條小溪，這樣的小溪遍佈在他身體的每一部分。

胡小天知道自己又開始神志不清了，眼前出現的根本就是周身血管圖，和過去解剖圖中見到的不同，解剖圖上血管中流的是血，而他流淌的是火。胡小天不敢再按照《無相神功》運行內息，照這麼下去，非但無法將火撲滅，反而有種將內火越燃越旺的趨勢，到最後肯定是被炸得屍骨無存，這肚子又開始膨隆起來，就像個懷胎五月的孕婦。

胡小天的眼睛望向那株僅僅剩下三片葉子的植物，葉子的光芒正在開始黯淡下去，一不做二不休，胡小天伸手將葉片揪了下來，死就死，我連一片葉子都不給你留下，讓那條紫色巨蟒痛苦一輩子。

葉子進入喉中居然有種清涼的感覺，體內的灼熱感似乎消褪了幾分。胡小天一不做二不休，將那顆植物連根拔起，不拔則已，拔出來方才知道這下面竟然還長著一顆宛如洋蔥的根莖，扒去外皮，裡面泛出幽蘭色的光華，胡小天也不管有沒有毒，更不在乎什麼滋味，接連幾口就將這根莖吞了下去，果實滑入肚子裡有種薄荷般的清涼味道，絲絲清流匯入他的血脈之中。

胡小天大喜過望，原來上方的果實是熱性，而根莖卻是寒性，兩者融匯或許可以解去自己的麻煩，當下重新凝神屏氣，再次利用無相神功將經脈運轉，涓涓清流匯入宛如岩漿河的經脈之中，冷熱兩種不同的感覺迅速融匯在一起，霸道剛烈的氣息頓時變得如春風般柔和，滌蕩著他的經脈，迅速流遍他的全身，每流經一處，痛苦就減少一分。

內息在經脈中運行三個周天之後，竟然再也沒有任何的異樣，胡小天深深吸了一口氣，睜開雙目，地洞內沒有了那發光的植物，自然是一片漆黑，可是胡小天卻將周圍的景物看得清清楚楚，揚起雙手，看到自己的這雙手掌已經恢復了正常，只是顏色變成了棕黑，想必自己身體的肌膚也變成了這個樣子，和撿回來一條性命相比，外表又算得上什麼？

胡小天站起身來，這才留意到那具剛剛被巨蟒拖進來的屍體，他來到屍體前，將屍體翻過身來，從對方的穿著打扮已經判斷出這是一名黑胡武士，胡小天從武士的身上找到一把長刀，一張弓弩，只可惜弓弩已經射完沒什麼用處，他將長刀收起，如果遭遇巨蟒尚可用來防身。巨蟒不吃死物，將屍體拖來這裡的目的應該是為了利用腐爛的屍體來當花肥滋養那棵剛剛被他吃掉的植物。

胡小天向前走了一步，腳下卻踏中了一個堅硬的東西，他躬下身去，伸手探入淤泥之中，竟然從中摸出了一柄斷刀，胡小天心中暗忖，看來此前已經有不少人死在了這洞穴之中，都被紫色巨蟒拖來當了花肥。

再走幾步，腳下又踩到東西，胡小天出於好奇再度將那堅硬的東西拽了出來，這次乃是一個頭骨。這片淤泥下存留了不少的器物，胡小天現在心中最迫切地是逃出生天，而不是在這伸手不見五指，又腥又臭的地洞裡探寶，他握緊長刀向出口走去，走了幾步，腳下卻又踩到了一個劍柄，胡小天伸手入泥中將那柄劍拉了出來，卻沒有想到那柄劍竟然極其沉重，他費了好大的力氣方才從泥中拖了出來，這柄劍要比尋常的劍大上不少，長約四尺五寸，劍身最寬在劍柄處，約有半尺寬度，到劍鋒處逐漸收窄，劍柄很長，足可用雙手握持，胡小天揮舞了一下，感覺比那柄長刀襯手的多，對付巨蟒或許這樣的重兵器更為有效一些。

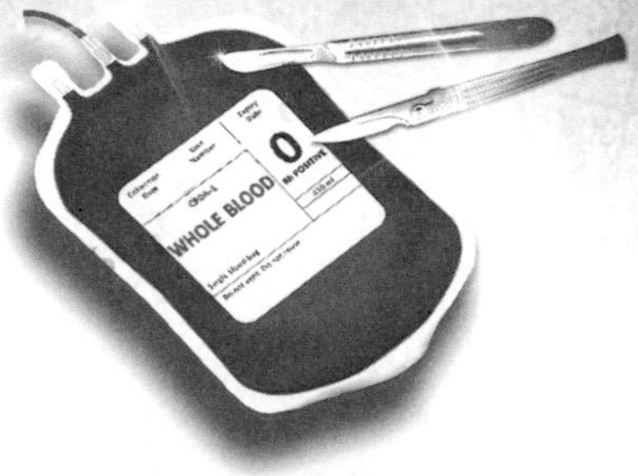

第八章

少根筋的熊孩子

胡小天知道這小子少根筋，第一時間表明了自己的身分，
沒有想到熊孩子說打就打，出手如此果斷，
而且熊天霸拳速奇快，轉瞬之間已經來到面前，
胡小天的身後就是大門，再想躲避已經來不及了。

胡小天不敢耽擱太久，因為巨蟒隨時都可能回來，想要殺死巨蟒逃離險境，必須要攻其不備出其不意。沿著這條蛇形通道原路返回，走了大約半里地的樣子腳下開始出現水流。

胡小天發現自己在服用那株植物之後身體產生了明顯的變化，他的視力和感知力竟然成倍增加，在黑暗中可以分辨任何微小事物的細節，這在過去他是辦不到的。

是福是禍還很難說，不過有一點可以確認，植物的那些果實將他從瀕死的邊緣拉了回來。

胡小天迅速來到水中，之前他躍入水潭之中感覺到潭水冰冷徹骨，可現在胡小天卻沒有絲毫的冷感，應該也是那顆紅色果實的作用。

他在水中游了一段距離，選擇了一段狹窄的水道，潛入水底，屏住呼吸，想要成功逃出水潭就必須擊殺那條巨蟒，如果他貿然出去，驚動了巨蟒，恐怕會葬身於巨蟒腹中。

胡小天此時真正意識到老乞丐教給自己裝死狗閉氣法的好處，如果不是有這一絕技壓身，恐怕他不知死了多少次。胡小天在水底等待了足有半個時辰，卻沒有一絲一毫的窒息感，他的裝死狗功夫又有進境。

他感覺到水流向這邊湧動，雖然只是微妙的變化仍然無法逃過他的感知，胡小天全神貫注，雙手舉起了那柄大劍。沒過多久就看到兩盞綠幽幽的光芒向這邊飛速而來，正是那條紫色大蟒。

胡小天周身的肌肉都已經緊繃起來，內息聚集於雙臂蓄勢待發，這次務必要一擊必中。

紫色巨蟒以驚人的速度接近了這邊，牠並沒有覺察到水道中的變化，頭顱迅速通過胡小天的上方，而就在此時，胡小天雙臂用盡全力，猛然刺向上方，瞄準的位置正是紫色巨蟒的咽喉七寸。

重劍無鋒，但是在胡小天的全力刺殺之下竟然突破了紫色巨蟒堅韌的外皮，深深刺入牠的體內。紫色巨蟒顯然沒有料到有人會在水下發動襲擊，高速游走的慣性讓牠的身體繼續前衝，劍刃在牠的扯動之下，從巨蟒頸部到牠的尾部竟然劈開了兩丈之多的血口，黑色的血液宛如煙霧一般蔓延在水面之中。

巨蟒因為疼痛，身體劇烈抽搐了一下，然後牠的尾部不可思議地扭轉過來，向下方全力拍擊而下。胡小天已經預料到牠會有這樣的反擊，雙腳向後用力一蹬，身體逆向滑出數丈，巨蟒的尾部從胡小天的雙腿之間拍下，險些就命中胡小天的命根子，這一拍激起的水流將胡小天的身體又推出數丈之遙。

紫色巨蟒的身軀在狹窄水道之中不可思議地扭轉過來，胡小天之所以選擇在這處下手，主要是考慮到攻擊之後巨蟒轉身不便，卻沒有想到牠居然可以自如轉身。

黑色血霧污染的水流之中兩顆綠幽幽充滿狂怒的眼球飛速向胡小天的方位靠近，胡小天挺起大劍，心中沒有絲毫的畏懼，此時已經到了不是你死就是我亡的境地，根本沒有時間去害怕，雙腿一蹬，身體向上浮起兩丈有餘，雙手揚起大劍狠狠向巨蟒的頭顱劈去。

那巨蟒張開血盆大口，恨不能一口將胡小天給吞進去，在牠看來，胡小天即使拿著武器也無法和自己抗衡，過去不知多少次牠將人類連人帶兵器一起吞入腹中。

大劍狠狠砸在巨蟒的額頭之上，潭水激蕩，那巨蟒竟然被胡小天奮力一砸，砸得暈頭轉向，胡小天服用那些果實之後，在不知不覺中體力增加了不少，而巨蟒又事先被他暗算，腹部開了這麼大一個傷口，鮮血和內臟都流淌出來，力量自然比平時減弱了不少。如果在正常狀態下，胡小天的這一劍話還沒有劈到牠的頭頂，牠就已經將胡小天吞入腹中。

胡小天應變奇快，他的動作甚至已經超越了他的思維，這一劍並沒有劈開巨蟒堅硬的頭顱，他卻借著這反震之力，再度向上浮起，身體已經貼到水道的上方，巨蟒張開了血盆大口，胡小天用盡身體最大的力量將重劍向牠的口中投去，巨蟒躲避不及，竟然一口將重劍吞入了嘴裡，劍身卡在牠的咽喉，紫色巨蟒如同被魚刺卡住一樣，用力甩動頭顱，嘴巴已經閉合不得，發狂的巨蟒以頭顱向胡小天撞去。

胡小天本想游走，卻始終趕不上巨蟒的速度，被巨蟒一頭撞在腹部，他的身體向巨蟒巢穴倒飛而去。

巨蟒撞擊之下，那柄重劍從牠的左頰洞穿而出。身負重傷的巨蟒已經被仇恨蒙蔽，牠不顧一切地向胡小天衝去。胡小天本想趁機逃入水潭，卻想不到被巨蟒反而撞入水道深處，這沉重的撞擊卻沒有對他造成過於深重的傷害，他全速向巨蟒巢穴的方向游去。

巨蟒在後方死命追趕，因為巨蟒受創太重，游走的速度明顯受到了影響，始終無法拉近和胡小天之間的距離。

胡小天爬出水道，沿著泥濘的蛇洞向巨蟒巢穴亡命跑去，雖然經歷了連番生死搏鬥，可是他卻沒有一絲一毫的疲憊感，不知是求生的意志將他的潛能完全激發出來，還是他吃了那異果的緣故。巨蟒隨後爬入蛇洞，牠在蛇洞中游走的速度明顯慢了下來，泥土的阻力要比水大得多，更何況巨蟒的腹部已經幾近完全被劃開。

胡小天逃回巨蟒的巢穴，卻見巨蟒越行越慢，應該是力量就快枯竭的緣故。胡小天心中暗喜，拿起此前找到的長刀，決定和巨蟒做最後一搏。

巨蟒綠幽幽的雙目卻盯住原來生長那棵植物的地方，當牠發現植物已經不見，頓時陷入了癲狂狀態，速度瞬間提升，渾然不管內臟已經流滿一地。巨蟒來到那種著植物的地方，拚命用頭顱去鑽開淤泥，試圖尋找那紅色的果實，可別說果實，連一個葉片都沒剩下。

胡小天看到巨蟒瘋狂在泥濘中翻騰，知道那紅色異果對巨蟒的意義極其重大。巨蟒在泥濘中扭動得越來越弱，終於僵直了身體一動不動。

胡小天擔心這巨蟒詐死，揮動長刀將巨蟒流出的內臟斬斷，然後又揮刀去劈砍牠的身體，長刀劈斬在巨蟒身上卻沒有留下絲毫印記，反而將刀刃都捲了。

胡小天抬腳踢了紫色巨蟒幾下，看到牠仍然不動，這才壯著膽子來到巨蟒頭前，揚起拳頭照著巨蟒的腦袋蓬！蓬！蓬！又是三拳，竟然傳來骨骼碎裂之聲，胡小天卻沒有感覺到絲毫的疼痛，他有些納悶地望著自己的拳頭，皮都沒破，自己竟然憑藉著拳頭將巨蟒堅硬的腦殼給擊碎？真是不可思議，難道自己剛剛吃下去的當真是什麼難得一見的仙果，吃完之後力量倍增？

胡小天搖了搖頭，此事以後再說，他掰開蟒蛇的大嘴，將那柄重劍從蟒蛇嘴裡抽了出來。憑直覺感覺到這蟒皮應該是好東西，可是這麼重的東西想要帶走並不容易。胡小天想了想還是先離開這裡再說，等見到周默等人之後，再考慮來這裡剝離蟒皮。

沿著來時的道路重新游入水潭之中，胡小天此時內心中的感覺用幸福都難以形容，死裡逃生，足以證明自己福大命大，只是不清楚現在自己變成了什麼模樣。

水中又飄來一朵粉紅色的螢光，胡小天看到那水母又來了，慌忙加快了游離速度，可仍然被水母趕上，只是水母再度湊近他的身邊竟然沒有發動攻擊。胡小天得以順利浮出了水面。

胡小天爬到岸上，此時遠方的天空已經現出了一絲魚肚白，黎明就要到來，天就快亮了，胡小天剛才在黑暗不見五指的地洞中都可以視物，更不用說這樣的光線下，他向周圍望去，感覺自己的目力提升了一倍不止，傾耳聽去，可以聽到山風的聲音，樹葉輕輕落地的聲音，小草舞動的聲音，甚至連昆蟲在草葉間騰躍的動靜都逃不過他的耳朵，周圍應該沒有人在。

胡小天首先想起了唐輕璇，不知她怎樣了，昨天因為吃了迷藥脫得赤身裸體撲入自己懷中的情景仍然歷歷在目，胡小天暗歎，老子果然是個君子，暖玉溫香，投懷送抱，我居然都能把持得住，比柳下惠還要柳下惠。

唐輕璇不知去了哪裡？還有件麻煩事，衣服也不知去了哪裡？胡小天來到昨晚脫衣服跳水救人的地方，發現衣服早就沒有了，甚至連布條都沒剩下一個，他又在周圍找了找，總算在草叢中找到了一件破爛衣袍，看樣子是唐輕璇的，不過這妮子昨天意亂情迷的時候扯衣服扯得夠乾脆，根本無法蔽體，看來唐輕璇應該是把自己的衣服穿走了。

胡小天當然不會在乎一套衣服，和撿回來一條性命比起來衣服算什麼，臉皮算什麼？這貨來到水潭邊，看了看水中的倒影，發現自己的皮膚竟然變成了棕黑色，如同煙薰火燎，即便比不上非洲黑人，可跟印度阿三相比也沒多大的區別了。

胡小天歎了口氣，估計都是那顆紅色異果的緣故，雖然排毒可是也把自己給毀容了，這幅模樣走出去，估計也沒幾個人認得自己。

胡小天辨明了雍都城的方向捺開大步走了過去，沒走幾步卻聽到遠處傳來人聲，胡小天生怕遇到敵人，向一旁的大樹上竄去，這一躍輕輕鬆鬆就躍起一丈多高，把胡小天自己嚇了一跳，乖乖了不得，我什麼時候變得這麼厲害了？雙手抓住樹枝，宛如靈猿一般竄到樹叢之中。

胡小天舉目望去，卻見遠處有兩名漢子走了過來，兩人雖然都穿著漢人的服裝，可是從兩人的外表來看全都是黑胡人，其中一名黑胡人道：「剛剛還看到那匹馬，怎麼這會兒又不見了蹤影？」

另外一人道：「掌櫃的做事實在是太苛刻，讓咱們不眠不休地在這一帶尋找，他自己卻回去睡覺了。」

兩人說的都是胡語，胡小天當然聽不懂，看到兩人從樹下經過，胡小天飛身從樹上撲了下去，雙手抓住那兩人的頭顱向中間一撞，因為擔心對方反抗，所以胡小天這下也用盡了全力，蓬！的一聲，兩名黑胡漢子腦袋重重撞在一起，這一下竟然將兩人撞得腦漿迸裂一命嗚呼了。

胡小天也沒打算大開殺戒，只是想把兩人給撞暈了，可是他現在根本無法精確控制自己出手的力量，想不到用力過猛，一下就幹掉了兩個。胡小天摸了摸兩人的頸側動脈，確信兩人都已經死亡，詫異於自己臂力的強大，在過去他可沒有這樣的本事，不過做了就做了，也沒什麼好惋惜的，這幫黑胡人根本不值得同情。

胡小天迅速從一個身材與自己相仿的黑胡人身上扒下衣服穿好，然後拖著兩人的屍體直接扔到了水潭裡，他發現自己的力量提升了絕對不止一倍，過去要費盡力量的事情現在信手拈來根本毫不費力。

整理停當，重新將那柄大劍背好了，胡小天向山下行去，他擔心和前來搜查的黑胡人迎面遇上，所以儘量選擇林間，密林之中草木重生，胡小天用大劍開路，那大劍在手中輪番飛舞，卻沒有感到雙臂氣力有任何衰竭的徵兆。

來到半山腰，胡小天鑽出了密林，山勢已經變得平緩，朝陽從東方的天空緩緩探出頭來，金色的陽光灑滿山坡。胡小天舒展了一下雙臂，心中真是快慰到了極點，想起唐輕璇和小灰不知去了何方？也不知道是不是落入了那幫黑胡人的手中。胡小天將手指含在唇間吹了一個響亮的呼哨，這是他和小灰之間溝通的獨有方式。

尖銳的呼哨聲隨著清晨的山風遠遠送了出去，甚至連呼哨都變得空前響亮，胡小天向四周望去，擔心自己的這聲呼哨沒有將小灰招來，反而會招來一幫敵人。

讓他驚喜的是，遠方一道灰色的閃電從山林深處衝了過來，分開野草，又如一道電弧般奔到自己的面前，不是小灰還有哪個？胡小天笑著迎了上去，小灰在奔行到胡小天面前十丈左右的地方卻突然放緩了腳步，眼前這個黑乎乎炭團一樣的小子難道就是自己的主人？

胡小天又吹了一個呼哨，喚道：「小灰，是我！」

小灰這才敢斷定眼前人就是胡小天，牠驚喜萬分，再次奔行到胡小天面前，親呢地用頭顱用力蹭著胡小天的身軀。胡小天摸了摸牠頸部的鬃毛，用前額抵在牠的額頭上，共同經歷生死，一人一騎的感情越發深厚。

胡小天看到唐輕璇並不在牠的身邊，正想詢問，小灰卻低下頭去，示意他騎到自己的背上。

胡小天翻身上馬，小灰甩開四蹄向遠處的山林奔去，帶著胡小天來到牠剛剛藏身的地方，胡小天翻身下馬，卻見唐輕璇被藏在草叢之中，她穿著自己的衣服，躺在地上已經昏迷，臉上微微有些浮腫，不過比起自己昨晚的慘狀要好上不少，皮膚上也有不少紅色的小點。胡小天探了探她的鼻息，確信她仍然還有命在，心中暗暗驚喜，這才將唐輕璇抱上馬去，摟著她向雍都城的方向狂奔而去。

胡小天雖然撿回了一條性命，可是他卻並不知道如何救治唐輕璇，他是外科醫生，在解毒方面並不是他的所長。小灰帶著胡小天從狗頭山一路狂奔，只用了不到半個時辰就已經進入了雍都，胡小天沒有選擇返回起宸宮，而是帶著唐輕璇直奔神農社。

神農社負責守門的弟子也沒有認出這個黑炭團就是他們的貴賓胡小天，以為只是前來求醫的病人，上前想要攔住他，胡小天卻大吼道：「讓開，我找玉城兄！」

神農社弟子聽到他張口就叫出柳玉城的名字，聽聲音也有些熟悉，樊玲兒聽到動靜也趕了出來。

胡小天大聲道：「玲兒，我是你胡叔叔！」

樊玲兒從聲音中聽出此人就是胡小天，可這長相怎麼變成了這幅模樣？簡直就是從炭堆裡面扒出來的。樊玲兒充滿迷惑道：「胡叔叔？」

胡小天點了點頭道：「對，胡小天！我要見柳先生！」

這會兒樊玲兒的父親，神農社大師兄樊明宇也聞聲出來，看到胡小天這幅模樣也驚得目瞪口呆。柳玉城並不在神農社，他和胡小天在昨日就約好，今晨一早前往長公主府為長公主薛靈君做重瞼術，所以他準時赴約前往，絕對沒有想到胡小天卻因為有事耽擱了。

樊明宇看到胡小天懷中的唐輕璇，頓時明白事態嚴重，低聲道：「胡大人跟我來。」

換成外人，神農社弟子絕不會輕易放他去見柳長生，可是胡小天對神農社有恩，又是柳玉城的好朋友，他有事相求自然例外。

柳長生的腿傷已經恢復了不少，此時正坐在輪椅上欣賞著自己小院中的花木，聽到外面陣陣嘈雜之聲不由得皺起了眉頭，他素來喜歡清靜，最討厭別人打擾這得之不易的寧靜。

胡小天的聲音已經在外面響起：「柳先生！」

柳長生皺起的雙眉復又舒展開來，胡小天這麼早來神農社到底為了什麼事？不對？他此時不是應該在長公主府上嗎？他明明和玉城約好了一起前往長公主府的？怎麼會來到神農社？

胡小天抱著唐輕璇來到柳長生面前的時候，柳長生一切都已經明白了。他讓胡小天將唐輕璇抱到西廂，將她放在床榻上，伸手探了探唐輕璇的脈門，迅速做出了判斷：「是中毒！」

胡小天將唐輕璇此前的遭遇說了一遍，柳長生聽到那水潭中宛如桃花一樣的水母，兩道濃眉皺起，沉聲道：「明宇你去取一顆九轉洗血丹過來。」

胡小天此前聽說過九轉洗血丹的名字，而且柳玉城還曾經給過他一瓶，不過他並沒有隨身攜帶。

柳長生又讓人準備一盆熱水，等洗血丹取來，先餵她服下，這邊熱水也已經準備好了，柳長生選了數十種藥材讓人煮好將藥湯倒入浴桶之中，再讓胡小天將唐輕璇抱入浴桶內浸泡。一來為了清除唐輕璇體內的毒素，二來也可以幫助她化去體內的迷藥。

一切做完之後，柳長生讓樊玲兒在這裡守著，和胡小天來到隔壁房間內，低聲詢問胡小天到底發生了什麼事情。胡小天這才來得及將前後經過全都告訴了柳長生，柳長生聽說那黑胡人如此卑鄙也是義憤填膺，看到胡小天這黑炭團一樣的皮膚，柳長生道：「小天，你這身上的肌膚怎麼變成了這種顏色？」

胡小天歎了口氣道：「此事說來話長。」他將自己在水潭之中被蟒蛇追殺險些喪命的事情說了一遍。

柳長生聽完也覺得此事實在太過離奇，他低聲道：「那種水母我倒是知道，通常被稱為新月水母，往往在月夜出現，不但吸食人血，而且體內含有毒素，在吸血的同時將毒素注入人的體內，只是這種水母往往分佈在大雍東北部，喜歡極寒的水域，卻想不到在雍都附近就有。」

胡小天想起那水潭冰冷的溫度，生存這種新月水母也不稀奇。

至於水中蟒蛇柳長生也是聞所未聞，聽說胡小天也被水母螯過，也幫他檢查了一下脈息，發現胡小天的身體並無異樣，柳長生嘖嘖稱奇，應該是胡小天的身體對這種新月水母毒素擁有天然的抵抗力，至於胡小天蒙上的這層黑皮他也不知是什麼原因。

胡小天將唐輕璇委託給柳長生照顧，第一時間前往了南風客棧。

南風客棧那邊也已經得到了消息，胡小天從昨天出門一直至今未歸，周默一群人也分頭開始尋找，留在客棧中坐鎮的是熊天霸，看到胡小天進來他也是一驚，第一個念頭就是這那裡冒出來的小子，居然比我還黑。

胡小天道：「熊孩子，我是你胡叔叔！」他慌忙表明身分，生怕這個愣頭青不分青紅皂白，向自己出手。

熊孩子眨了眨眼睛，怎麼看都不像是胡小天，咧嘴冷笑道：「哪裡來的大膽狂徒、居然敢冒充我胡叔叔，找死，看拳！」話音未落已經是一拳向胡小天當胸打了過來。

胡小天知道這小子向來少根筋，所以第一時間聲明了自己的身分，卻沒有想到熊孩子說打就打，出手如此果斷，而且熊天霸拳速奇快，轉瞬之間已經來到面前，胡小天的身後就是大門，再想躲避已經來不及了。緊急關頭，胡小天伸出黑黝黝的拳頭向熊孩子迎擊而去，雙拳相撞，發出蓬的一聲巨響，兩人手臂的肌肉都在瞬間繃緊，宛如鐵鑄，彼此的力量在拳峰相撞的剎那完全爆發，以此為中心點一股強大的氣流向周圍輻射而去，壓榨得周圍的空氣向四方排浪般擠壓開來，身邊的桌椅傢俱因為承受不住氣浪的逼迫一個個翻倒在地。

胡小天從未想過自己竟然能夠硬碰硬接下熊孩子的一拳，要知道這廝天生神力，和黑胡大力士拉罕相比都佔據絕對上風，更何況是自己。

熊天霸這一拳雖然沒有用盡全力可是也使了七分，想不到居然被對方硬碰硬擋住了，自己絲毫沒有占到便宜，這貨心中那個驚奇啊，嘖嘖讚道：「好小子，有兩下子。」

胡小天大聲道：「傻小子，我是你胡叔……」

「我是你叔，哇呀呀真是氣死我也！」熊天霸怪眼一翻，揮拳準備再度攻上去，這次他決定用盡全力，不留一份力道。

胡小天真是哭笑不得，跟這個傻小子真是拎不清，正準備施展躲狗十八步來避其鋒芒的時候，卻聽門外傳來周默的斥責之聲：「熊孩子，住手！」

熊天霸這才停下攻擊，雙目仍然充滿警惕地盯住胡小天，顯然是將他當成大敵對待。

周默從背影已經看出是胡小天，可是當他看清胡小天的那張面孔，內心不由咯噔一下子，這黑小子是誰？居然比熊孩子還要黑？

胡小天道：「大哥！我是小天啊！」

周默從聲音中這才斷定眼前人是他的拜把兄弟胡小天無疑，又仔細打量了胡小天兩眼，嘖嘖稱奇道：「三弟的易容術果然高明，怎麼染成了黑炭團似的，不過這樣子實在是有些招搖啊。」

胡小天暗自苦笑，既然說自己是易容那就易容吧，現在也沒時間解釋。他向周默道：「唐鐵漢出事了！」

周默微微一怔，胡小天簡單將唐家兄妹被人設計劫走的事情說了，周默和唐鐵漢交情匪淺，聽聞他被黑胡人劫走，馬上道：「二弟出城辦事尚未回來，來不及通知他了，咱們先去救人！」當下他讓熊孩子叫了梁英豪，四人一起向胡小天所說的莊園趕去。

還沒等他們趕到地方，就看到那莊園的方向燃起了衝天大火，胡小天頓時感覺到不妙，來到近前，發現整個莊園已經被人付之一炬，裡面自然不可能再有什麼人留下，看來札紈已經預料到他們會搬來救兵，所以提前轉移，胡小天望著那熊熊燃燒的大火，不由得皺起了眉頭，卻不知唐鐵漢現在是死是活？

胡小天讓梁英豪留在附近觀察動靜，其他幾人重新回到城內，胡小天這身黑黝黝的皮膚自然引起了不少人的關注，很多人都將這貨當成了異域來客。周默心想三弟易容就易容，不過這妝畫得也太招搖了一些，還好沒人認出他是胡小天。

幾人回到了南風客棧，聽聞蕭天穆已經回到了寶豐堂，於是胡小天和周默兩人前去和他相見。

蕭天穆看不到胡小天現在的尊容，所以不會感到任何驚奇，他也正在為胡小天這一夜不知所蹤而感到擔心，畢竟這裡是大雍，表面上風平浪靜，實則暗潮湧動，更何況黑胡使團來到了雍都，胡小天此前又在長公主府得罪了黑胡四王子完顏赤雄，和胡小天一樣先後失蹤的還有唐鐵漢兄妹，這一夜他們派出了不少的人手尋找，卻始終沒有得到半點消息。

胡小天喝了杯茶，這才將自己昨天的經歷簡略說了一遍，兩位結拜兄長聽完都因為他的這番經歷而感到驚心動魄。

蕭天穆道：「居然會有這樣神奇的遭遇？」

胡小天點了點頭道：「連我也覺得不可思議呢，這柄劍就是我從蛇洞中找到的。」他從背後摘下那柄大劍首先遞給了周默。周默接了過去，入手極其沉重，至少要有五十斤的份量，劍身烏沉沉沒有任何的光澤，雖然長期被埋藏在不見天日的淤泥之中，大劍周身並沒有一絲一毫銹蝕的地方，鋒芒並不銳利，劍身之上帶有魚鱗般的紋路，劍鍔劍柄和劍身為一體打造而成，不過劍鍔之上的圖案略有不同，劍柄用黑色蟒皮包裹，已經有所磨損。

周默單手握住大劍在空中虛砍了一記，驚詫於這柄劍的份量，豎起劍身，左手中指屈起在劍身之上彈了一記，劍身發出嗡嗡的顫抖聲，周默低聲道：「玄鐵劍！這柄劍乃是玄鐵鑄成。如果我沒看錯，這柄劍應該是劍魔東方無我曾經用過的兵器。」

胡小天愕然道：「劍魔東方無我？」心中卻有些詫異，不是獨孤求敗嗎？

蕭天穆在一旁聽得清楚，雙耳顫動了一下，低聲道：「大哥，那劍身之上是不是有魚鱗狀的紋路？長四尺五寸，寬五寸三分？劍脊厚有一寸五分？」

周默點了點頭道：「不錯！」

「你將劍柄上包裹的蟒皮解開，看看裡面是不是刻有字跡？」

周默按照他的話，用小刀挑開包裹劍柄蟒皮的縫線，將裡面暴露出來，劍柄之上果然有字。

蕭天穆道：「上面是不是有誅天二字？」

胡小天定睛望去，上面果真有誅天兩個字，不過一面刻字，另外一面卻有一個小小的凹槽，形狀猶如一個風乾的鱉殼，蕭天穆雙目已盲，從頭到尾他連碰都沒有碰過這柄劍，卻將一切細節說得如此清楚，如同親眼所見一般。胡小天充滿詫異道：「二哥怎麼知道？」

蕭天穆道：「不錯！這柄劍就是劍魔東方無我曾經用過的誅天。」

周默道：「那東方無我早在五十年前就已經失去了下落，他所用的兵器為何會出現在這裡？」

蕭天穆道：「東方無我六十年前就已經劍道大成，根本無需使用兵器，這把劍被他傳給了最心愛的弟子藺百濤。」

周默道：「可是劍宮主人藺百濤？大雍百年來難得一見的武學奇才？十六歲就已經躋身大雍一流劍手之列，二十歲仗劍橫掃大雍無敵手的那個？」

蕭天穆點了點頭道：「正是他，他被東方無我收為傳人，東方無我將之視為衣缽傳人，將自己的獨門劍法誅天七劍傳給他的同時，也將自己珍愛的玄鐵劍傳給了他。」

胡小天道：「難怪藺百濤可以在二十歲就能夠橫掃大雍無敵手。」

蕭天穆卻搖了搖頭道：「他憑著三尺青鋒橫掃大雍之時還沒有拜劍魔為師。」

胡小天咋舌不已，這麼說藺百濤是在二十歲以後才被東方無我收為弟子，學會了誅天七劍，那豈不是他的劍法更進一層？

蕭天穆道：「藺百濤二十三歲的時候就創立劍宮，被尊為劍宮始祖，他和大雍皇室素來交好，受大雍皇帝的委託前往刺殺黑胡可汗完顏鐵鏜，而那時正是大雍國運飄搖之時，大康和黑胡私下達成默契，從南北分別夾攻大雍，大雍雙線戰事告急，如果這種狀況持續下去，只怕大雍就有亡國之憂。藺百濤臨危受命，孤身潛入黑胡，隱姓埋名半年終於獲得刺殺完顏鐵鏜的機會，因為完顏鐵鏜有寶甲護體，所以當場沒有將之殺死，可是劍氣也重創了完顏鐵鏜的肺腑，三個月之後，完顏鐵鏜死於非命。」

周默也聽說過這個典故，他撫掌讚道：「藺百濤真乃英雄是也！」

蕭天穆點了點頭道：「可以說如果沒有藺百濤當初的力挽狂瀾，就沒有大雍的百年基業，五十多年以前大雍或許就已經滅亡，更不會有今日之強盛。」

胡小天道：「那藺百濤後來如何呢？」

蕭天穆道：「藺百濤回到大雍之後就閉門謝客，潛心練劍，黑胡當然不會輕易放下這深仇大恨，他們一面和大雍議和，一面派人在大雍皇帝面前進言，那大雍皇帝禁不住讒言，擔心藺百濤會對他不利，竟然下令讓藺百濤解散劍宮。藺百濤無奈之下，為表忠心，只能解散劍宮，而他也因此對朝廷心灰意冷，獨自一人離開雍都，他前腳離開雍都，馬上就有人將他的行程通報給了黑胡方面。黑胡國師提摩多親自率領黑胡八大高手前來復仇，誅殺劍宮弟子數百，藺百濤後來和提摩多等人在雍都城外展開了一場血戰，當場殺死黑胡五大高手，那一戰過後，黑胡國師和另外三大高手連同藺百濤一起全都失去了下落。」

胡小天心中暗歎，功高蓋主，看來古今中外當皇帝的果然沒有幾個好東西，鳥盡弓藏，兔死狗烹的事兒絕對是這幫上位者的拿手好戲。

周默道：「自古英雄多落寞，藺百濤為大雍如此付出，最後卻落得這樣淒涼的下場實在讓人惋惜。」

蕭天穆道：「想殺藺百濤的不僅僅是黑胡人還有大雍當時的那位皇帝，藺百濤神秘失蹤之後，有人說他和黑胡高手同歸於盡，也有人說他從此隱匿山林忘情於江湖，直到他失蹤一年之後的某一天晚上，大雍皇宮突然有人潛入，一劍將大雍皇帝的御書房劈去了半間，此等聲勢何其駭人。」

周默道：「莫非是劍魔東方無我為他的徒弟尋仇來了？」

蕭天穆道：「很多人都這樣說，可是沒有任何人看到那人的樣子，只是在那晚之後不久，大雍皇帝重建劍宮，將遺散的劍宮弟子重新請回，又在劍宮內為藺百濤鑄造銅像尊其為劍神，諡號護國宗師。」

周默低頭看了看那柄誅天劍，低聲道：「想不到這柄劍竟然輾轉落在了三弟的手裡。」

胡小天道：「如此說來，這把劍還是個不大不小的麻煩呢。」

蕭天穆點了點頭道：「這柄劍絕不可以輕易暴露人前，若是讓劍宮的人知道，必然會找你討要，還給他們也不算什麼大事，就怕他們不依不饒，再追著你詢問這柄劍的來歷，那可就有了理不亂斬不斷的麻煩了。」

胡小天抿了抿嘴唇，他現在事情已經夠多，可不想再有什麼麻煩。向蕭天穆道：「勞煩二哥將此劍幫我收起來。」

蕭天穆笑道：「那我就先幫你收起來，等你返回大康之後再交給你。」寶豐堂現在做的就是大雍和大康之間的水陸生意，每月都有幾船貨物往返兩地，想要將一把劍運走實在是再簡單不過的事情。

蕭天穆道：「你昨晚所遇到的那紫色蟒蛇很可能就是紫電巨蟒，我過去也以為這種生物只是存在於傳說之中。」

胡小天對巨蟒極其好奇，馬上尋根問底。

蕭天穆道：「我曾經聽老師說過，北烏山中藏有紫電巨蟒，紫電巨蟒極有靈性，壽命可長達五百年，這種生靈凶悍霸道，嗜血成性，但是性情高傲，從不吃死物，牠嗅覺極其靈敏，可以辨別數千種藥草的味道，往往發現紫電巨蟒的地方都會有風雲果的存在。」

「風雲果？」

蕭天穆低聲道：「金鱗本非池中物，一遇風雲變化龍！傳說中紫電巨蟒吞下風雲果之後就會頭生雙角，化身為蛟，從此可以褪下一身蟒皮，脫離黑暗深淵，翱翔天際舞弄風雲。」

胡小天心中暗忖，蕭天穆所說的雖然是傳說，可這一切卻完全契合了自己在深潭之中的所見，胡小天雖然將自己的經歷說給他們聽了，可是並沒有說起自己吃下異果的事情，並不是胡小天心機深沉，而是他做任何事都習慣於有所保留。胡小天道：「傳說中的事情未必可信，如果牠真是什麼紫電巨蟒，可以變化成龍，我又怎能輕易將牠殺死？」

蕭天穆道：「這世上很多的事情都講究機緣二字，三弟素來福大命大，別說是那紫電巨蟒尚未變化成蛟，就算牠已經變成蛟龍，興許仍然是死路一條。」

周默笑道：「不錯，紫電巨蟒是一條草龍，興許我三弟是一條真龍呢。」

胡小天聽他這樣說不由得汗顏：「大哥千萬不要取笑我了，兄弟我殺死那條大蟒純屬瞎貓撞上了死耗子。」

蕭天穆道：「那紫電巨蟒周身都是寶物，兄弟是否還記得將牠的屍體拋在何處？千萬不要白白浪費了這個機會。」

胡小天點了點頭道：「我此前也想到過，不過那條蟒蛇實在太過巨大，我手頭也沒有襯手的東西扒皮，等解決唐鐵漢的事情，準備和大哥一起潛入水潭。」

周默笑道：「好！」

蕭天穆道：「你剛剛說那些黑胡人抓唐氏兄妹的目的是為了《寶駿奇錄》？」

胡小天道：「我聽他們是這樣說。」

蕭天穆道：「那《寶駿奇錄》乃是五百年前的相馬天師伯寵西所編撰，可謂是相馬第一神書，意義頗為重大，不過那本書據說早已失傳，難道真落在了唐家手裡？」

胡小天道：「此事我也不甚清楚。」

周默對唐鐵漢還是有些瞭解的，他歎了口氣道：「唐鐵漢那人的脾性我還是有些瞭解的，三杯酒下肚，牛皮吹得比天還大，真要是擁有《寶駿奇錄》，他早已成為天下第一的相馬師，何必混在康都馬市當一個欺行霸市的馬販子？」

蕭天穆道：「是真是假，你去問問唐輕璇就能夠知道，照我看黑胡人暫時不會對唐鐵漢下毒手，他們想要的是《寶駿奇錄》而不是人命。三弟，你去找唐輕璇落實這件事情。」

胡小天拱了拱手轉身離去。

周默主動請纓道：「我和你一起過去。」

胡小天笑道：「不用！我現在這個樣子沒人認得我。」

周默朝胡小天臉上看了看，他說得沒錯，臉黑得跟炭團似的，他不說話連自己這個當大哥的都認不出來，更不用說別人了。

再度來到神農社，柳玉城已經從長公主府回來，他第一眼也沒認出這黑乎乎的小子居然是胡小天，辨明身分之後，抓住胡小天的手臂叫苦不迭道：「胡兄弟，你這下可惹了大麻煩了，長公主因為你爽約的事情大發雷霆，正在滿世界找你呢。」

胡小天哪有時間顧得上薛靈君的感受，笑道：「讓她找去，唐輕璇醒了沒有？」

柳玉城搖了搖頭，指著胡小天臉上道：「你這臉上塗了什麼？」

胡小天道：「我也不清楚，昨晚被新月水母螫過以後就變成了這個樣子，跟印度阿三似的。」

柳玉城聽不懂印度阿三是什麼意思，好心建議道：「你去洗洗啊，或許用熱水泡泡就好了。」

胡小天道：「不急！」經歷生死劫難之後，反倒對外表並不是那麼的重視了。

此時忽然看到樊玲兒欣喜萬分地跑了過來：「師叔，唐姑娘醒了，唐姑娘醒了！」

胡小天和柳玉城對望了一眼，臉上都露出喜色。

胡小天來到唐輕璇休養的房間內，看到唐輕璇已經醒了過來，躺在床上，蒼白的俏臉上仍然有許多紅點，不過顏色已經不像此前那樣鮮紅，漸漸開始褪色。

唐輕璇看到胡小天進來先是吃了一驚，聽到胡小天的聲音之後方才認出他來，含淚叫了一聲：「胡大哥……」就馬上泣不成聲了。

胡小天心想你這丫頭叫大哥叫順口了，我可不是你大哥，論年紀我才十七比你小，不過要是兩輩子加一起，你叫我叔叔都有餘。他低聲安慰唐輕璇道：「沒事了，咱們總算逃出來了。」

唐輕璇一邊抹淚一邊道：「我大哥呢？」

胡小天道：「他被那幫黑胡人帶走了，我剛剛帶人去莊園尋找，那莊園已經被人付之一炬，想來是那幫黑胡人擔心咱們回去找他們，所以提前轉移了地方。」

唐輕璇憂心忡忡道：「我大哥豈不是危險了？」

胡小天道：「那倒未必，畢竟那些黑胡人想要的是《寶駿奇錄》，一天沒有拿到這本書，他們就應該不會傷害你大哥的性命。」

聽胡小天這樣說，唐輕璇內心稍安，她秀眉微顰道：「可是我大哥根本沒有什麼《寶駿奇錄》，那本書的名字只是聽我爹提起過，連我爹都無緣一見，我們又如何拿出什麼《寶駿奇錄》給他們？」

胡小天看唐輕璇應該沒有騙他，他想了想道：「而今之計，咱們必須要讓黑胡人相信《寶駿奇錄》就在咱們的手中，以此作為交換條件，換回你大哥的性命。」

唐輕璇此時也沒有其他的辦法，唯有聽從胡小天的安排，她點了點頭道：「你怎麼變成了這個樣子？是不是因為救我的緣故？」她忽然想起昨晚自己赤身裸體的樣子，俏臉一陣發燒，不知昨晚他們兩人之間到底發生了什麼？自己在神志不清的情況下該不會做出什麼不知羞恥的事？果真如此，自己這輩子就再也沒臉見人了。

胡小天從唐輕璇羞赧的表情已經猜到她此時心中所想，對昨晚發生的事情自然是隻字不提，他笑道：「我這是易容，唐姑娘，你且留在神農社安心休養，其他的事情只管交給我去做，你放心，我一定能夠救出你大哥。」

唐輕璇望著胡小天真摯的雙目，芳心中感動到了極點，心中暗暗道，若是你能夠救出我大哥，你讓我做什麼我就做什麼？想到這裡又有些窘迫難當，螓首低垂下去，潔白如玉的粉頸已經蒙上一層嫣紅。

胡小天離開房間，柳玉城在外面等著，迎上前來道：「怎樣？」

胡小天道：「柳大哥，我得先回起宸宮一趟，唐姑娘這邊勞煩你多多照顧。」

柳玉城道：「可長公主那邊讓我見到你，馬上帶你過去。」

胡小天道：「我有要事在身，她的事情以後再說。」他正準備離開，柳玉城卻指著他的面孔，臉上露出驚詫莫名的表情。

胡小天感覺臉皮癢癢的，伸手撓了撓。

柳玉城道：「你的臉……」

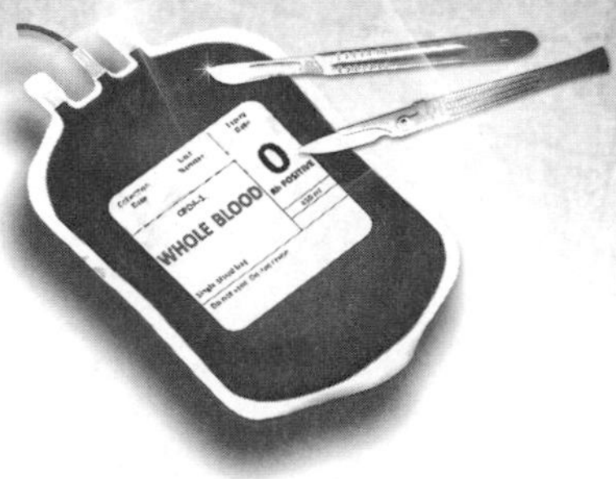

第九章

寶駿奇錄

胡小天心中暗忖，夕顏和李天衡究竟是什麼關係？
她無論武功心計全都超人一等，
那本《寶駿奇錄》對她而言應該沒有什麼用處，
她之所以想要，無非是想得到《寶駿奇錄》之後將之送給李天衡，
如果真有那麼一本書，的確會成為天下群雄爭搶的對象。

胡小天一撓之下將臉上的黑皮竟然搓開了一大塊，露出的肌膚潔白如玉，和周圍的黑皮對比更顯得黑白分明。見到柳玉城如此驚奇，胡小天趕緊走到牆角水缸旁向裡面望去，看到自己的古怪模樣，連他也不由得頭皮一緊，隨手又搓了幾下，臉上的黑皮大塊剝落下來。

柳玉城將他帶到自己的房間內，讓人準備了一桶熱水送了進來，胡小天脫下衣服跳了進去，浸泡熱水之後，身上的黑皮一搓就掉，沒費多大功夫已經將身上的那層黑皮完全搓了下來，恢復了他昔日的容貌，只是比起過去似乎白了許多。褪去這身黑皮之後，頓時變成了面如冠玉，丰神玉朗的美少年，感覺通體舒泰，神清氣爽。換上柳玉城為他準備的衣服，來到外面。

柳玉城不知胡小天昨晚的這番經歷，還以為胡小天當真是用了某種易容術，讚道：「胡兄弟的這身易容術真是玄妙，別人易容只是改變面貌，你居然可以改變全身膚色。」

胡小天有些無語了，這壓根就不是什麼易容。不過現在也只能將錯就錯，好在已經恢復了過去的容貌，比起過去成為更標準的小白臉，想要將這身皮膚曬黑恐怕需要一番努力了。

辭別柳玉城來到門外，胡小天並非沒有線索，當時參與追擊他和唐輕璇的還有黑胡猛士拉罕，說不定這件事的背後和黑胡四王子完顏赤雄也有牽連，胡小天思來想去，還是先去找夕顏商討一下，這妮子陰謀詭計最多，說不定能夠想出妥善的解決辦法。

胡小天失蹤了一天一夜，在起宸宮內倒是沒有掀起太大的波瀾，夕顏也沒什麼好臉色給他，冷冷道：「你倒是逍遙自在？說！這一天一夜跑到哪裡風流快活去了？」

胡小天向夕顏走近了一步，低聲道：「唐鐵漢被黑胡人抓走了。」

夕顏聞言微微一怔，秀眉微揚道：「好端端地黑胡人為什麼要抓他？」

胡小天將前後經過告訴了夕顏，夕顏冷笑道：「他自己作死怪得誰來？匹夫無罪懷璧其罪，這麼簡單的道理都不懂。」

胡小天道：「現在責怪他也無用，唐鐵漢落在黑胡人的手中，咱們總不能坐視不理。」

「咱們？」夕顏的妙目瞥了他一眼道：「這件事跟我有什麼關係嗎？」

胡小天道：「大家同坐一條船，總不能見死不救。」

夕顏道：「你好像是在威脅我啊。」

胡小天道：「不是威脅，只是就事論事，在你眼中唐鐵漢或許只是一個微不足道的小人物，可是他手中的這本《寶駿奇錄》卻意義非凡。」

「一本餵牲口的書罷了，又不是什麼兵法秘笈。」夕顏對此嗤之以鼻。

胡小天道：「你千萬不要小看這本書，如果被黑胡人得到，他們的騎兵本來就厲害，得到這本書之後肯定會如虎添翼，到時候數十萬鐵蹄揮師南下，你以為中原的這些勢力能夠抵抗得住？」胡小天算準了夕顏和西川李氏關係緊密，必然會在乎李氏的利益，所以才會這樣說。

夕顏道：「幫你救他，我能有什麼好處？」

胡小天笑瞇瞇道：「你想要什麼好處？」

夕顏嫩白的十指交織在一起，輕聲道：「救出唐鐵漢之後，讓他將那本《寶駿奇錄》交給我。」

胡小天心中暗忖，夕顏和李天衡究竟是什麼關係？她無論武功心計全都超人一等，那本《寶駿奇錄》對她而言應該沒有什麼用處，她之所以想要，也無非是想得到《寶駿奇錄》之後將之送給李天衡，如果真有那麼一本書，的確會成為天下群雄爭搶的對象。

胡小天道：「原本我不敢說，不過抄錄一份給你絕無問題。」他根本不相信唐鐵漢能有什麼《寶駿奇錄》，反正就是畫個大餅，糊弄一下夕顏倒也無妨。

夕顏道：「我雖然不能和你同去，不過還是能給你一些幫助……」她的話音未落，就聽到外面傳來楊璇的聲音：「胡大人在嗎？」

胡小天朗聲回應道：「在呢！」

夕顏向胡小天嬌媚笑道：「你先去看看，等會兒再回來，我有好東西給你。」

胡小天卻已經聽到外面還有人聲，雖然相隔遙遠卻並未逃過他敏銳的聽力。從那陣人聲之中，胡小天竟然輕易從中就分辨出劍萍的聲音，劍萍來了？難道她是過來興師問罪？不知長公主有沒有來？胡小天傾耳聽去，並沒有聽到長公主薛靈君的說話聲。

來到門外，看到楊璇站在那裡，向胡小天行禮道：「胡大人，長公主到了，請您去見她！」

胡小天點了點頭，這薛靈君的消息還真是靈通，自己前腳才回到起宸宮，她後腳就跟了過來，這位長公主開雙眼皮的心情究竟有多迫切！

薛靈君已經被人請到清風閣去等著，她今天明顯有些氣不順，昨兒胡小天明明信誓旦旦答應過自己，可今天卻放了自己的鴿子。為了這場手術，薛靈君特地沐浴淨身，還餓了整整一個上午，胡小天非但沒來，而且連話都沒有一句。在雍都還沒有人敢對薛靈君這樣做，薛靈君越想越是生氣。

門外響起腳步聲，胡小天已經來到了清風閣，滿臉堆笑道：「長公主殿下怎麼來了？有什麼事情只管讓人過來叫小天過去就是。」

薛靈君冷哼了一聲，一雙鳳目狠狠盯著他道：「只怕你胡大人架子太大，別人請不動你，所以本公主只能自己過來了。」

劍萍質問道：「胡大人，你明明答應了長公主殿下，可為何出爾反爾，讓長公主等了你一個上午？」

胡小天歎了口氣道：「此事說來話長，劍萍姐姐可否給我一個向長公主殿下單獨解釋的機會？」

劍萍看了看薛靈君，薛靈君使了個眼色，她這才起身離去。

等到劍萍離去之後，胡小天方才來到長公主薛靈君面前深深一揖道：「君姐，全都是小弟的不是。」

薛靈君心頭暗責，此時你知道跟我套關係了，早幹嘛去了？俏臉扭向一邊，一副不想搭理他的樣子。

胡小天道：「不瞞君姐，小天之所以爽約是因為遇到了一件麻煩事。」

薛靈君道：「什麼麻煩事？」她的目光將信將疑。

胡小天道：「君姐還記得我此前去府上參加晚宴的事情嗎？」

薛靈君當然不會忘，晚宴之上胡小天和黑胡四王子完顏赤雄發生了衝突，還因此而提前離開。胡小天為何突然會提起這件事，難道他的爽約和這件事有關？

胡小天低聲道：「我昨天下午前往朝雲匯辦事，不料被幾名胡人尾隨，我急於擺脫他們，慌不擇路竟然在狗頭山中迷失了方向，雖然我最終擺脫了他們，可是我的一名部下卻被他們抓走。」

薛靈君眨了眨雙目，將信將疑道：「真有此事？」

胡小天道：「我親眼看到那個拉罕在追我，還能有假？」

薛靈君皺了皺眉頭，胡小天說得很有可能。雖然胡小天並沒有對她完全說實話，但是胡小天的謊話說得非常可信，禁得起推敲，薛靈君道：「你是否有確切的證據是完顏赤雄所為？」

胡小天道：「我在現場並沒有見到完顏赤雄，只是見到拉罕，還有一個叫札紈的黑胡商人。」

薛靈君點了點頭道：「此事我會讓人去查，如果確有其事，我會幫你找他們討個公道。」

胡小天恭敬道：「多謝君姐關心，只是這件事是黑胡和我們之間的仇恨，我也不想君姐夾在中間為難。」

薛靈君心中一動，若是胡小天就此息事寧人也不失為一件好事，畢竟兩方都是大雍的客人，若是在他們的地盤上鬧出什麼亂子，對大雍也不好。可是以胡小天的性情卻又不像是忍氣吞聲的那種人，他的這番話難道只是在敷衍自己？薛靈君道：「可你的人被黑胡人擄走，這件事發生在大雍的地盤上，我們就不能置之不理。」

胡小天道：「我的事情，我還是有些辦法解決，相信我還有能力將那位部下救出，只是如果我能夠證明這件事的確和完顏赤雄有關，還望君姐為我出面說句公道話。」

胡小天明白，自己和完顏赤雄的份量完全不在一個等量級上，如果和黑胡使團發生衝突。大雍方面很難做到不偏不倚，這就需要有人給自己撐腰了，薛靈君無疑是最好的人選。

薛靈君點了點頭，說來說去胡小天還是想利用自己，不過他的要求也不算過分，輕聲道：「你放心，任何事都大不過一個理字。」

胡小天道：「為君姐做手術的事情只能暫且押後兩日，我現在心境煩亂並不適合做手術，手術之事來不得半點馬虎，還望君姐理解。」

薛靈君經過幾次波折，現在做重瞼術的心思已經不如過去那樣迫切，她也知道胡小天的確遇到了麻煩，並不是有意推脫。薛靈君道：「既然如此，我就先回去了，有什麼消息及時通知我。」

且不說黑胡方面可能隱藏在雍都的力量，單單是聲勢浩大的黑胡使團就已經不是胡小天他們幾人能夠應付。

胡小天雖然沒有請薛靈君直接過問，可是他卻要做好萬全的準備，聰明人從不打無把握之仗，在眼前的雍都他能夠求助的人有很多，但是可以相信的人卻又是很少，霍勝男恰恰是其中的一個。

胡小天找霍勝男的目的並非是讓她直接過問，身為大雍將領，霍勝男也不適合在這種敏感的事情上插手，胡小天要的是一條退路，一旦事情有變，希望霍勝男的娘子軍能夠介入。

霍勝男在瞭解到事情的經過之後，並沒有做太多的遲疑就答應了胡小天的要求，在對付黑胡人的問題上，兩人算得上是同仇敵愾，胡小天並沒有要求霍勝男明確立場和自己並肩戰鬥，只是要求她率領手下伺機而動。

雍都紅山會館乃是黑胡人在雍都的一個行會，相當於商會性質，諸多黑胡商人時常彙聚於此。

黑胡四王子完顏赤雄在接受大雍皇帝召見之後，特地來到這裡和幾位在雍都經商的黑胡商人見面。紅山會館的內府，完顏赤雄和黑胡商人札納盤膝相對而坐。完顏赤性放下手中大碗道：「還是家鄉的馬奶酒最有味道。」

札納微笑道：「王子殿下思念家鄉了？」

完顏赤雄道：「走到哪裡都放下不了咱們黑胡的雪山草原。」

札納道：「雪山草原雖好，可是哪比得上南國富庶繁華。」

完顏赤雄豪氣干雲道：「終有一日我黑胡既要擁有藍天綠草也要擁有繁花錦繡，札納，札納！你可願幫我？」

札納右手握拳放在心口道：「札納願為殿下效犬馬之勞！」

完顏赤雄拍了拍他的肩頭，又端起酒碗一口將碗中酒乾了，抹去唇角髭鬚上的酒漬，沉聲道：「有沒有問出《寶駿奇錄》的下落？」

札紈道：「那個唐鐵漢骨頭很硬，咬死口就是不說。」

「那就打到他說！這世上很少人會不怕死！」完顏赤雄道。

札紈歎了口氣：「都怪我一時大意，竟然被人將唐輕璇救走，不然有她在手中，唐鐵漢必然會乖乖將《寶駿奇錄》拿出來。」

完顏赤雄道：「會不會他只是說大話？」

札紈搖了搖頭道：「不可能，他在酒醉之時將寶駿奇錄的開篇說得絲毫不差，而且此人很多的見解都是得自《寶駿奇錄》。」

完顏赤雄瞇起雙目，流露出兩道充滿殺機的寒光：「《寶駿奇錄》本來就是我們祖宗留下來的東西，是漢人無恥盜走，現在咱們要回來也是天經地義。」

札紈正想說話，卻聽到外面響起拉罕洪亮的聲音：「王子殿下！」

拉罕大踏步已經走了進來，他深得完顏赤雄的信任，所以平時在完顏赤雄面前也免去了繁瑣的禮節。拉罕道：「大事不好了，我們剛剛在狗頭山上發現了兩具屍體，是我們的人！」

完顏赤雄目光一凜：「怎麼回事？」

拉罕道：「我等奉命將莊園燒掉之後，派去搜查的弟兄陸續回來，可清點之後少了兩人，於是我們又去尋找，結果在昨晚出事的水潭附近，發現了兩具屍首，他們應該是頭顱相撞而死。」

札紈驚聲道：「難道是昨晚那吃人的蟒蛇又出現了？」

拉罕道：「應該不是！我仔細檢查過屍體，他們是在毫無覺察的前提下被人用外力撞擊頭顱所致，襲擊者力氣極大，或許不次於我。」

完顏赤雄皺了皺眉頭，對拉罕的臂力他非常清楚，單就力量而言，少有和拉罕能夠抗衡者，當然那只是在過去，抵達大雍之後就遇到了熊天霸，力量更要勝出拉罕一籌，難道是他？

拉罕道：「其中一名兄弟的衣服被扒了個乾乾淨淨。」

札紈怒道：「究竟是何人如此狠辣，若是讓我抓住他，定然將他碎屍萬段方解心頭之恨。」

拉罕道：「應該是救走唐輕璇的那個男子。」

完顏赤雄點了點頭。

此時一名商會的執事走進來通報，卻是有人送了一封信進來，這封信是送給完顏赤雄的。

完顏赤雄不由得有些奇怪，自己來紅山會館的事情並未對外聲張，這封信來得的確有些奇怪。他稍一琢磨，就明白，很可能是有人在跟蹤自己。以他的身分在雍都的一舉一動想要不受人關注也難。展開那封信仔細看完，完顏赤雄的臉上浮現出怒容，他將那封信啪的一聲拍在小桌之上，怒道：「混帳東西，真是豈有此理？」

拉罕和札紈對望了一眼，都不明白完顏赤雄因何會如此憤怒。

完顏赤雄怒道：「胡小天！他要拿《寶駿奇錄》和本王交換唐鐵漢。」

札紈詫異道：「他怎麼知道唐鐵漢的事情和王子殿下有關係？」

完顏赤雄將那封信揉成一團扔給他道：「你自己看看，都是你們辦事不力，讓唐輕璇從容逃出，她認出了拉罕。」

拉罕也是一頭霧水，在他的印象中自己和唐輕璇好像沒見過面。

完顏赤雄冷冷道：「你們惹出的事情，你們自己解決。」

札紈將那封信取出攤平從頭看了一遍：「用唐鐵漢換《寶駿奇錄》，聽起來似乎很划算呢。」

完顏赤雄霍然站起身來：「就怕他們根本沒有什麼《寶駿奇錄》，利用這種方法只不過是想騙我們現身。」

札紈道：「王子殿下，這件事情他並無確實的證據，我們大可置之不理。」

完顏赤雄道：「那個胡小天算什麼東西？大雍皇帝找咱們聯盟，不知他究竟有多少誠意，這次剛好是個機會，試探一下他的底線。」他來回走了兩步，低聲道：「拉罕你讓人給我盯住大康使團的一舉一動，有任何的異動馬上稟報於我。」

「是！」拉罕領命去了。

札納道：「王子殿下，咱們究竟去還是不去？」

完顏赤雄唇角浮現出一絲冷笑道：「這是你們自己的事情，本王一概不知，不過你們當真因為這件事鬧出了人命，本王可以確保你們平安無事。」

札納拱手道：「王子殿下，我想請幽河二老出戰。」

完顏赤雄道：「他們本來就是你請來的人，本王不管這些事情。」

札納面露喜色道：「多謝王子殿下。」

霍勝男率領一支五十人的隊伍潛伏於狗頭山的密林之中，從她們所處的位置可以清晰看到那座已經淪為一片焦土的莊園。按照她和胡小天的事先約定，只要見到唐鐵漢現身，就可以出動抓人。

胡小天和周默、熊天霸三人的身影已經出現在焦土之上。熊天霸手中握著那對大錘，這貨最近對大錘的喜愛已經到了走火入魔的地步了，一邊走一邊向周默道：「師父，你看我這錘上的花紋漂不漂亮？」

周默道：「還成！」

這貨又道：「胡叔叔，你看我這大錘都寫的什麼？」

胡小天道：「黑胡人的文字我哪裡認得？」

熊天霸歎了口氣，感覺和這兩位長輩沒啥共同語言，難道他們看不出這錘上明明刻著一幅幅的錘法圖譜？

每個人看世界的角度都是不一樣的，胡小天關注的事情很難和熊天霸處在同一個點上。那柄玄鐵劍已經交給蕭天穆保存，現在所用的是姬飛花送給他的烏金刀。

周默靜靜站在胡小天的身邊，淵如山嶽，對他來說雙手就是最好的武器。

胡小天叮囑道：「今天咱們的目的是救人，不是和對方爭鬥，只要救出唐鐵漢咱們馬上就撤離。」

周默的目光向西北角望去，微笑道：「英豪真是個奇才呢。」

胡小天點了點頭，他們這次前來不是三人，而是四個，梁英豪早已提前抵達這裡，從廢墟中找到這莊園的地窖，從地窖開挖出一條通道。即便是以周默的閱歷，過去也未曾見過像梁英豪這種鑽地打洞的人才。

周默道：「回頭我負責救人，你負責吸引他們的注意力，熊孩子負責掩護。」

胡小天的步法最為精妙，由他負責吸引對方的注意力最為合適，至於熊天霸力大無比，現場準備的石塊和隨處可見的磚塊都可以成為他遠距離投擲的武器。可惜展鵬不在，如果展鵬在現場，加上他的箭法，他們幾人絕對可以掌控任何複雜的局面。

「來了！」胡小天低聲道。

周默抬頭望去，卻見從東南方向隱約出現了幾個小點，他一向認為自己目力超群，卻想不到胡小天比他更早發現對方的動靜，周默心中不由得有些好奇，三弟的目力居然強過自己。

胡小天卻沒有意識到發生在自己身上的這種變化，自從服下風雲果之後，他的力量和感知能力都在迅速蛻變增長著。

「七名騎手一輛馬車！」

周默吃驚不小，他正在竭力分辨對方有幾個人的時候，胡小天已經將一切看得清楚。

熊天霸眨了眨眼睛道：「我怎麼看不到？」

胡小天道：「札納來了！拉罕也到了！」

周默此時方才看清對方來了幾個，想要看清對方的面目肯定還需要再接近一些。真是被胡小天的目力震驚了，過去好像胡小天的目力沒有如此強勁。

隨著對方越來越近，熊天霸也認出隊伍中的拉罕，事實上他也只認識這一個，得意地揚了揚手中的大錘，咬牙切齒道：「回頭我非錘死這傻大個不可！」

胡小天道：「他畢竟是黑胡使團的成員，如無必要千萬不要傷及性命，這裡不是大康。」

周默道：「熊孩子，你的任務是掩護，如果事情有變，你知道該怎樣做嗎？」

熊天霸目光投向一旁的巨石，嘿嘿笑道：「我用石塊砸死這幫雜碎。」

胡小天道：「唐鐵漢應該在車內，千萬不要傷及到他。」

三人說話之時，那七名胡人護衛著那輛馬車已經來到近前，在距離他們二十丈左右的地方停下。

札納胖乎乎的大圓臉上綻放出一絲奸笑：「我當是誰？原來是大康遣婚史胡小天胡大人！此前闖入我莊園，傷害我手下性命的那個也是你吧？」從胡小天的體態上，他已經將之前闖入山莊救出唐輕璇的那個人對上了號。

胡小天笑道：「札納，這裡不是黑胡，更不是你為非作歹的地方，你抓了我的弟兄，早已觸犯大雍法律，識相的趕緊將唐鐵漢給我放了，否則，我定將此事奏明大雍皇上，輕則將爾等驅逐出境，重則將你們全都拿下，砍了你們的腦袋。」

札納哈哈大笑起來，他一笑周圍胡人都跟著笑了起來。笑聲許久方才停下，札納瞇起小眼，揚起手中馬鞭指著胡小天道：「《寶駿奇錄》可曾帶來？只要你將那本書乖乖奉上，我自會將唐鐵漢完完整整地還給你，如果你敢玩什麼花樣，就等著給他收屍吧！」

胡小天從懷中摸出一本書道：「書在這裡。」

「扔過來！」

胡小天卻將那本書重新塞入懷中：「你當老子這麼好騙？人呢？至少也要讓我看到他是不是活著？」

札紈回頭看了馬車一眼道：「人就在馬車內，你將書給我，我們將馬車留下離開。」

胡小天冷笑道：「我說你是不是沒腦？先讓我看看唐鐵漢是不是在馬車內！」

札紈點了點頭，揮了揮手，眾武士向兩旁分開，後方的馬車緩緩向前。

胡小天傾耳聽去，雖然相隔遙遠，但是他仍然可以清晰聽到車廂內傳來弓弦繃緊之聲，內心中不由得一怔，以傳音入密分別向周默和熊天霸道：「馬車裡面有弓箭手埋伏，應該是兩個！」

周默此時對胡小天的洞察力已經深信不疑，他向熊天霸使了個眼色，熊天霸退向兩人的後方藏身在一面殘垣之後。

車廂前方的布簾緩緩落下，露出車廂內的兩名弓箭手，兩人手中弓箭都以滿弦，分別覷定胡小天和周默，同時鬆開弓弦，黑色羽箭、追風逐電般向目標射去。

周默怒吼一聲，腳下一頓，身軀已經騰空而起，一個箭步就跨過了三丈的距離，徒手抓向那支射向自己的羽箭，黑色閃電可以撕裂空氣，卻無法逃脫周默的鐵掌，周默一把就將箭尾抓住。他並不擔心胡小天，以胡小天的洞察力和敏捷的身法躲過這一箭絕無問題。

可是胡小天卻仍然站在那裡，望著急速射向自己的羽箭並沒有著急做出動作，快如閃電的羽箭在胡小天的視野中速度卻顯得有些緩慢，即便是保持著如此高速飛行的前提下，胡小天仍然能夠看清這支羽箭的細節，甚至可以看清鏃尖的血槽，箭桿上方的花紋，每一根尾羽在高速行進中的形態。

周默還以為胡小天被這支箭鏃嚇呆了，大吼道：「三弟！」

胡小天此時方才揚起了手中的烏金刀，極其隨意地一刀劈下，刀鋒正中鏃尖，噹的一聲銳響，羽箭飛行的軌跡就此終止，歪歪斜斜飛向一旁，沒入焦土之中。

周默的腳步停頓了一下，難以掩飾臉上錯愕的表情，胡小天的這一刀竟然高妙如斯。別說是他，就連胡小天自己都被自己的神來一刀給折服了，顧不上沾沾自喜，大聲吼叫道：「熊孩子！」

熊天霸從殘垣後現身出來，手中舉著一塊磨盤大的巨石，雙臂用力，宛如扔鏈球一般將巨石拋了出去，巨石如同出膛的炮彈，挾帶著呼呼的風聲向那輛馬車招呼而去。

兩名弓箭手本想射出第二箭，可是看到那塊石頭來勢洶洶，嚇得慌忙從馬車上跳了下去，剛剛跳下馬車，巨石就已經落在馬車之上，蓬！的一聲將車廂砸得四分五裂，兩匹拉車的駿馬頓時受驚，嘶鳴著分別向兩旁跑去，各自拖著一片馬車的殘片逃向兩方。

胡小天看到他們根本沒帶唐鐵漢過來，心中不由得勃然大怒，他向周默道：

「大哥！抓住那個死胖子！」

擒賊先擒王，雙方對決，這是克敵制勝的關鍵。

這會兒功夫周默已經飛掠過二十丈的距離，一名黑胡武士縱馬向周默衝去，胯下坐騎雙蹄子高揚而起，黑胡武士揚起手中長刀照著周默的頭頂狠狠劈落。居高臨下，占盡優勢。周默的速度卻遠遠超出他的想像，攻擊的目標也並非那名武士，一拳擊中了對方坐騎的下頜，這一拳竟然將那匹駿馬打得橫飛出去，黑胡武士的攻擊頓時偏離了方向，隨同坐騎一起匍倒在了地上，周默向前又跨出一步，這一腳踏在黑胡武士的胸口，那名武士被踩得口吐鮮血，這還是周默腳下留力，不然這一踏足以奪去對方的性命，踩著對方的胸口再度向前跨出一步，距離札納只剩下不到三丈。

札納看到周默來勢洶洶也感覺有些不妙，慌忙調轉馬頭就逃，雖然他們做足了準備，可是並沒有料到對方的實力居然如此強悍，一直以來他們認為胡小天陣營之中實力最為強大的乃是熊天霸，卻沒有想到真正厲害的人物卻是周默。

兩名黑胡武士拍馬殺到，及時阻擋住周默的去路。

熊孩子又投出一塊巨石，眼看就要落在對方陣營之中，斜刺裡衝出一名大漢，揚起手中大錘照著空中的巨石迎擊而去，只一錘就將巨石砸得粉碎，碎石和粉屑飛得到處都是。大漢正是黑胡力士拉罕，擊落巨石之後，他雙腿一夾胯下坐騎，駿馬甩開四蹄向熊天霸衝了上去，拉罕哇呀呀怪叫道：「小南蠻，納命來！」

熊天霸抓起地上的石塊輪番向拉罕投擲而去，拉罕左支右擋，將襲擊自己的石塊盡數擊落，距離熊孩子也是越來越近，大吼道：「小南蠻，敢不敢跟我堂堂正正地大戰三百回合？」

熊天霸哈哈大笑，從身後抓起兩把大錘，聲音洪亮道：「好！你爺爺來了！」他向前接連跨出三大步，拉罕加快馬速度，以雷霆萬鈞之勢衝到熊天霸面前，揚起手中雙錘照著他的頭頂砸了過去：「去死吧！」

此次交手拉罕對熊天霸再也沒有任何的小覷之心，在長公主府上和對方比拚力量已經落在了下風，現在是生死相搏之時，他豈敢托大。

熊天霸叫道：「來得好！」雙錘向上迎擊而出，兩人都是力量型的猛將，但見四隻大錘輪番揮舞，震耳欲聾的聲音不停響起，讓人血脈賁張。

熊天霸雖然少根筋，可是這小子在戰鬥中卻非常的精明，故意將拉罕引向廢墟，拉罕騎在馬上雖然居高臨下，可是坐騎卻不便深入廢墟，終於將拉罕成功引下馬來。

拉罕原本對熊天霸的力量非常忌憚，可是在交手之後發現熊天霸翻來覆去都是那幾招，顯然在格鬥技巧上要遠遠遜色於自己，頓時信心倍增，揚起手中的那對大錘冷哼一聲：「今日我就要讓你喪命於此！」

熊天霸道：「我把坑都給你挖好了，就等埋你了！」

「哇呀呀……」

密林之中霍勝男密切關注著現場的動靜，身邊女將低聲道：「將軍，咱們何時出動？」

霍勝男揚起手來：「看看形勢再說！」原本她和胡小天約定，只要唐鐵漢現身，她就馬上率眾進行圍堵，可是那群黑胡人並沒有將唐鐵漢帶來，一開始就擺出將胡小天一方一網打盡的架勢。雖然黑胡方面十人占優，可是大雍方面的三人展現出的實力完全超乎霍勝男的想像。

霍勝男在此前遭遇黑胡人襲擊的時候和胡小天曾經並肩戰鬥，那時胡小天給她的印象是步法出眾，輕功不錯，但是今天胡小天一刀將射向他的箭矢劈飛，展現出的精妙刀法讓霍勝男刮目相看，也讓她暫時壓下了前往增援的想法，這種時候還是靜觀其變的好。

胡小天也舉刀殺入對方陣營，他的目的是要牽涉對方的注意力，多牽制一個對手，周默所承受的壓力就減少一分。連續揮出兩刀，劈飛兩支射向自己的羽箭，胡小天已經接近了弓箭手的身邊。

一名黑胡武士揚起彎刀衝向胡小天，呼的一聲，彎刀捲起一道雪亮的弧線取向胡小天的咽喉，胡小天發現自己的感知力和洞察力有了本質的飛躍，對方哪怕是一個細微的動作都逃不過他的眼睛，對方彎刀運行的軌跡完全在他的掌握之內，右手反轉烏金刀擋住對方彎刀的劈殺，左手已經閃電般搗向對手的胸口。

那黑胡武士也是同樣一拳向胡小天迎擊而來，雙拳撞擊在一起，一股潛力自然而然地從胡小天的丹田之中狂湧而出，灌注到他的左臂之中，以驚人的速度傳遞到他的拳頭之上，他聽到清晰的骨骼碎裂聲，胡小天全力擊出的一拳竟然將那名黑胡武士的指骨震斷，餘力未消，沿著對方手臂的骨骼向上傳遞，依次震斷了對方的尺骨橈骨肱骨。

胡小天雖然知道自己的力量已經成倍增加，可是對出手的威力並沒有準確地估計，這一拳就將對方打得手臂骨骼寸寸而斷，此等威力已經超出了他自己的預期，高手！老子現在是個高手啊！

胡小天右臂用力震開對方的彎刀，然後一刀照著對方的天靈蓋拍了下去，胡小天並不想大開殺戒，所以烏金刀落在對方腦門上的時候稍微翻轉了一下角度，是刀身平拍在對方的腦門上，按照胡小天的想法，將對方拍暈就行，可是烏金刀拍下去的時候卻聽到蓬的一聲，那名黑胡武士的腦袋竟然如同西瓜一樣爆裂開來。

胡小天傻眼了，萬萬沒想到自己手下留情還是這樣一個結果，究竟是自己出手力量太大，還是這倒楣的黑胡武士腦瓜子太脆？

那幫黑胡武士看到胡小天出手就斃了一名同伴，一個個嚇得目瞪口呆，此時周默已經殺入他們的陣營，如同老鷹抓小雞一般抓起一名黑胡武士，雙臂用力猛然扔了出去，那武士撞擊在一名不及閃避的同伴身上，兩人慘叫著摔倒在地。

札納雖然做足了準備，可是對胡小天三人的強勁實力仍然缺乏正確的估計，驚慌逃竄之時，發出大聲呼喝，因為他說的是胡語，所以胡小天他們三人都聽不懂是什麼意思。

胡小天還以為這廝是在祈求饒命。

樹林中的霍勝男卻聽得懂胡語，她秀眉微顰，低聲道：「難道他們還有後援？」

東側的山林之中一道黑色的光影又如閃電一般向戰場之中衝去，胡小天率先留意到了這一變化，大聲道：「大哥，他們還有幫手，先抓住那胖子！」

周默應了一聲，一拳將一名靠近自己的黑胡武士崩飛，大踏步向前追逐而去，迅速拉進了和札納之間的距離。

札納嚇得魂飛魄散，拚命揚起馬鞭抽打坐騎，可是坐騎卻似乎突然止步，轉身望去，卻是周默一把抓住了馬尾，大力拖拽之下，那匹馬非但無法向前，反而被他拖得向後倒退。

札納揚起右手，藏在袖中的弩箭瞄準周默，周默豈會給他這樣的機會，左手一扯，身軀已經鑽到了馬腹下面。

札納的一排弩箭自然射空，他望向下方，卻感覺身體突然騰雲駕霧般向上升起，周默竟然將他連人帶馬扛了起來，摔沙包一樣將札紈連同那匹坐騎摔向地面，札紈矮胖的身體慘叫著飛了出去，坐騎也是一聲哀鳴，濺起無數泥濘。

黑色電光轉瞬之間已經來到眼前，胡小天看得真切，竟然是一名矮瘦的老人騎在一頭黑色的獒犬上面，那獒犬有牛犢一般大小，頭顱碩大，目露凶光，血紅的舌頭半尺來長，奔行速度奇快，靠近胡小天還有三丈距離的時候，前爪屈起，後腿猛然蹬地，張開血盆大口向胡小天咬來。

胡小天揮動手中烏金刀，從左到右劃了一個向上的弧線，只要這一刀落實，必然可以將獒犬攔腰斬斷。

烏金刀尚未靠近獒犬，一隻鳥爪一樣的手掌伸了出來，穩穩捏住了刀鋒，卻是那名矮瘦老人，及時出手擋住了胡小天的必殺一擊。

胡小天剛才一刀就擊殺了一名黑胡武士，對自己的實力充滿信心，正在信心爆棚之時。卻沒有想到這矮瘦老人竟然可以徒手抓住自己的刀鋒，胡小天手腕擰轉，刀鋒隨之攪動，然後向對方的心口刺去。

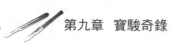

矮瘦老人的身體卻冉冉升起，獒犬趁機脫離戰團，那矮瘦老人似乎黏在了胡小天的刀身之上，鳥爪般的右手捏住刀身。

胡小天忽然感覺到刀身突然變得無比沉重，竟然向下彎曲反折，他抬腿向矮瘦老人踢去，對方桀桀一聲怪笑，手臂一鬆，身體借著烏金刀的反彈之力凌空飛躍而起，離地三丈左右，在空中一個迴旋，宛如蒼鷹搏兔，向胡小天俯衝而來。利用下墜之勢，速度極其驚人，在虛空之中留下數道殘影。

胡小天暗暗心驚，他出刀的速度絕對趕不上對方攻擊的速度，慌忙利用躲狗十八步，身軀如同蛇形扭動，對方的利爪擦著他的胸膛掠過，胡小天以精妙的步法躲過了對方的致命一擊。

矮瘦老人鷹鼻深目，黃褐色雙目流露出詫異的光芒，讓他感到驚奇的不是胡小天的刀法，而是他的步法。原本以為自己這一抓會將胡小天開膛破肚，卻沒有想到胡小天竟然以精妙的步法躲了過去。

胡小天低頭望去，卻見自己胸前的衣襟扯爛了一塊，還好沒有傷到自己的肌膚。

矮瘦老人點了點頭，向前跨出一步，地面發出沉悶的震動，胡小天內心一驚，這矮瘦老人瘦小的軀體內竟然蘊藏著這麼大的力量。

周默向前準備擒拿札納的時候，忽然感覺頭頂有異，抬頭望去，但見空中一隻棕色禿鷲如同天外流星一般俯衝而至，禿鷲身上坐著一名棕衣老者，那老者鬚髮皆白，深目碧眼，一看就知不是中土人士，距離地面還有五丈之時，身軀脫離禿鷲凌空向周默發動攻勢，雙腿輪番踢出，漫天都是他雙腳的殘影，雙腿鼓蕩空氣，一道道罡風先行襲擊到周默的面前。

周默意識到眼前才是真正的強敵，雙腿微分，一個普普通通的馬步，然後一拳迎向空中，漫天虛影瞬間消失，周默的一拳正中對方的右腳，對方足部傳來的巨大力量讓周默虎軀一震，強大的壓力讓他的雙腳陷入地面一寸有餘。

周默完全有足夠的把握可以避過對方的來腳，可是他對自己的實力充滿信心，這一拳也是為了試探對方的實力。

棕衣老者占盡地利，又是以腿對拳，雖然如此也感覺到足底傳來強大的力道，屈起的左腿向前飛踢直奔周默下頷而來。

周默以右掌將對方飛腿拍開，向後退出三步。身後一陣疾風飛襲而來，卻是那隻禿鷲悄聲無息地繞到他的身後，然後閃電般啄向他的頸側。周默看都不看，左肘向後方曲起，搗向禿鷲尖銳的嘴喙。

禿鷲極其狡猾，看到對方迎擊，馬上調轉方向朝著上空飛去。棕衣老者雙手從袖中顯露出來，與其說是手還不如說是爪，他的一雙手爪漆黑如墨，雙爪向周默前胸抓去，尖銳的指甲撕裂空氣發出刺耳的尖嘯。

周默以不變應萬變，雙拳迎向對方的雙爪，如果對方膽敢和自己硬碰硬，周默相信自己無堅不摧的鐵拳足以震斷對方的手指。

震耳欲聾的金鳴之聲再度響起，熊天霸和拉罕之間硬碰硬的對決已經到了決勝時刻，原本被拉罕逼得手忙腳亂的熊天霸卻突然變換了錘法，大錘在手中上下翻飛，錘法竟然和拉罕有七分相似，熊天霸認字寥寥，正因為如此，他將大錘上的字全都看成了圖畫，別人認為是某種文字，而他卻看成了一幅幅的姿勢圖形，本來熊天霸也沒有什麼把握，可是每天看這大錘，早已對上方的圖形爛熟於胸。

他力量雖然很大，可是在錘法上並不精通，雖然拜周默為師，周默也點撥了他不少武功，可惜熊天霸接受極慢，往往是教給他十招他能夠記住一招也就了不起了。更何況周默本身也不擅使錘，在這方面給他的幫助實在有限。

今天和拉罕兩人錘對錘，硬碰硬，熊天霸幾招之後就開始把他過去的那些招數重複使用，沒辦法，他所掌握的錘法本來就這幾招，所以拉罕憑藉多變的錘法一度占優，可兩人在對戰之中，熊天霸卻發現拉罕的有些錘法竟然和大錘上面的圖形相符，他由此推斷出大錘上的那些圖形很可能就是錘法。

熊天霸也有他自己的智慧，他引著拉罕將錘法全都使出，一邊觀摩一邊學習。其實那些圖形早已深深刻在他的腦中，如今看到拉罕在面前演練出來，等於將圖形變成了現實影像。

拉罕和熊天霸越打越覺得不對，這小子的錘法漸漸變得豐富了不少，而且他所用的錘法竟然和自己相同，拉罕此時方才明白熊天霸居然把自己的錘法偷師了過去，氣得哇呀呀大叫。

熊天霸越打越是高興，越打越是充滿信心，錘法演練熟悉之後，奮起神威，又和拉罕硬慽了一錘，這一錘震得拉罕接連退出數步，雙臂發麻，虎口的皮膚都被震裂，鮮血沿著傷口滴落下來。

熊天霸信心百倍，大吼道：「姥姥的，今天讓你嘗嘗大錘的厲害！」

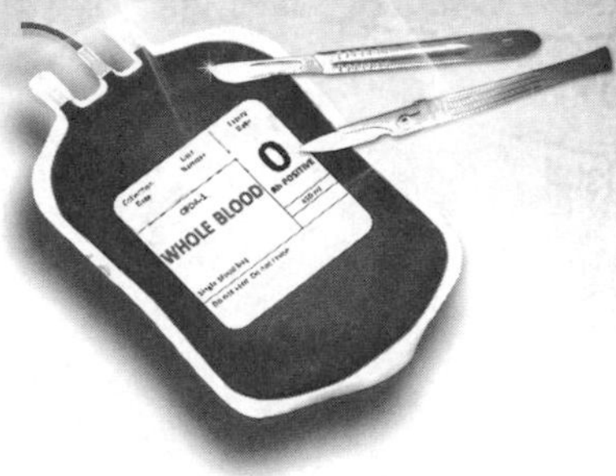

第十章

不容半分閃失

胡小天點了點頭，暗自鬆了一口氣，
唐鐵漢兄妹都是有勇無謀類型，若是讓他們繼續留在雍都，
非但不能給自己幫忙，反而可能會壞事，
現在的事情已經夠多，容不得發生半點差錯了，
隨著大婚日期的臨近，絕不可以有任何的閃失。

自從那兩名老者出現，霍勝男的表情頓時變得凝重起來，她秀眉緊鎖，低聲道：「不好！幽河二老！」

身邊女將小聲請示道：「將軍，是否需要行動？」

霍勝男搖了搖頭，沉聲道：「你等繼續埋伏在這裡，不可輕舉妄動，沒有我的吩咐，絕不可輕易露面。」她舉目望向遠方。

卻見胡小天在那名矮瘦老人的逼迫下不斷後退，此時那頭黑色的獒犬悄然繞到胡小天的身後，猛地向他撲去。霍勝男迅速彎弓搭箭，羽箭咻的一聲，宛如流星趕月般射向那頭獒犬。

矮瘦老人眉峰一動，左手屈起，波！屈起的中指猛然繃直，一枚鐵蒺藜向羽箭撞去，撞偏了那支羽箭。

與此同時獒犬已經來到胡小天身後，張口向胡小天的足踝咬去。胡小天雖然背身對敵，可是他超強的感知力早已察覺獒犬來到了自己的身後，腦海中已經出現了獒犬行進和攻擊的方位，腳步變幻，這套躲狗十八步原本就是針對犬類創出，對付獒犬正有用武之地。獒犬本以為這一下必然可以咬中胡小天，卻想不到胡小天的影子倏然消失，大嘴咬了個空，尖銳的牙齒撞擊在一起發出吱吱嘎嘎的駭人響聲。

胡小天此時左手一揚，一顆黑色的彈丸扔在了地上，彈丸擲地無聲，可是卻炸裂開來，一團藍色的煙霧瞬間彌散開來。

矮瘦老人面色一變，慌忙屏住呼吸，手中一抖，三顆鐵蒺藜呈品字形狀向胡小天胸口射去。

胡小天扔出彈丸的同時，身體已經向後方撤去，他後退的速度顯然跟不上鐵蒺藜射來的速度，剛才胡小天可以一刀劈開黑胡武士射來的箭鏃，可是這矮瘦老人的內力跟那幫黑胡武士不可同日而語，鐵蒺藜射出的速度比之前的羽箭增加了數倍，甚至超過了強弓勁弩，三顆鐵蒺藜撕裂空氣，發出鬼哭狼嚎的聲音。

胡小天的目力雖然可以將三顆鐵蒺藜的飛行軌跡完全捕捉，但是他對自己的出手速度並沒有十足的把握，手中烏金刀在空中橫掃，身體向後平仰，幾乎平貼地面，方才躲過鐵蒺藜的射殺範圍。

三顆鐵蒺藜貼著他的身體上方飛過，矮瘦老人右臂一曲一伸，又是一顆鐵蒺藜向胡小天的襠部射去，躲得過初一躲不過十五，胡小天暗叫不妙，手中烏金刀豎起，以刀身擋在雙腿之間，危急關頭只能照顧重點部位，希望能夠擋住這顆鐵蒺藜的射擊。

咻！一支白色羽箭斜行疾飛而至，準確無誤地射中了那顆鐵蒺藜，為胡小天在緊急時刻解圍。卻是霍勝男從樹林中現身，她的臉上帶了一張青銅面具，大步向矮瘦老人飛奔而去，奔行途中已經從背後抽出槍桿，將兩截精鋼槍桿擰合在一起，槍長一丈一尺，尺許長度的槍頭在陽光下耀眼奪目，槍頭紅纓宛如火焰般鮮豔。

霍勝男單手持槍，右臂和長槍形成一條筆直的直線，大槍一抖，紅纓怒放，拍擊空氣發出波的一聲氣爆，銳利的槍尖有如急電射向矮瘦老人的咽喉，她已經做到了人槍合一的境界。

矮瘦老人左手一揮，以長袖將身邊藍色毒霧拂去，袖口捲起的氣浪挾帶著藍色毒霧向胡小天撲去。

胡小天閉氣的功夫早已爐火純青，根本無視這片毒霧，挺刀衝了上去，趁著霍勝男牽制住那老者之時，他要剷除那隻惡獒。

獒犬吸入了不少毒霧，正在頭暈腦脹之時，看到一道身影衝了上來，第一反應就是轉身逃竄，胡小天焉能讓牠順利逃走，一個箭步竄了上去，烏金刀向前方挺刺，刺中那獒犬的臀部，痛得獒犬嗷的一聲慘叫，夾著尾巴就像山林之中逃竄。

矮瘦老人聽到愛犬受傷，此時卻因為要全力應對霍勝男，而無法抽身。咬緊牙關，凶相畢露，覷定槍尖刺來的方向，右手直奔槍尖而去，竟然一把將槍尖抓住。

霍勝男早已料到對方會有此舉，右臂一抖槍桿，長槍宛如靈蛇一般跳脫震動，矮瘦老人再也拿捏不住，鬆開槍尖，身體向後急退。

胡小天卻在此時挺起烏金刀向矮瘦老人後心刺去，生死相搏決不能講究手段，克敵制勝才是最重要的，胡小天不介意暗殺偷襲，甚至下毒這麼卑鄙的事情，他也可以去做。

矮瘦老人的頭顱不可思議地倒轉了過來，竟然不閃不避，硬生生撞向刀鋒。

胡小天這一刀全力刺在對方的後背之上，鏘的一聲，刀尖竟然無法深入分毫，胡小天錯愕萬分，與此同時矮瘦老人的右手已扣住了胡小天握刀的手臂，試圖將胡小天制住。

胡小天左臂揚起，又是一團藍霧散了出去。

矮瘦老人擔心有毒，只得放下他的手臂，向後連續幾個起落逃離戰圈。

周默和那棕衣老者也連續對了三拳兩掌，棕衣老者意識到局勢不妙，喉頭發出古怪的呼喝之聲，遠處那矮瘦老人也連聲怪叫，兩人都不再戀戰，向遠方逃去。

禿鷲俯衝而至，棕衣老者騰躍到禿鷲背上，矮瘦老者也在同時和受傷的獒犬會合在一處，爬上獒犬，轉瞬之間消失在遠方山林之中。

胡小天的衣袖被那矮瘦老者扯了個稀爛，裸露出的手臂之上留下了五道淤青的爪痕，不由得心有餘悸，如果不是夕顏給自己的毒煙起到了作用，說不定自己已經喪命於那老者之手。

霍勝男來到他身邊，關切道：「有沒有受傷？」

胡小天搖了搖頭。

遠處熊天霸和拉罕已經分出了勝負，熊天霸連續三錘將拉罕震得口吐鮮血，一屁股坐倒在地上。幾人圍攏過去，拉罕知道自己註定被擒，態度卻依然狂傲：「我乃黑胡使臣，爾等膽敢對我不敬？」

霍勝男皺了皺眉頭，她的確並不方便介入這件事，剛才現身也是看到胡小天情況危急，逼不得已才現身相救，不過仍然戴上面具，避免被這些黑胡人認出她的本來身分。

胡小天向熊天霸使了個眼色，熊天霸在拉罕頸後來了一掌刀，將拉罕砸得暈倒過去。

周默此時走了回來，頗為遺憾道：「不好，讓那個黑胡商人逃了。」

胡小天笑道：「逃就逃了，也算不上什麼大事，有拉罕在手，就有了跟完顏赤雄交換的籌碼。」他又轉向霍勝男道：「謝謝了！」

霍勝男道：「其實就算我不出現，你們一樣能夠掌控局面。」她向周默多看了一眼，從此人的出手來看，絕對是一流高手，放眼大雍也沒有幾人會是他的對手。

周默道：「剛才那兩位老者武功很強。」

霍勝男點了點頭道：「他們是幽河二老，是黑胡有名的殺手，不知怎麼也來到了雍都，剛才並沒有展現他們真正的實力，這兩人最厲害的是聯手。得罪了他們，你們以後要小心一些。」

周默笑了笑，顯然沒有將這幽河二老放在眼中。

胡小天道：「既然聯手厲害，那麼以後就找機會逐個擊破。」

霍勝男朝暈倒在地的拉罕看了一眼道：「你打算怎麼處置這個人？」

胡小天微笑道：「用他換回唐鐵漢，對完顏赤雄來說這筆買賣並不虧本。」

完顏赤雄根本沒有想到出動幽河二老居然還是鎩羽而歸，不但沒有得到什麼《寶駿奇錄》，己方還死掉了一人，傷了數人，連拉罕都被人生擒，可謂是一敗塗地。望著札納那張鼻青臉腫的面孔，完顏赤雄真是氣不打一處來，狠狠瞪了他一眼道：「廢物！竟然被幾個南蠻弄成了這般模樣！」

札納滿臉愧色道：「王子殿下，不是我等無能，而是那幾名南蠻實在太過厲害，連幽河二老都被他們擊敗，更何況我們。」

完顏赤雄緩緩走了兩步，面色陰沉道：「想不到我還真是小看了他們。」

札納道：「還望王子殿下為我等報仇。」

完顏赤雄冷冷道：「這裡是雍都，本王若是公然出手對付他們，豈不是等於承認我和這件事有關？更何況大雍方面也不會答應。」

札納道：「那《寶駿奇錄》……」

完顏赤雄怒道：「別提什麼《寶駿奇錄》，或許根本就沒有那本書，唐鐵漢的骨頭不可能這麼硬，他要是真有那本書，早已說了實話，到現在都沒說，足以證明當時只是酒後之言，也只有你這種蠢材才會當真。」

札納不敢再說，生怕觸怒這位四王子，腦袋耷拉了下去。

完顏赤雄道：「本王損失了那麼多的手下，全都是因為你的緣故！」他來回走了兩步，低聲道：「我們此次前來雍都的目的可不是什麼《寶駿奇錄》，找到國師的骸骨才是最重要的事情。」

札納道：「事情過去了那麼多年，就算找到國師的遺體，恐怕也早已化為塵土了。」

完顏赤雄道：「有些東西是不會腐爛的。」

此時一名侍衛前來通報道：「啟稟四王子殿下，大康遣婚史胡小天求見。」

「什麼？」完顏赤雄和札納兩人同時詫異道。

札納怒道：「這南蠻居然還敢登門，我去殺了他！」

完顏赤雄冷冷望著札納，札納在他逼人的目光下將頭低了下去。

完顏赤雄充滿嘲諷道：「在本王所住的驛館殺人，而且要殺大康的使臣，你究竟是想幫我，還是想害我？」

胡小天靜靜坐在松濤會館的會客廳內，松濤會館是雍都諸多驛館之中條件最好的一個，當然他們所住的起宸宮也很不錯，甚至在規格方面要超過松濤會館，不過那是因為安平公主身分的緣故。

周圍黑胡武士望著孤身前來的胡小天，目光中並沒有多少的善意，不過這些人還是有些佩服胡小天的勇氣，發生了這麼多事情之後，他居然還敢孤身前來，這太監也算得上是膽色過人。

完顏赤雄人還未到，張揚跋扈的笑聲就已經從屏風後傳來。

胡小天並沒有起身，微笑坐在那裡，看著完顏赤雄高大魁偉的身軀出現在自己面前，完顏赤雄倒背著雙手，龍行虎步來到會客廳內，哈哈笑道：「本王還以為是哪個胡大人，原來是胡公公！」臉上的表情充滿了不屑。

胡小天微笑道：「過去就聽說黑胡人說話直來直去，不懂得禮儀為何物，今日見到四王子殿下的舉止談吐，我算是明白了。」

完顏赤雄面色一變，怒視胡小天道：「你好像不清楚自己是在什麼地方？」

胡小天道：「四王子殿下以為這裡是什麼地方？是你們黑胡的地盤嗎？」

完顏赤雄點了點頭：「本王過去也聽說大康的男人全都是娘們氣十足的軟蛋，可今天發現居然也有硬氣之人。」說完卻又停頓了一下，唇角露出譏諷的笑意：「本王又忘了，你不是男人！」

胡小天道：「男人最硬氣的東西不是長在嘴上。」

完顏赤雄聽到這句話居然哈哈大笑起來，他在胡小天的身邊坐下，虎目光芒灼灼，盯住胡小天道：「你來找我為了什麼事情？」

胡小天道：「我們中原人常說一句話叫明人不做暗事，我這人做事喜歡直來直去，開門見山。」

完顏赤雄道：「本王也是一樣。」

胡小天道：「一命換一命，唐鐵漢換拉罕！」

完顏赤雄大笑了起來，笑聲許久方住，他冷冷望著胡小天道：「我不知道唐鐵漢是誰？可拉罕卻失蹤了，假如他有絲毫損傷……」

胡小天盯住完顏赤雄的雙目寸步不讓道：「看來你還是不夠瞭解我，只要我想，完全可以讓他永遠失蹤，大家同為使臣，本該井水不犯河水，你卻屢屢咄咄逼人，還以為我當真怕了你不成？」

完顏赤雄怒道：「大膽！」

身後武士齊齊將腰刀抽了出來。

胡小天冷笑環視那群武士道：「你若是有膽子就讓他們殺了我，我若是死了，我不信你能活著走出雍都！」

「威脅我？」

胡小天搖了搖頭道：「不是威脅，是承諾！」

完顏赤雄使了個眼色，那群武士同時還刀入鞘。

胡小天道：「你我各有使命，大家相安無事最好，我給你兩個時辰，兩個時辰內唐鐵漢回到南風客棧，拉罕就能活著回到這裡，如果兩個時辰內見不到唐鐵漢，咱們之間的交易就此作罷。」他起身欲走。

完顏赤雄大聲道：「難道你不在乎他的死活？」

胡小天道：「他對我遠沒有拉罕對你重要，兩個時辰不能回來我就當他已經死了，也就意味著四王子準備跟我撕破臉皮，徹底為仇，反正都是在大雍的地盤上，看看咱們誰死的人多！」說完這句話，胡小天頭也不回地走了。

完顏赤雄臉色陰沉，忽然揚起手照著紫檀木茶几狠狠拍了下去，手掌落處，紫檀茶几轟然崩塌，茶具散落了一地，碎裂之聲不絕於耳。

一個時辰之後，唐鐵漢就被人送到了南風客棧，雖然是遍體鱗傷，好在性命無憂。見到胡小天，自然是羞愧不已。胡小天對他也沒太過深責，趁此機會讓唐鐵漢兄妹兩人及時離開，以免留在雍都遭到黑胡人的報復，經歷這件事之後，唐輕璇也不像最初那般堅持，終於答應隨同大哥一起先行離開。

胡小天仍然記得那深潭中的蟒皮，等事情解決之後，當晚就和周默、熊天霸一起去了狗頭山桃花潭。三人還未走近桃花潭，就聽到潭邊有動靜。他們藏身在山岩後，借著月光向潭邊望去，卻見桃花潭旁站著五道身影，似乎在等待著什麼。

胡小天暗叫不妙，想不到居然被人搶先，耐心等待了一會兒，卻見桃花潭水波湧動，兩名身穿水靠的男子從水潭中爬了上來，一上岸就慌忙拍打身體，胡小天看得真切，他們身上已經吸附了百餘隻新月水母，不過因為防護得當，應該沒有像自己當初進入水潭之時那麼狼狽。

岸上的五人也幫忙驅趕他們身上的水母，好不容易才清理乾淨，聽到一人道：「水潭太深，潭水奇冷無比，下面全都是成群結隊的新月水母，是不是再多加點價錢。」這人的口音明顯是漢人。

五人之中帶頭的那人冷冷道：「說好了多少就是多少，你們漢人怎地如此奸猾？」

「大哥，不給加錢咱們就不幹了！為了那麼點銀子被凍死不值得。」另外一名潛水者憤然道。

胡小天從幾人的對話中判斷出，那岸上的五人應該是黑胡人，黑胡人雖然擅長騎射，但是很少有人懂得水性，所以他們想在這水潭一探究竟必須借助外力，這兩名潛水者就是他們從雍都當地雇來的。

幾名黑胡人中的首領呵呵笑了一聲：「好說，好說！每人給你們加十兩銀子。」

「五十兩！」潛水者討價還價道。

那名黑胡首領點了點頭，等到那兩名潛水者準備好之後再度下潛，他看了看兩旁做了一個揮刀的動作。

周默以傳音入密向胡小天道：「看來他們已經動了殺念。」

胡小天低聲回應道：「且看看再說。」他並不認為那兩名潛水者有可能尋找到紫電巨蟒的巢穴，除非擁有在水中長時間閉氣的本事，不然根本沒有任何可能潛入潭底。

胡小天忽然感覺到一股凜冽的殺機向這邊靠近，周默也在同時感覺到，兩人向周圍望去。

卻見對面的樹林中隱然有寒光閃爍。

胡小天內心一驚，螳螂捕蟬黃雀在後，難道還有人盯上了這裡？

兩名潛水者再度從水面上浮起，這次他們找到了一個顱骨，爬到岸上，一邊驅趕水母一邊道：「潭水太深，根本無法到底。」

那黑胡首領道：「休息一下，再下去找找。」

其中一名潛水者將蒙在臉上的頭罩摘下，已經有水母從縫隙中爬上了他的眼皮，揪下新月水母，扔在地上狠狠踏了一腳：「當我們什麼人？已經找了兩個時辰，我們也是人，兄弟，咱們不幹了！」

鏘！五名黑胡人同時將長刀抽了出來，那黑胡首領用刀鋒抵在此人的胸膛之上，冷冷道：「你最好乖乖聽話，不然……」

那人將胸膛一挺，大聲道：「不然怎樣？這裡是大雍，不是你們黑胡！」

那黑胡首領點了點頭道：「將他的水靠扒掉，扔到水潭裡面。」

兩名黑胡武士馬上衝了上去，伸手去扒潛水者的水靠。

就在此時一道寒芒從樹林中激射而出，準確無誤地射在其中一名黑胡武士的咽喉，立時將咽喉洞穿。眾人都是吃了一驚，兩道身影已經從林中飛掠而出，四名黑胡武士抽出長刀迎了上去，那兩名潛水者趁此機會轉身就逃。

林中射出的兩道人影全都黑衣蒙面，兩人分別迎向兩名黑胡武士，出劍快如急電極其狠辣，三招之內已經奪取四名黑胡武士的性命。

周默眉頭微微皺起，卻不知兩人又是什麼來路，難道是為了救那兩名潛水者？

那兩名潛水者尚未逃遠，迎面一名蒙面黑衣人阻擋住他們的去路，手中細劍一抖將兩人刺殺當場。

周默和胡小天對望了一眼，想不到這三名黑衣人出手如此狠辣，一條活口都不留下。

三名黑衣人檢查了一下屍體，其中一人扯斷了腰間的一物，然後將那東西塞入一名黑胡武士的手中，三人彼此交換了一下眼神，然後迅速離開。

確信那三名黑衣劍手已經走遠，胡小天三人方才現身，讓熊天霸去高處望風，周默和胡小天來到那七具屍體旁，分別檢查了一下屍體，這七人全都氣絕身亡，三名劍手出手極有效率，招招致命，短時間內就結束了戰鬥，應該沒有留下活口的想法。

胡小天來到其中一名匍匐倒地的黑胡武士身邊，從他的手掌下扯出了一物，卻是那名黑衣劍手剛剛塞入他掌心中的木牌，借著月光看到那木牌之上刻著劍宮兩個字。

周默來到胡小天的身邊，盯住那木牌道：「難道是劍宮弟子？」

胡小天搖了搖頭道：「應該是故意嫁禍給劍宮。」

周默點了點頭，他也認同胡小天的觀點，利用這樣的方法造成劍宮弟子殺人的假像，顯然是要挑起劍宮和黑胡人之間的仇恨，胡小天忽然想起蕭天穆所說的那件往事，劍宮始祖藺百濤就是死於黑胡高手的合力攻擊下，劍宮和黑胡之間的仇恨必然無法化解，這塊木牌的出現，必將激化劍宮和黑胡的仇恨。

胡小天道：「先不管這麼多，抓緊時間將蟒皮弄上來。」

周默和胡小天同時潛入桃花潭中，兩人剛剛潛下一段距離，就看到成群的新月水母宛如雲團一般席捲而至，來到胡小天身邊紛紛繞行，所有新月水母都向周默包圍而去，周默雖然武功高超，可是面對這種狀況卻無計可施，唯有以內力在身體周圍形成罡氣護體，雖然可以阻擋新月水母的瘋狂攻擊，卻維繫不了太久的時間，不得不重新退了回去。

胡小天心中大奇，他最初進入桃花潭的時候，新月水母也同樣瘋狂攻擊他，只是當時並沒有那麼多的數量，短短幾日，水母的數量似乎又增加了數倍，不過這些水母對他卻是避之不及，胡小天游到之處水母紛紛避讓。看來應該是自己服用了風雲果的緣故，剝皮的任務唯有自己完成了。

胡小天循著原來的那條水路重新來到蟒蛇的巢穴，蟒蛇巨大的屍體仍然直挺挺躺在那裡，胡小天取出匕首，將蟒皮從紫電巨蟒的身上剝離，雖然胡小天從未剝過蟒皮，可是這種工作對他這個外科醫生來說並沒有太大的難度，不一會兒功夫已經將整張蟒皮剝離，將蟒皮捲成一團紮好。目光落在那天他發現風雲果的地方，胡小天從身後取出鐵鍬，開始逐一查探，既然那把玄鐵劍是藺百濤之物，想必圍攻他的黑胡高手也可能在這裡出現過，也許幾人在附近決戰，最後同歸於盡，那紫電巨蟒將他們的屍體全都拖來釀成花泥也有可能。

有了稱手的工具，尋找起來就容易了許多，胡小天先從淤泥扒出了一柄斧頭，然後又找到了一件長袍，用手一扯居然極其堅韌，胡小天暗自驚奇，在這潮濕黑暗的地下連骨頭都腐爛了，別說是普通的衣服，看來這衣服應該不同尋常，細細地搜尋了大半個時辰，從中找到的骨骸最多，除此以外還有四件兵器，手串佛珠，一塊鐵牌，那鐵牌雖然不大，可是入手頗為沉重，質地和玄鐵劍相近，於是胡小天也一併搜羅了過來。

單單是這些東西，胡小天就往返了三趟方才全都運了上去。

將這些東西運回寶豐堂的時候已經是黎明時分。

胡小天讓熊天霸將所得的點東西全都清洗乾淨，然後送到房間內，四件兵器雖然都非凡品，但是和胡小天之前找到的玄鐵劍還是不能相提並論，真正特別的還是胡小天找到那件衣服，經過清洗之後露出了本來面目，卻是一件紅色袈裟，在不見天日的地下埋藏了這麼多年，仍然鮮豔依舊，袈裟以金線繡成，上方繡滿符文。

周默對佛學一竅不通，以蕭天穆的見識也不知這袈裟乃是何物。

胡小天道：「難道這袈裟是黑胡國師之物？」此前他曾經聽蕭天穆說過昔日的那件往事，所以才有此推測。

蕭天穆點了點頭道：「很有可能，提摩多乃是黑胡國師，此人修的是北冥密宗，出身梵音寺，這袈裟應該是他的東西。」

胡小天展開袈裟，望著上面的文字。

周默道：「三弟懂得胡人的文字？」

胡小天搖了搖頭道：「不懂！」心中暗忖，記得過去看過的某本武俠小說，就說有人將辟邪劍譜繡在了袈裟之上，這袈裟上的文字難道也是一套武功秘笈？

蕭天穆道：「三弟，這袈裟絕非凡品，歷經數十年燦然如新，不腐不爛，而且質地極其堅韌，你要好好收藏，說不定以後能夠查出它的秘密。」

胡小天點了點頭，又將那塊玄鐵牌拿了出來，周默和蕭天穆輪番掂了掂這塊鐵牌的份量，確認這鐵牌所用的材質和玄鐵劍相同。洗淨鐵牌的污泥，可以看到鐵牌上方鐫刻的浮雕和那柄玄鐵劍劍柄上的花紋類似。

蕭天穆將玄鐵劍取出，胡小天將鐵牌疊在劍柄之上，鐵牌剛好嵌入其中。

周默道：「這其中必有玄機。」

胡小天雙手握住劍柄用力一壓，玄鐵劍並無任何變化。周默以為他的力量不夠，從胡小天手中接過玄鐵劍，又握又推，忙活了半天，玄鐵劍仍然是紋絲不動。

周默道：「看來這鐵牌沒有什麼特別的地方，三弟先收起來吧。」

胡小天將鐵牌收好，又將玄鐵劍重新交給蕭天穆保管。提起昨晚七名黑胡武士被殺的事情，蕭天穆聽聞之後，點了點頭道：「看來是有人故意嫁禍給劍宮，劍宮和黑胡有不共戴天之仇，雖然劍宮始祖藺百濤已死，可他們之間的仇恨卻始終沒有勾銷，這次死了那麼多的黑胡武士，胡人絕不會善罷甘休。」

周默道：「我將那刻有劍宮字樣的木牌收了起來，雖然不干咱們的事情，可既然見到了，還是幫他們一次。」

蕭天穆卻搖了搖頭道：「這木牌你不該拿走。」

周默愕然道：「為什麼？」

蕭天穆道：「你若是沒拿走那張木牌，或許黑胡會懷疑到劍宮的頭上，可是你拿走了那張木牌，他們就會將疑點鎖定在咱們的身上。」

周默道：「那又如何？反正咱們也沒做過。」

胡小天道：「就算他們將這筆帳記在咱們頭上也沒什麼好怕，如果這塊木牌落在黑胡人手中，劍宮被牽扯進來，他們也會不惜一切代價查出是誰在背後嫁禍他們，黑胡人不懷疑咱們，或許劍宮會懷疑到我們的頭上，畢竟最近咱們和黑胡的矛盾最大。」

蕭天穆歎了口氣道：「總之麻煩不會少，你們兩兄弟都在明處，一定要多多注意。」

周默道：「我和熊孩子今日就搬去起宸宮，這裡不能住了，以免他們會懷疑到你的身上。」

「也好！」

胡小天道：「唐鐵漢兄妹兩人是否已經離開雍都？」

蕭天穆道：「我派人跟蹤他們離開了雍都，兄妹兩人的確已前往大康了。」

胡小天點了點頭，暗自鬆了一口氣，唐鐵漢兄妹都屬於有勇無謀的類型，若是讓他們繼續留在雍都，非但不能給自己幫忙，反而可能會壞事，現在的事情已經夠多，容不得發生半點差錯了，隨著大婚日期的臨近，絕不可以有任何的閃失，如果出現任何小的紕漏，都可能導致全盤皆輸。

蕭天穆道：「安平公主那邊怎麼說？」現在事情最關鍵的一環還在夕顏那裡，如果她不改初衷，仍然想要利用此次大婚刺殺大雍七皇子薛道銘，那麼他們這些人就必須早作打算。

胡小天道：「我已經跟她分析過形勢，勸她改變主意，她的態度也不像當初那般堅決，內心應該有所鬆動。」

蕭天穆道：「如果她當真是代表西川李氏的利益而來，刺殺薛道銘想要挑起大康和大雍之間的紛爭絕對是一招錯棋。」

請續看《醫統江山》卷十五　猝然行刺

醫統江山 卷14 峰迴路轉

作者：石章魚
發行人：陳曉林
出版所：風雲時代出版股份有限公司
地址：10576台北市民生東路五段178號7樓之3
電話：(02) 2756-0949
傳真：(02) 2765-3799
執行主編：劉宇青
美術設計：許惠芳
行銷企劃：林安莉
業務總監：張瑋鳳

初版日期：2020年6月
版權授權：閱文集團
ISBN ：978-986-352-837-1
風雲書網：http://www.eastbooks.com.tw
官方部落格：http://eastbooks.pixnet.net/blog
Facebook：http://www.facebook.com/h7560949
E-mail：h7560949@ms15.hinet.net
劃撥帳號：12043291
戶名：風雲時代出版股份有限公司

風雲發行所：33373桃園市龜山區公西村2鄰復興街304巷96號
電話：(03) 318-1378
傳真：(03) 318-1378
法律顧問：永然法律事務所 李永然律師
北辰著作權事務所 蕭雄淋律師

行政院新聞局局版台業字第3595號 營利事業統一編號22759935

定價：270元

國家圖書館出版品預行編目資料

醫統江山 ／石章魚 著. -- 初版 -- 臺北市：風雲時代，2020.03- 冊；公分

ISBN 978-986-352-837-1（第14冊；平裝）

857.7 108022924